作者介绍

胡曾莉　四川大学外国语学院外国语言学及应用语言学专业博士生。主要研究方向为俄罗斯文学，曾主持 2019 年度四川大学"一带一路"研究院青年项目，多次参加中俄学术会议并发表相关论文。2022 年，获四川省"优秀毕业生"称号。

徐康莉　四川大学文学与新闻学院比较文学与世界文学专业博士生。研究方向为俄苏文学。2018 年、2024 年两次以交换生身份赴莫斯科国立大学高翻学院交流学习，多次参加国内会学术会议并获奖项，在中俄期刊发表论文数篇。

施成威　四川大学文学与新闻学院文艺学专业博士生。主要研究方向为文艺美学和文化研究。多次参与国内外学术会议，在国内刊物发表论文数篇。

张嘉洮　四川大学外国语学院外国语言学及应用语言学专业博士生。主要研究方向为俄罗斯文学。2015 年，赴俄罗斯下诺夫哥罗德市国立语言大学新闻系学习一年。多次参加国内学术会议并宣读论文，在国内期刊发表论文数篇。

别尔嘉耶夫
对俄罗斯经典文学的
批评研究

胡曾莉 徐康莉 施成威 张嘉洮 / 著

云南人民出版社

图书在版编目（ＣＩＰ）数据

别尔嘉耶夫对俄罗斯经典文学的批评研究 / 胡曾莉
等著. -- 昆明：云南人民出版社，2024．7. -- ISBN
978-7-222-22855-9

Ⅰ．Ⅰ512.06

中国国家版本馆CIP数据核字第20247UX574号

责任编辑：刘　焰
助理编辑：李明珠
封面设计：熊小熊
责任校对：朱　颖
责任印制：窦雪松

别尔嘉耶夫对俄罗斯经典文学的批评研究
BIEER JIAYEFU DUI ELUOSI JINGDIAN WENXUE DE PIPING YANJIU

胡曾莉　徐康莉　施成威　张嘉洮 / 著

出　版　云南人民出版社
发　行　云南人民出版社
社　址　昆明市环城西路609号
邮　编　650034
网　址　www.ynpph.com.cn
E-mail　ynrms@sina.com
开　本　889mm×1194mm　1/32
印　张　10.625
字　数　200千
版　次　2024年7月第1版第1次印刷
印　刷　云南灵彩印务包装有限公司
书　号　ISBN 978-7-222-22855-9
定　价　48.00元

云南人民出版社微信公众号

目　录

绪　论⋯⋯⋯⋯⋯⋯⋯⋯⋯⋯⋯⋯⋯⋯⋯⋯ 001

　　第一节　俄罗斯思想界与文学界的对话传统 ⋯⋯001

　　第二节　别尔嘉耶夫思想的形成 ⋯⋯⋯⋯⋯⋯010

　　第三节　研究方法与意义 ⋯⋯⋯⋯⋯⋯⋯⋯018

第一章　别尔嘉耶夫美学观与艺术论⋯⋯⋯⋯⋯⋯ 021

　　第一节　三位一体的创造之路 ⋯⋯⋯⋯⋯⋯023

　　第二节　美学观与艺术论 ⋯⋯⋯⋯⋯⋯⋯046

　　第三节　美学伦理 ⋯⋯⋯⋯⋯⋯⋯⋯⋯070

第二章　别尔嘉耶夫与俄罗斯文学黄金时代⋯⋯⋯⋯ 090

　　第一节　别尔嘉耶夫与普希金 ⋯⋯⋯⋯⋯092

　　第二节　别尔嘉耶夫与果戈理 ⋯⋯⋯⋯⋯105

　　第三节　别尔嘉耶夫与屠格涅夫 ⋯⋯⋯⋯⋯117

　　第四节　别尔嘉耶夫与托尔斯泰 ⋯⋯⋯⋯⋯127

　　第五节　别尔嘉耶夫与陀思妥耶夫斯基 ⋯⋯⋯140

第三章　别尔嘉耶夫与世纪之交的俄罗斯文学 ……… 172

　　第一节　别尔嘉耶夫与吉皮乌斯 ……………………185

　　第二节　别尔嘉耶夫与勃洛克 ………………………201

　　第三节　别尔嘉耶夫与别雷 …………………………221

第四章　别尔嘉耶夫与 20 世纪上半叶俄罗斯文学 … 238

　　第一节　别尔嘉耶夫与梅列日科夫斯基 …………241

　　第二节　别尔嘉耶夫与高尔基 ………………………269

　　第三节　别尔嘉耶夫与肖洛霍夫 …………………290

结　语……………………………………………… 315

参考文献…………………………………………… 326

绪　论

第一节　俄罗斯思想界与文学界的对话传统

文学与哲学是人文社科中的两大学科，然而两者的关系并不像学科划分那样界限分明。文学与哲学的联系密切，可以说是你中有我、我中有你。文学并不只是写文字、讲故事的学问，真正的文学传达的不是作者的私人情感，而是人类的共同思想。真正的文学蕴含着深刻的哲理和人生的经验，有些作品所蕴含的深刻思想甚至会给作家带来思想家、哲学家的头衔。可以说，一部分优秀的文学家也是哲学家。反之亦然。哲学作品想要引人入胜也需要文辞与之相辅相成，一些世界闻名的哲学著作不失为意蕴悠长的文学作品。哲学与文学有着相同的作用和价值，他们用文字推动人类思想的发展，实现个人的精神升华和社会的整体进步。哲学和文学是思想的养分、道德的标尺、行动的指南，他们的发展影响着人类的发展。哲学与文学的对话具有重要的意义，两者的结合可以避免哲学走向枯燥的说教，避免文学走向空洞的庸俗。两者将在有机的结合中发挥各自最大的效用，更好地传播思想、启迪人类。

哲学与文学在俄罗斯大地获得了丰富的滋养。俄罗斯这片土壤孕育了生机勃勃的人文科学，其哲学与文学也屹立于世界学术之林。普希金、陀思妥耶夫斯基、托尔斯泰、高尔基等是享有国际声誉的大文豪，索洛维约夫、列宁、别尔嘉耶夫等是推动世界思想进步的伟大思想家。在俄罗斯，同时代的思想家和文学家通常联系密切。他们往往私交甚好，过从甚密。俄罗斯的思想家与文学家们一同举办沙龙，建立社团，创办期刊，进行频繁的思想交流。思想家对文学家的作品发表公开的评论可以说是两者严肃正式的对话。这种对话方式维持了很长时间，已经形成了俄罗斯文学界与思想界互动的一种传统。俄罗斯思想界与文学界的对话在 19 世纪和 20 世纪较为频繁，原因有以下几点：第一，19 世纪是俄罗斯文学真正形成的时期，也是俄罗斯文学获得最大发展的时期；第二，20 世纪的风云变幻催生了各种各样的思想，思想界获得了极大的繁荣；第三，19—20 世纪不断出现的改革与革命呼唤一种对话的机制。

一、费奥多罗夫与普希金

尼古拉·费奥多罗维奇·费奥多罗夫（1829—1903）是 19 世纪俄罗斯著名的思想家、俄罗斯宇宙论的鼻祖，在学术界被称为"俄罗斯的苏格拉底"。这位思想家在伟大诗人普希金一百周年诞辰之际发表重要讲话，赞扬这位诗人对俄罗斯的巨大贡献，并对当下知识分子的庸常感到惋惜。他表示，普希金是俄罗斯最后的话语，未来没有什么值得期待的，俄罗斯的生命已经结束。在他看来，普希金这样有思想、有觉悟的知识分子的逝去也埋葬了当下活着的人。关于人生的目的和意义问题，后人没能给出解答。原因在于俄罗斯人民或者说知识分子过去和现在都只是普希金的崇拜者，而不是普希金的继承者，他们在普希金时代是什么样子，现在依然还是什么样子。这个没有未来的"人民"，已经完全沉浸在对其并不遥远的过去的记忆中，而这个过去始于普希金，止于普希金。这个只知道普希金的"民族"已经过时，对它来说，不仅没有未来，甚至没有现在。可见，思想家费奥多罗夫对普希金的才华是歌颂有加的，对当下人民的思想觉悟是持悲观态度的。与其说是与文学家的对话，不如说是这位思想家对民族觉醒的呼唤。

二、索洛维约夫与费特

弗拉基米尔·谢尔盖耶维奇·索洛维约夫（1853—1900）是俄罗斯哲学之父、俄罗斯最伟大的宗教哲学家。这位哲学家于 1890 年在《俄罗斯评论》杂志刊载评论文章，题为《关于抒情诗——谈费特与波隆斯基的最新诗集》，这是索洛维耶夫的第一篇文学评论文章。这位哲学家在文章中主要评论了费特的四卷本诗集《黄昏之火》。索洛维耶夫和费特有着深厚的友谊，《黄昏之火》的首次出版要归功于这位哲学家。为此费特将这本诗集送给了他，并题词"献给这本书的建造者"。索洛维约夫感叹，在现存的抒情诗人中，费特居于首位。索洛维约夫认为，费特的《黄昏之火》洋溢着永葆青春的灵感力量，在这里他用这部诗集来阐明抒情诗的本质和内容。在文章中，索洛维约夫主要分析了费特的抒情诗的特点。这位诗人的诗歌表明，诗人的灵感不是来自任意、短暂和主观的虚构，而是来自永恒的存在深处。对于诗人费特来说，内心的精神世界甚至比物质存在的世界更加真实，具有无限的意义。关于梦境与现实，费特认为前者更为真实。在众人看来只是一场空想的梦境，诗人却意识到这是更高力量的启示，感觉到这是精神之翼的成长，将他从幽灵般的空洞带入真正的存在领域。索洛维约夫评价，在诗歌与音乐的结合上，费特是无人能及的大师。在费特的抒情诗中，自然的永恒之美和爱的无穷力量——构成了纯粹抒情的主要内容。对于永恒的真爱、坚不可摧的力量，诗人不仅找到了高雅的表达方式，也找到了最简单、最真挚的表达方式。除了对自然与爱的书写，诗人费特有时还受到道德和哲学思想的启发。这些主题对于诗歌来说是非常危险的，但是费特没有因此走向说教的死胡同。在索洛维约夫看来，费特的抒情诗启发人类相信美在这个世界上的客观实在性和独立意义。他的诗歌不是沉溺于任意的幻想，而是预见一切存在的绝对真理。索洛维约夫对费特的诗情有独钟，后者让这位哲学家有机会阐释世界之美的意义，思考纯粹之美的价值，欣赏爱情在诗歌中的体现。索洛维约夫的这篇文章扩充了其另一篇文章，即《艺术的一般意义》的内容，摆脱了索洛维耶夫传统的宗教主题。

三、布尔加科夫与契诃夫

谢尔盖·尼古拉耶维奇·布尔加科夫（1871—1944）是20世纪俄罗斯哲学家、神学家、经济学家、作家。他在1904年发表公开演讲，为的是铭记在这一年逝去的伟大作家契诃夫。演讲的题目是"思想家契诃夫"。在演讲的开头部分，这位哲学家就对契诃夫创作的特点做出精辟的总结："言语无法传达他诗歌的全部魅力，他的诗歌忧伤深思，就像俄罗斯寂静的远方；他的诗歌黯然神伤，就像俄罗斯秋日的天空；他的诗歌羞怯温柔，就像北方的落日；他的诗歌深沉纯净，就像警惕的夏夜。"[1] 令这位哲学家感到遗憾的是，契诃夫在其作品中留给人类的精神财富远未得到应有的重视。他认为，虽然契诃夫在经典文学中的重要地位无人置疑，但在理解其文学作品的一般意义方面，却存在着很大的不确定性和分歧。为此，布尔加科夫决定在这篇演讲中就契诃夫文学遗产的普遍意义进行剖析。由于这位

① Булгаков С. Н. Сочинения: В 2 т［М］. Т. 2. М. Наука：1993：132.

作家最喜欢的创作形式是相对较短的故事，因此，哲学家布尔加科夫尝试通过总结大量篇幅相对较小、外在风格迥异的作品中的思想和印象来获得一幅马赛克式的图画，即契诃夫创作的总体特征。在布尔加科夫看来，契诃夫的作品是一个整体，充满了一种共同的世界观。首先，布尔加科夫发觉契诃夫格外关注精神世界。作为思想家及艺术家的契诃夫比学院派的哲学家们更清楚地揭示了永恒的问题。契诃夫的作品反映了他本人致力于他所认为的真正科学和艺术的任务：寻求真理、上帝、灵魂和生命的意义。契诃夫的作品生动地反映了俄罗斯人对信仰的追求、对人生更高意义的渴望、俄罗斯人灵魂的躁动和拥有良知的痛楚。他大部分篇幅较长的作品和许多较小的作品都致力于描写人们的精神世界。书中的人物陷入了对生命真相的追寻之中，并经历着这种追寻的煎熬。所以，契诃夫不愧为俄国文学最优秀传统的代表人物，他与俄国文学的两位巨匠——陀思妥耶夫斯基和托尔斯泰，有许多共同之处，他是继他们之后又一位具有重大哲学意义的作家。其次，契诃夫格外关注普通人的命运。这里，哲学家布尔加科夫将契诃夫与拜伦对比，他认为拜伦只关注超人的命运，即人性的最高境界，契诃夫则关注庸人的精神世界，甚至无法成为完全的人的精神世界。契诃夫最经常、最持久地提出的问题，不是关于人的力量，而是关于人的无力；不是关于英雄的壮举，而是关于庸俗的力量；不是关于人类精神的上升，而是关于其衰落。因此，契诃夫作品的主要内容是一个普遍的，同样也是哲学的问题，那就是道德弱点的问题，也就是普通人灵魂中善的无能的问题。但他并不是冷漠无情的生活记录者，而是一个流着同情之血的思想者。契诃夫对待他笔下人物的温柔和宽容令人惊叹：他为人的无助而悲伤，为他无法企及的高度而悲伤，为他心中的软弱而悲伤。这位哲学家接着谈道，契诃夫并不是一个悲观主义者。原因在于，契诃夫的全部文学活动都浸透着一种非常奇特的、很难用哲学的语言来界定的理想主义；他懂得热爱生活，认为生活是一件严肃而重要的事情，需要付出不懈的劳动；他虽然看到了恶的胜利，但是他呼吁人们勇敢积极地与之斗争，坚信善的胜利即将到来。布尔加科夫认为，如果需要一个词语来定义契诃夫的世界观，那么称之为"乐观悲观主义"更为正确，关于人们给予契诃夫的称号——公民冷漠主义，布尔加科夫坚称这是对艺术家的亵渎。在这位哲学家看来，契诃夫不仅是一位伟大的艺术家，还是一位富有同情心的公民，一位火热的爱国者。在契诃夫的身上闪耀着民主主义的光辉，这种民主主义渗透到契诃夫作品的每一页，它不仅是一种自觉的信念，还可以说是作家的无意识。契诃夫坚信，每一个鲜活的灵魂、每一个人的存在都是独立的，不可替代的，拥有绝对价值的，他们有权得到关注与施舍。可以说，这位哲学家看到了这位作家本人都未必发觉的深刻思想。

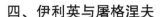

四、伊利英与屠格涅夫

弗拉基米尔·尼古拉耶维奇·伊利英（1891—1974）
是俄罗斯哲学家、神学家、音乐和文学评论家。这位哲学
家对俄罗斯文坛上的诸位作家做出过精彩的评论，其中包
括杰尔查文、普希金、莱蒙托夫、屠格涅夫、托尔斯泰等
等。这里仅以伊利英对屠格涅夫的评论为例。哲学家伊利
英为文学前辈屠格涅夫写下了题为《屠格涅夫的神秘主义》
的批评文章，对屠格涅夫为数不多的神秘小说进行了解读。
伊利英直言，几乎所有的屠格涅夫的小说都已过时，较为
成功的作品当属那些以神秘主义为主题的作品。这一评价
显然出于哲学家个人的审美趣味。伊利英没有分析屠格涅
夫经典的神秘小说，例如《死后》《爱的凯歌》《奇怪的故
事》，而是提取了屠格涅夫其他小说中的神秘主义成分，这
些小说有《活尸首》《贵族之家》《初恋》《白净草原》。伊
利英认为，屠格涅夫的神秘主义处于中间地带，有多种色
彩和温和的过渡。要知道，屠格涅夫并非坚定的有神论者，
他的信仰淡泊。屠格涅夫的神秘主义以自由主义为前提，
任凭自己的创造性想象自由驰骋，不执行任何命令。伊利
英认为这是真正的伟大天才的特征，并赞扬屠格涅夫是新
时代俄罗斯文学史上的第一位神秘主义者。

五、洛谢夫与陀思妥耶夫斯基

阿列克谢·费奥多罗维奇·洛谢夫（1893—1988）是一位哲学家和宗教思想家。这位哲学家一生都被陀思妥耶夫斯基的创作吸引。对洛谢夫来说，陀思妥耶夫斯基是一位伟大而独特的艺术家和思想家。洛谢夫在陀思妥耶夫斯基身上看到了一种新的艺术尝试，即描述人类在寻求存在意义和内心自由时的努力。洛谢夫揭示了陀思妥耶夫斯基作品中的一些最初的哲学态度：人文主义危机，摒弃非人化的世界，回归本真，存在的问题。在洛谢夫关于陀思妥耶夫斯基的一些文章中，这位哲学家主要分析了作家作品中的象征主义。洛谢夫在他的著作《象征与现实主义艺术问题》中谈到了陀思妥耶夫斯基的象征主义，他在该著作中探讨了贯穿陀思妥耶夫斯基全部作品的深刻象征意象，尤其是"夕阳斜照"这一象征。这一象征在作家的作品中反复出现33次。在这部著作中，他还以陀思妥耶夫斯基在《永恒的丈夫》《双重人格》《地下室手记》《卡拉马佐夫兄弟》和《少年》中的象征为例，用大量篇幅论述了象征与其主题的同一性和差异性。洛谢夫认为，陀思妥耶夫斯基集浪漫主义、象征主义和现实主义于一身。洛谢夫继承了伊万诺夫关于陀思妥耶夫斯基现实主义和象征主义的理解，并从存在主义的角度（通过"我和你"的关系问题）重新对其进行了诠释。

19—20 世纪的俄罗斯思想界与文学界进行着活跃的对话，这样的对话延续至今。思想界与文学界的互相交流促进了两者的共同繁荣，为人类创造了更多的文化遗产和精神财富。

第二节 别尔嘉耶夫思想的形成

19 世纪末 20 世纪初，俄国处在一场时代的旋涡中，或者说无人不被卷入当时的世界波涛，东方精神正在遭遇前所未有的挑战。俄国思想家们致力于寻求俄罗斯的思想出路，一时间海量的西方思想涌入国内，加上两次世界大战的打响，剧烈的政治和思想变化引起了连锁反应。东方辽阔的大地导致的乡土精神受到前所未有的冒险精神的挑战，科学技术和认知水平的提升永久性地改变了经济结构和社会道德风向。亚欧交界的俄国毫无疑问地面对了大量的冲击，但地缘性影响了俄罗斯思想史的变化，俄罗斯自己似乎也像别尔嘉耶夫的思想内核一样，遭受着剧烈的二律背反。一方面，俄国本土的悠久传统、东正教和基督教的信仰决定了俄国家族式的爱和追求自由的无穷渴望；另一方面，如火如荼的改革深刻地扭转了俄国民众的内心世界，战火如此深刻地催生出仇恨，催生出民粹主义、斯拉夫主义，集中性的政治改革、马克思主义的引入使得集体化程度日益加深。由此，俄罗斯骨子里的宗教深刻的反思性、民族自豪感与战争的残酷、外族的冲击、集权统治的社会集体化气质使得俄国民众思想日益复杂化。禁欲的宗教信仰、唯物主义史观、社会主义观念、弥赛亚式的宗教意识、人道主义精神一时间百家争鸣，民众在莫衷一是中渐渐走向分化式的精神割裂，俄国的文化和思想不受此等影响几乎是不可能的。

时代、家庭、理论氛围与俄罗斯民族气质深刻地影响了别尔嘉耶夫思想的形成。别尔嘉耶夫出生在白银时代的一个贵族军人家庭。东正教的宗教信仰和国内盛行的斯拉夫主义气氛深刻影响了别氏的精神成长。读书期间，他接触了马克思主义的思想著作，自幼阅读了康德、黑格尔、谢林等人的著作，为其哲学思考打下了坚实的地基。这些思想家有的为他提供了后来关于人格、自由、个性、精神的思想基础，有的则成为他批判的对象。

在后来的生涯中，别尔嘉耶夫深受德国神秘主义、德国唯心主义、新柏拉图主义、存在主义等的影响。在德国观念论方面，他受到了康德和黑格尔的重大影响，康德的纯粹理性和实践理性，以及二者关系的弥合深刻影响了其后续理论的生成，很难不让人将其理性与非理性、创造与艺术的相关问题与康德的实践理性批判联系起来，其辩证法和精神概念的论述过程中又处处透露着黑格尔辩证法和

《精神现象学》的影子；在存在主义方面，尼采的酒神精神理论对他有着重大影响，甚至尼采的格言式写作影响了他自己的后续思想演进，以至于他都认为自己不像是一个哲学家，其对尼采的解读与对海德格尔等人后来的解读又大相径庭。别氏的伦理观又受到了叔本华的巨大影响，叔本华关于痛苦意志的学说后来与其深渊理论相结合，构成了他的创造伦理学的善恶观部分；他理论中的"自由"思想自伏尔泰出发，以基督教神学为主要的思想基石，同时受到东正教严格教义和其对爱的特殊理解影响，在神学化的过程中又受到了德国哲学家雅各布·波墨的影响，向神秘主义发生了倾斜，"波墨的有神论是神秘主义的，因为他认为，只有通过人同上帝的亲自接触，才可能认识上帝"[①]。这一观念使他进一步地产生了与传统神学不同的神人观；在艺术理解和生存道德论方面，别氏受到陀思妥耶夫斯基和易卜生作品的熏陶，文学也因此成了他创造理论中不可或缺的重要组成部分。

别尔嘉耶夫是一位旁征博引的思想巨匠，他自成体系，拒绝各种流派的标签化。陀思妥耶大斯基是他俄罗斯本土资源的一个重要来源，其文学创作也被他视作生存论和思想具体化、形象化的最佳代言人。别氏评价陀氏时，认为他是一个诺斯替教徒，常常试图通过文学创作来领域与表

---

① 捷·伊·奥伊则尔曼.十四—十八世纪编制法［M］.钟宇人，朱成光，等译.北京：人民出版社，1984：76.

达宗教经典的字面意义不同的神秘主义内涵，同时是一位
启示录主义者。这是俄国人的典型形象，但与俄国传统思
潮不同的是，陀氏是一个具体的精神运动者，这与别尔嘉
耶夫自身的精神气质十分相符，二者都不是虚无主义者，
而是希望通过具体的生存对象重构上帝信仰的光辉之国。
别氏评价陀氏的创作行为，认为"他完全沉迷于狄奥尼索
斯的本能中，而这种狄奥尼索斯的本能就诞生了悲剧"①。别
氏以托尔斯泰为静态的对象与之相对比，认为陀氏的小说
创作具有一种疯魔状态，而陀氏是一位俄罗斯的精神变革
者。别尔嘉耶夫从陀氏的小说里汲取了俄罗斯民族最深刻
的痛苦，那是对个人命运与世界命运的反抗，对人如机械
一般的生存境遇的反对而展开的创造运动。《地下室手记》
和《卡拉马佐夫兄弟》中宗教大法官的情节成为别尔嘉耶
夫眼中最重要的陀思妥耶夫斯基著作，这非理性的思想辩
证法给别尔嘉耶夫提供了充分的思想动能。别氏看到了个
性深处的如烈火一般灼烧着的运动，并由此产生出了神人
思想，关注神与人同体时人的精神运动，从而体验"自由"
引导人的本性获得的发展，体验人在深渊之前痛苦和不得
不承受痛苦的思考。借助陀思妥耶夫斯基的小说人物，别
尔嘉耶夫深刻思考了自由与奴役的问题，爱欲与性的问题，
集体对个体、个体对个体的审判和死刑问题，永生与日常

---

① 别尔嘉耶夫.文化的哲学［M］.于培才，译.上海：上海人民出版社，
2007：11.

性的问题，这些问题组成了别氏思想的核心，也是后来他在著作中反复论及的对象。

在俄国国内运动中，别尔嘉耶夫与索洛维约夫、舍斯托夫、梅列日科夫斯基等青年思想家交往甚密，他们的思想也对别氏有着巨大的影响。

在谈及舍斯托夫时，别氏高度评价了舍斯托夫的著作《陀思妥耶夫斯基与尼采》，认为他的工作是具备开创性的。别氏深刻评价了舍斯托夫的"心理描写"方法，包括为陀思妥耶夫斯基和托尔斯泰构建的心理描写理论。别氏认为，陀氏的心理描写有助于舍弃一元论的虚假体系，要通过对于心理经验的撰写，去拆除现实世界被认为构建起来的乌托邦，将抽象的、概括的符号全部舍弃，去"否定一切理论、一切思想体系的认识价值，将其当作谎言揭穿，力求重新认识个人实在、直接的体验，再现真实的经验"[①]。舍斯托夫对尼采和陀思妥耶夫斯基的理解与别尔嘉耶夫不约而同。然而，他又认为同样是构建心理描写，托尔斯泰的描写只能说是构建了一具"活尸"，他对于托尔斯泰作品中表现出的庸常性感到非常不满。在对文学作品进行解读时，他又不满舍斯托夫对于心理描写的公式化。他认为，悲剧的发生不仅仅源于对于生活的困惑惶恐与无能为力，还可能来自过分高涨的创造热情。对于悲剧的这一分

[①] 别尔嘉耶夫.文化的哲学[M].于培才，译.上海：上海人民出版社，2007：153.

类，别氏后来在他自己的理论中将其分为了自由的悲剧和命运的悲剧两大类进行详细讨论。同时，舍斯托夫关于"善与恶"的命题引起了别氏的关注，其对善恶的立场基本与尼采相同，认为孱弱的现代社会的"善"会阻止更多更高尚的东西，因而要奋起反抗善，别氏却从善恶的关系中看到了二者之间的互为依托，他一边如舍斯托夫一般大肆宣扬恶的创造力量，然而毕竟还是承认善是彼岸世界的重要组成，恶只能成为违抗社会日常性的手段。总的来说，别氏从舍斯托夫那里吸取了对理性主义概念的鄙视态度，扬弃了舍氏套用形而上的概念对生存经验的评价方式，他认为那抹杀了精神和个性本身。同时，别氏进一步划分了善恶与日常生活的平庸之间的关系，这也是其理论体系中后来讨论的一个重要命题。

列昂季耶夫被别氏评价为一位反动浪漫主义哲学家。别氏认为其思想深处潜藏着神秘主义的重要思想核心。列昂季耶夫那对享乐主义和庸俗主义催动到极致的怒火代表了他的立场，以至于"达到神秘主义的反动的地步"①。列昂季耶夫对神秘主义的痴迷，一如别氏对神秘主义的态度，但列昂季耶夫对于古典思想的追逐仅仅在神秘主义立场上与别氏一致。在实践层面上，列氏向往的是东正教的传统礼教和专制制度，这一选择被别氏评价为实证主义和历史

---

① 别尔嘉耶夫.文化的哲学［M］.于培才，译.上海：上海人民出版社，2007：174.

的宿命论。列昂季耶夫自命不凡的复古举动，在民族立场上表现为对斯拉夫民族拯救世界的信仰。列氏的狂躁、对恶的热爱、无神反基督的立场看似疯狂，但别尔嘉耶夫却从中感受到了一种充满生命力和创造欲望的辩证法，这后来被他融入关于创造的学说中。然而，别尔嘉耶夫对列昂季耶夫仍然保持着困惑，其最大的困惑就是"神秘无政府主义"与"神秘贵族整体"能否融入社会主义的现实。别尔嘉耶夫不知道，他的讨论中关于政治的个性保有问题也始终处在一种空白中，个性的问题在具体的历史中如何实现，个性如何在集体中得以发扬，他留下了一个大大的问号。

罗赞诺夫对基督的厌恶则让别尔嘉耶夫看到了另一种尖锐，但又相当有趣的辩证哲学。罗赞诺夫认为基督和世界水火不容，基督是对世界的一种妥协，是在面对真实世界的过程中，宗教保有神性的一种解决方案。而在罗赞诺夫眼里，世界就是世界本身，世界应当以眼前看到的方式进行一种庸俗化的解读。他的原则和倾向是泛神化的，世间的一切都散落着圣灵的骸骨，因此不需要基督，不需要他的拯救。别尔嘉耶夫对此是不同意的。基督代表着神人性，没有基督，人的超验性是不可能实现的。罗赞诺夫心中泛化的、在日常生活中可以寻得的超验性也根本不存在。

索洛维约夫在神秘主义和深渊理论方面甚至还要走在别尔嘉耶夫之前。索洛维约夫沉迷于希腊的"秘仪"和普罗提诺的"太一"理论，并从中提炼出了"美是完善"的

"索菲亚"思想。索洛维约夫的索菲亚是"智慧"的人神合一的形象，这人与神的汇合衍生出了三种不同的"完善美"意义上的人类艺术。第一种是将人与物质本质连接在一起的艺术，它可以打破材料和媒介限制，以"秘仪"的形式直接将"完善美"导入人心中；第二种是艺术家将生命的本质浓缩表现在自然美不充分时将其表达出来的艺术；第三种则是通过否定不切实际的未来审美期望，以反映出理想面貌的一种表现手法。值得注意的是，索洛维约夫虽然是宗教神秘主义的哲学家、美学家，可他却仍有自己独立的思考，他不赞成为艺术而艺术的神秘仪式，认为那是本末倒置，不能抵达"完善美"的效果。这一思想后来也被别尔嘉耶夫所吸收借鉴。索洛维约夫的索菲亚形象是完美的女性形象，在她身上人性与神性得到了完整的统一。这一观念被别尔嘉耶夫加以改造，从"神人类"演化为了"神人性"。别氏认为这一神人性寄居在每一个个体的个性之内，每个人都有超越和创造的责任与义务。

别尔嘉耶夫的思想形成过程是非常复杂的，特殊的历史时期，个性鲜明的在地资源——民族气质与如烈火一般的思想家们给了别氏很大的启发。当然，还有很多其他的文学家和思想家给别尔嘉耶夫造成了重大影响，但他的基本理论重心已经在以上思想中得到体现。别氏的思想又将如何评判同时期的文学家，在正向和负向上又会怎样影响俄国作家的创造？这是一个值得进一步系统梳理和把握的问题。

第三节　研究方法与意义

　　别尔嘉耶夫的作品广泛涵盖了哲学、宗教、文化和社会问题，然而，本书将集中关注他对俄罗斯文学的评价和影响。在20世纪初，俄罗斯社会和文化经历了巨大的变革，处于革命、社会动荡和思想解放时期。在这一时期，别尔嘉耶夫的文学评论和哲学观点对俄罗斯文学产生了深远的影响。他不仅密切参与了同时代知识分子的文学思想活动，还与19世纪俄罗斯文学有着密切的精神对话。通过回顾别尔嘉耶夫对19世纪俄罗斯文学、19世纪与20世纪之交的俄罗斯文学以及20世纪上半叶的俄罗斯文学的解读，可以揭示出他对俄罗斯文学的定位、思考和阐释。

　　本书的主要目的是深入探讨别尔嘉耶夫如何评价俄罗斯经典文学家和他们的文学作品，以及他的观点如何影响当时的文学界。具体而言，我们将关注别尔嘉耶夫对19世纪经典文学代表之普希金、果戈理、屠格涅夫、托尔斯泰、陀思妥耶夫斯基，和19世纪与世纪之交文学之代表勃洛克、别雷和马雅可夫斯基，以及20世纪上半叶文学之代表高尔基、布尔加科夫和肖洛霍夫的文学批评，研究别尔嘉耶夫

与俄罗斯文学的独特对话。

为了实现这一研究目的，主要采用两种研究方法。一是文本分析法和文献研究法。这是研究别尔嘉耶夫对俄罗斯文学的评价时的关键方法。仔细分析别尔嘉耶夫的思想著作，具体的文学评论和批评文章，与他人的往来信件、日记等文献资料，从中梳理出别尔嘉耶夫的文学观点和文学评论，并对这些观点评论进行解读和整理，以揭示他的文学审美观和批评标准。二是历史研究法。历史背景是理解别尔嘉耶夫思想和观点的关键因素之一。充分考虑别尔嘉耶夫所处时代的历史背景，特别是 20 世纪初俄罗斯社会和文化的变革，将有助于理解别尔嘉耶夫的思想和观点如何受到当时社会和政治环境的影响，以及他的文学评论如何反映了这一时期的文化氛围和思想潮流。

探讨别尔嘉耶夫与俄罗斯文学的对话有着重要的学术意义和文化意义。首先，研究将有助于深入理解别尔嘉耶夫作为哲学家和文学评论家的思想和影响，以及他对俄罗斯文学传统的贡献。别尔嘉耶夫的观点不仅影响了当时的文学界，还在一定程度上塑造了俄罗斯文学的发展方向。

其次，通过研究别尔嘉耶夫的文学评论，我们可以更好地理解三个时期俄罗斯文学的继承与发展关系，俄罗斯文学的发展和演变，以及文学与社会、政治、哲学之间的关系。这将有助于我们理解文学在社会变革和思想解放中的作用，以及文学如何反映和塑造社会观念和价值观。

　　此外，研究还有助于扩展我们对文学批评方法的理解，深化对文学批评在文学史和文化研究中的地位的认识。别尔嘉耶夫作为一个跨学科的思想家，将哲学观念融入文学评论中，为文学研究方法和文学批评理论提供了有价值的借鉴和启示。其研究具有跨学科性，涵盖文学、历史、哲学等多个领域。它有助于拓展文学研究的视野，将文学置于更广泛的文化和社会背景中，有助于我们更全面地理解文学的作用和意义。

　　简而言之，研究别尔嘉耶夫与俄罗斯文学的对话不仅可以丰富我们对俄罗斯文学史的认识，还有助于深化对文学批评方法和文学与社会互动的理解，促进文学研究的发展，并促使我们更深入地探讨文学在社会和文化中的作用和影响。

第一章 别尔嘉耶夫美学观与艺术论

19世纪与20世纪之交，是俄罗斯思想巨变的时期，这一时期涌现出数量众多的思想家与文学家，别尔嘉耶夫是其中绕不开的一位。在军队贵族家庭出身的别尔嘉耶夫，一方面受到自小习得的东正教思想的影响，另一方面受到当时世界思潮的熏染，形成了围绕宗教哲学展开的思想脉络。同时，他吸收俄罗斯在地资源与西方思想家资源，在他的哲学思想中形成了他独特的"人学"视角。这样，作为"神的信徒"的别尔嘉耶夫重新构建了一种超越本体论的形而上学，转向一种创造论的形而上学，上帝成为精神性的载体位居信仰和创造的中心。由此，美学在别氏的哲学观中也就占有一种更为重要的地位。具体而言，别尔嘉耶夫认为"美是存在的最高质的状态，生存的最高成就的特征"[①]，这一结论进一步提升了美在超越状态中的重要性，并将美作为一种目标，树立在人向神、向超越前进的道路

① 别尔嘉耶夫. 别尔嘉耶夫文集：第二卷 // 论人的使命：神与人的生存辩证法 [M]. 张百春，译. 上海：上海人民出版社，2007：397.

上。"自由""创造""精神"成为别尔嘉耶夫美学和艺术学理论中的重要关键词。围绕着它们,别氏展开了有别于古典美学、有别于德国观念论美学、有别于俄罗斯本土美学、有别于传统宗教阐释的崭新美学论述,对于神秘学的纳入更成为一种重要的思想来源,解构了一元论的绝对精神,以"信仰"为核心统御并试图弥合尘世与彼岸、灵魂和肉体之间的裂痕。

别尔嘉耶夫逝世于1948年。多年来,其哲学思想一直深深地影响着世界,但对于其美学思想的系统研究却屈指可数,这主要是由两方面导致的。一是别氏的美学理论散见于他的众多著作,缺乏具体的专著;二是别氏的思想论战在政治、哲学等方面引起了更高的关注度。但其美学思想实际上与其哲学观深度关联,俄国文艺界与思想界的沟通传统也导致别氏的思想与文学艺术的发展之间有着重要的关联。这一关联是理论对于文艺作品的批评和指导。同时,俄国本土的文学艺术观点也是其思想与欧陆哲学产生区分的一个重要因素,陀思妥耶夫斯基甚至被别氏称为"寻找精神世界的俄罗斯漂泊者、俄罗斯朝圣者"①。基于此,本章以其思想关键词入手,对其美学观与艺术论进行体系化梳理,以之作为一个抓手,管窥别尔嘉耶夫的思想脉络,并为后文对别氏与俄国不同时期的文学家之间的互动论证打

----

① 别尔嘉耶夫.文化的哲学[M].于培才,译.上海:上海人民出版社,2007:17.

下基础。

第一节　三位一体的创造之路

　　别尔嘉耶夫的核心思想，是通过精神上升之路，在秉持自由理念的同时，尊重每一个个体的个性。在他的思想脉络中，每一组关系都是辩证的，彼此之间存在着巨大的张力，同时他的哲学脉络的达成必然地需要非理性的参与。基于别尔嘉耶夫的神学背景，加上他在文献论述过程中对圣灵的频繁引用，对基督的反复提及，对上帝的信仰，本节尝试运用圣父、圣子、圣灵这一个基本的三元结构来对他的思想进行新的结构归纳。从个体的主体问题出发，分析别氏理论中的三元对子——主体塑造方面，讨论灵魂、肉体和精神的相互作用，自由、个性、精神之间的关联问题，借此来描述别氏对于人的神性和神的人性的描摹，梳理他的神人类之路；世界观方面，讨论天堂、地狱、尘世王国之间的相互关系，梳理他的超越之路，此岸与彼岸的连接可能；时间观方面，研究生存时间、历史事件和宇宙时间的异同，思考别氏的永恒和彼岸世界之间的关联。最后，依靠以上的三元结构，再把握别氏的"创造"的前提条件，以为后文构建较为有效的讨论基础。

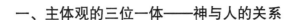

一、主体观的三位一体——神与人的关系

为我们所熟知的"圣父、圣子、圣灵"三分是基督教的基本教义之一，深受宗教哲学影响的别尔嘉耶夫在讨论人与神之间关系时沿用了这一讨论。圣父、圣子、圣灵三个位格均是上帝的表现，圣父上帝，圣子基督，圣灵通过一种灵态与信徒和世界同在，这是基督教的基本解释方式。别氏在对人神二元进行讨论时，对神的三个位格进行了进一步的讨论，并借此对于神性进行了进一步的阐释，将之作为其思想脉络的基本准则，展开了他对于创造的讨论。

基督教认为人是上帝的造物，人仰慕神，信任神，并将其作为通向天堂的唯一之主而供奉。别氏则认为，其中有更多的细节需要被讨论。别尔嘉耶夫认为，信仰的基本是承认神与人的合法性，人作为神的造物，是肩负了神的使命并与神同行而存在的。上帝和人之间的关系不是抽象和具体的关系，也不是统治者与被统治者、主人和奴隶之间的关系。人神二元论同时是人神辩证法，上帝是超越的存在，天堂的审判与接纳应当是上帝的生存式理解而非上帝的理性式理解。"上帝作为生存的相遇而存在，作为超越而存在，在这个相遇中，上帝是个性。"① 从非理性非抽象原则的上帝出发，上帝是目的，而人并非实现这个目的的手

---

① 别尔嘉耶夫. 美是自由的呼吸［M］. 方珊，何强，王利刚，选编. 济南：山东友谊出版社，2005：35.

段，人也是个性本身。但圣父的纯粹神性与人之间不是同一存在，因而需要基督的出现。基督是"神人类"[①]，是客体化世界中拯救人的存在，引领人类重新走上超越和信仰之路。别尔嘉耶夫认为人的个性中潜藏着一切的可能，个性是上帝赋予人的，是上帝的一部分，个性是精神世界，是生存状态，是一切的发生，是人与宇宙交往的可能，任何对于个性的贬抑，对个体的奴役本质上都是敌基督。上帝通过创造将自己的形象赋予人，通过基督在人间的行走，将人通往神的道路创造出来，因此基督是人"神人性"的最基本来源。在圣灵问题的讨论上，别氏受德国古典哲学的影响极为深远，对于圣灵与世界的关系的理解受到斯宾诺莎的强烈影响。这一观念下，圣灵分散在世界之中，整个超越性的世界和自然性的世界的叠加，就是上帝。在这个理解下，上帝的三个位格与人在此世的行走发生了密切的关联。圣父、圣子、圣灵就是上帝、基督、世界。

这是与传统神学有着较大差异的理解，事实上，神学史上对于世界的实在与虚幻、基督神性的具有和非具有都有过众多的争论，别尔嘉耶夫在争论之中显然都选择了前者。正是借此为基础，别氏才坚定地相信人有可能走向彼岸，获得超越性，人的主体性才具有独立性和合法性。"只

[①] 神人类的概念出自索洛维约夫，别尔嘉耶夫在索氏的基础上将"神人类"拓展为"神人性"，是人性与神性并存的特质，这构成了别尔嘉耶夫整个生存哲学和自由哲学的基础。

有当个性是神人的个性时，个性才是人的个性。"[①]在这个意义上，人的主体性的确立是通过主观塑造的，这个主观蕴含着上帝的形象，人的存在是具体的，形象的形而上学。由此，别氏的思想理路显然不是一元论或者二元论的，也不是理性主义或者非理性主义可以概括的。其三位一体的思想引导一种充满神秘性的辩证关系，一种三元结构在此成立。一方面，神与人之间有别，但神与人之间存在连接，人可以通过主体性的创造通向神的超越性。

这个三位一体的结构可以在更多别氏的理论架构中探寻到。在人的内在性方面，灵魂、肉体、精神构成了别氏理论中的三位一体，在别氏的世界观中，灵魂和肉体的两分无法调和二者之间的矛盾。同时，精神并不是独立在二者间的第三者。精神既是肉体的，也是灵魂的，它统御二者，让二者共同努力去追求超越的方向。肉体是属于自然的，灵魂是属于彼岸的，二者之间具有不可调和的矛盾，人的自然欲望会导致人的欲求、人的灵魂向上寻求拯救，而精神正是此处的路标，给迷茫的主体指引方向。

在别氏理论中，人具有超越性的基石也具有这样的三位一体的构造——主体性的超越之路上，自由是原则，个性是基础，精神是指引。确立了自由的人，主体才是有超越的希望和可能的，这一原则保证了人自身的独立性，它

---

① 别尔嘉耶夫．美是自由的呼吸［M］．方珊，何强，王利刚，选编．济南：山东友谊出版社，2005：40.

是上帝的造物，但也是创造者，神不是人的支配者，不奴役人，而只是怜爱和恩赐着人。人在此世具有选择的权利，具有向上和向下的自由。因为如果不同时承认向上和向下的合法性，就等于否认向上的合法性。如果堕入地狱是不存在的，是不可能的，那么升上天堂显然也是一种谎言。因此，人获得超越性首先需要自由地参与，否则人就在自由当中再次走向羔羊的迷途。与此相对应的，个性也存在着矛盾性，其本质也是双重的。"个性不依赖于社会的决定，它拥有自己的世界，是独特的和不可重复的。但同时个性是社会性的，在个性里有集体无意识的遗迹，个性是人从孤立中的出路，个性是历史的，它在社会和历史中实现自己。"① 个性是独特的，但他同时要求交往，要求承认他人的个性。以自我为中心的价值观将导致禁欲和苦行，这已经湮没在历史中的神学倾向是自我封闭的。个性的彼此承认是拒绝奴役自我、奴役他人的非客体化道路，但个性的彼此认可仍然是彼此的独立和不同，否则就会再次陷入一种"类"的恐怖，成为机械化和盲目化的人生。个性是具体的，在生存领域表现为性格，性格就是对自我的区分。个性当然保持自由的立场，这在别氏眼中不但是一种属性，更是上帝赐予人的义务和责任。人的自然本性渴求受到奴役，但个性不允许奴役的存在。个性是不服从的，是抵抗，

---

① 别尔嘉耶夫. 美是自由的呼吸［M］方册，何强，王利刚，选编. 济南: 山东友谊出版社，2005: 42.

是不间断的创造行为。个性寻求超越，在敬畏（Angst）[①]面前拒绝向经验世界的庸常下潜。

自由的原则是悖论式的，个性的展现也是悖论式的，而人踏上光明之路的引导就必须依赖于精神。精神是肉体与灵魂的指向标，那是实践层面上的，在超越的层面上，精神引领着自由走向光明，带领着个性摒弃奴役的纠缠。但精神同样不统治，否则就陷入了决定论的重复循环。精神在别氏的理论中是信仰，是神人性对人的召唤，这要求人在精神层面上的锻炼，要求内在的欲望和冲动在苦苦探求的过程中自我集中，在现实世界中不断尝试并寻找出口。精神的指引是一种恰切的原则，是在抑制欲望和发泄欲望之间的平衡，在向上与向下之间寻找一种动力，在善与恶之间找到的不被僵化的突破可能。

日常世界和社会生活，因为客体化原则，希求一种稳定和再生产式的发展，总会不断要求人贬抑自己的个性，要求内在热情的冷淡，要求主体火焰的熄灭而参与到机械化的生产。个体因为具有神性，本能地拒绝这种奴役，要求突破。于是对立和冲突就产生了，现代人的主体性因此受到巨大的威胁。别尔嘉耶夫对神人二元论做了拆解，三位一体的结构在自然王国和上帝王国之间得到了进一步的

---

① 指克尔恺郭尔的敬畏，与恐惧有别，不是危险的对立面，而是在存在与非存在的秘密面前，在死亡面前的烦扰和忧郁，这是"向死而生"的重要根基，有助于消解日常性和平庸问题。

展开，这种展开使过去决定论的神性解读具有了不确定性，也使得非神学论的唯理论被动摇。在神与人之间，一个包含性和统御性的精神，一种绝对的自由提供了主体重新构建的一种可能。这可能借助信仰的神秘性，找出了康德不可能的"物自体"以外的一种答案。

事实上，别尔嘉耶夫的个性也好，自由也罢，都是基于现代人的精神状况提出的问题，信仰的崩塌在19世纪与20世纪的交界处异常显著，根本的原因在于信仰不能解决空虚的具体问题。别氏倒转了尼采关于"上帝之死"的悲呼，认为基督的尘世遭遇恰恰是上帝没有放弃人的重要证明，上帝之所以以基督之身走进人间，是为了拯救。但这个拯救行为的重点并不在于基督被刺杀的死亡，而在于基督死亡以后的重生。

> 世界过程开始于天堂，它走向天堂，但也走向地狱。人在过去，在世界生命产生中回忆天堂，他在未来，在万事万物的终结幻想天堂，同时带着敬畏预感到地献。天堂在开端，天堂和地狱在终结。原来，世界过程的一切收获和增加仿佛都在于，给天堂附加一个地狱。地狱就是在世界生命之终点出现的新事物。[①]

① 别尔嘉耶夫.美是自由的呼吸[M].方珊，何强，王利刚，选编.济南：山东友谊出版社，2005：179.

在别尔嘉耶夫眼中，历史的进程被包含在永恒之中，永恒是超验的，通向永恒的过程是生成性的。别氏不认可灵魂孤立的永恒性，而相信肉体和灵魂的不可分离，因此未来的复活一定同时发生在肉体和灵魂身上，也即基督的复生。这是他的生存立场决定的，理念不能成为生存的全部，失去现世指引，就将人的生存抽象化了，灵魂在抽象化中只能是符号，是被奴役、被压缩的对象，个性和自由也就不复存在。可以说，面向死，面向地狱的敬畏和彼岸的超越是一枚硬币的正反面，有信仰的人可以清晰地意识到这个问题，但个性的彼此尊重决定了基督和上帝也为所有无信仰的人而存在。

这样，三位一体的内核支撑了一种从根源衍生出的希望，这正是俄罗斯的弥赛亚意识。简而言之，在别氏的理论之中，生存从一开始就不可能走向虚无，而必然是存在着救赎和上升的可能，它是神秘的超验体验和具体的现实生活之间的桥梁。这样，别氏通过精神构建了一种自我约束的伦理观和美学观，这是现代主体的自我构建的道路。重要的是自由，是个性与个性之间的确认，在一种二律背反中，别尔嘉耶夫肯定了所有个体的独立性，确立了人的上升通道与下降通道，确立了天堂和地狱的并存。所有对象都是主体，也就不存在主客二元间的对立。如此，别氏的上帝之国的可能框架就搭建完成，但在具体层面的上升途径还没有经过论证，这个论证别氏放在了对于创造的论述部分。圣父、圣子和圣灵——上帝、基督和世界——灵魂、肉体和精神——自由、个性和精神的对子已然成立，但如何实现，如何将俄罗斯的民族性内置的虚无感转化成为上帝的国的奋斗精神，同时不落入被奴役的日常性和社会规训之中，这是别尔嘉耶夫主要讨论的问题。

人的主体就是上帝的主体，这一观念显然是受到了黑格尔"实体即主体"的观念影响，区别在于，别尔嘉耶夫批判了黑格尔的"绝对精神"。他认为上帝是在主观性之中的，上帝在奥秘的旋涡当中，宇宙和世界不是历史的自我展开，而是个性的整体展开。也就是说，人包含在上帝之中，人的主体塑造就是返回上帝的过程。这个主体在三位一体的框架里处处充满着矛盾和悖论，处处存在着和谐和神秘，是一种具有巨大张力的结构。在此需要重复的是，神人性的个性及人类的主体，是非理性主义的，理性主义能够得到的只有奴役的后果。这个奴役深刻地隐藏在向上帝之国进发的道路上，与自由在斗争中转化。主体的最终归宿，在斗争性的奥秘里，人是向奥秘超越的。

二、世界的三位一体——天堂、地狱和尘世王国

借助陀思妥耶夫斯基，别尔嘉耶夫深刻地批判了俄罗斯的民族性，那种虚无感、矛盾感，机械化的价值观是别氏主要反对的。别尔嘉耶夫认为，虚无感的诞生主要来自

日常性，日常性消解了源自彼岸的超验追求，上帝的国被人遗忘了，永恒被遗忘了，审判和重生也被遗忘了。这就需要人清醒地认识自然界的庸常性和超验的必要性，将上帝的任务、人的义务和个性的活力重新带回尘世的王国，借创造之力获得向上的动力。

人所处的世界具有自然性，人首先是上帝的造物，其次是自然界的一部分。别尔嘉耶夫将自然界解释为因果联系，是因为在19世纪与20世纪之交的世界，科学论和认识论的世界观成为当时世界的主流，物质世界很自然地被解释为可以被理性分析的对象，并被量化和逻辑推定。别氏在他的世界观中做了多个名词的对照，例如自然界与世界、世界与精神世界这一类的比较，同时他指出"自然界是决定论的秩序，但这不是封闭的秩序，另外一个秩序上的力量可以闯入这个秩序，并改变其中规律的结果"[①]。不难看出，别氏对于自然科学的理解受到了当时的科学视野认识的影响。今天再看这个表述，我们会意识到，在科学体系内也存在着某种意义上的二律背反，有经典力学和相对论的冲突，也有量子力学和测不准定律的谜团，科学世界的简洁性和确定性也在被进一步地挑战。当然，别氏本质上在讨论的，是传统认识论视域下的科学认知，这样的批判在其理论体系内也是成立的。总之，在别尔嘉耶夫那

---

① 别尔嘉耶夫.美是自由的呼吸［M］.方珊，何强，王利刚，选编.济南：山东友谊出版社，2005：76.

里，世界的自然性具有非精神的奴役状态，这种客体化和物质化就是奴役本身，而解放"是向生存的返回，向主体性、个性、自由、精神的返回"①。对解放提出了另外见解的别氏，将世界的不平等与僵化，奴役与恐怖的根源解读为客体化，他将客体化与物质世界等同，将解放与创造的结果视作精神世界，此时内化的自然界就成了他所思考的真实的自然界——作为生命存在的"宇宙"。借此，别尔嘉耶夫描述了尘世王国与未来的上帝之国的矛盾与斗争，联系与区别，这就是精神的辩证法。宇宙的自然性会衍生出不同的宇宙诱惑，这些诱惑使人向不自由、向庸俗靠拢，并获得此时的满足，爱欲—性的诱惑、民粹主义的诱惑、种族主义的诱惑、集体主义的诱惑将一刻不停地左右着人的意识，这是狄奥尼索斯式的迷狂，通过回归大地获取前所未有的狂喜。别氏对于狂热的理解是具有狭隘之处的，他天然地将信仰立足于狂热之外，认为信仰本身是精神和世界的交汇，然而在实践层面上，这是更加难以到达的。同时，他未尝没有过度理解狂热的覆盖范围，狂热也可能具有理性的区分。但无论怎样，在别氏三位一体的世界观中，恶与善都是通过中介进行调和的结果，这在他的理论中仍然是自洽的。

前文已经提及，创造是别尔嘉耶夫在超越之中的重要

---

① 别尔嘉耶夫.美是自由的呼吸［M］.方珊，何强，王利刚，选编.济南：山东友谊出版社，2005：77.

甚至是唯一手段，而爱是伦理层面上的创造。别氏从舍勒对于柏拉图之爱与基督之爱的区分出发，分析了个性的真正的爱，应当是指向另一个具体个性的，指向观念的爱会被异化成为奴役的对象或扭曲为欲望，从而脱离爱的本质。别氏认为："爱欲之爱看到的是上帝的另一种形态——对上帝的敬爱、上帝对人的意念，看到的是心爱的美。李安民之爱看到的是上帝的一切职务，黑暗世界、痛苦、丑陋世界的兼并。"① 抽象的爱被他遗弃，爱是在人神之间的交流中产生的，上帝对人之爱并非一种高高在上的悲悯，而是个性对个性之爱，自由对自由之爱，这与柏拉图的人作为神的代言人之间又一次扩大了不同。对人之爱也有近人和远人之分②，对具体的人和对抽象的人，对人的整体概念的爱是不同的。远人的爱打着对人的包容与爱，实际上却是对人的符号化，且其中将产生对于近人的生存的牺牲，这是别氏无法忍耐的，其中的代表就是对唯美主义的迷恋，这在后文将会提到。为一种抽象的真理或规则而选择对个性的牺牲，这正是尘世中的恺撒王国的重大问题。世上的任

---

① 别尔嘉耶夫. 论人的奴役与自由［M］. 张百春，译. 北京：中国城市出版社，2002：48.

② 近人在别尔嘉耶夫的理论中，是与"远人"相对应提出的一个概念，指的是抽象的人、偶像式的人，别氏列举了尼采的"超人"，宗教狂热主义者抽象的正义，社会革命者的乌托邦等一系列例证。对"远人"的爱的一个重要体现是对抽象问题的重视超越了对具体生存的重视，以牺牲近人的幸福而获得对于理想的追求。

何问题都比不上个性的生存，在具体的生存中不能有禁欲式和祭祀式的牺牲，否则就像古典的人祭时代发生了倒退。索洛维约夫在爱这一拯救手段方面深刻地影响了别尔嘉耶夫，"爱拯救个性"，这句话贯穿了天堂与尘世，上帝之国由此与恺撒之国发生了转换性的连接。爱是脱离日常性直指精神的，是发生在独立的个性之间的。家庭社会的爱可能异化这一点，使人与人之间产生压迫。

地狱的建造源自对死亡的恐惧。如果说客体化的奴役和对超验的遗忘和满足是尘世王国的来源，在别氏的理论中，地狱就和天堂一样处于内在世界当中。地狱是一种恐惧的精神世界，不同于自由的精神对末世的接受和对基督再度降临的理解，他害怕失望，不接受死亡。这是生命虚假的积极性。此时的精神恐惧的是死亡背后的无穷痛苦，是尘世王国和天堂直接隔绝的那一道深渊，是复活来临前无边无际的黑暗。不如说，它本质上就不相信复活，死亡不在它的内在之中，而是外显的地狱的折磨。这会导致两种不同的心理状态，首先是相信永生，相信人可以永远在上帝的国度中想了，这样没有使命和责任的生命状态，本质上是功利的状态，会使人沦入堕落的深渊；其次诞生的是生命虚无的恐惧，即生命只是短暂的瞬间，死亡以后是无尽的折磨和痛苦，人将永堕地狱，生命是无希望的和无意义的。本质上来说，这二者均属于消极的生命观，对于死亡的恐惧或对永生的美化，本质上都是忽略生存的，他们认为生存没有意义和价值，一切都是为了生存以外的东西而努力奋斗。其实不然，天堂和地狱的对立在于，内化世界的自我平衡将选择哪一个方向，面对死亡的斗争所引起的敬畏，日常生活中的烦忧，将真正引导人们内在紧张地面对生存，这种紧张引导出创造的欲望，引导出人们对于空无的厌倦而创造上帝的国，等待基督的复苏，第二次迎接基督的来临。在尘世王国中努力地奋进和创造，是创造新世界的唯一法门。"不能被动地等待基督的王国，如同不能被动地等待敌基督的王国一样，应该同敌基督的王国进行积极的和创造性的斗争，并准备上帝的国的到来，上帝的国要靠努力才能获得。"①

　　与之相对应的，天堂本质上是对于地狱的战胜，但这一战胜也不是字面意义上的摧毁地狱，而是一种创造达至彼岸的和谐状态。天堂在永恒之中，永恒是内在的、神秘的运动，是生存的有限与无限的辩证法。对抗死亡的，一定是无限，这一无限是内在体验的，是更自由的，是对个性进行肯定的，"完善的天堂生活是对世界的空虚和烦恼的否定"②。这是一组时间意义上的悖论，是此世与彼世的过渡。因此，天堂不是极乐，而是在每个时刻里感受到永恒。这种永恒在每一刻都存在，因而，人摆脱了烦扰和忧

① 别尔嘉耶夫.美是自由的呼吸[M].方珊，何强，王利刚，选编.济南：山东友谊出版社，2005：168.
② 别尔嘉耶夫.美是自由的呼吸[M].方珊，何强，王利刚，选编.济南：山东友谊出版社，2005：185.

愁，在有限的时刻里永远体验无限的美的创造。这个世界成为精神的世界，这个肉体成为精神的肉体。此时人的肉体、精神、个性都是完满的，主体不需要再痛苦挣扎，而是自然而然地将对立的方面结合在一起。但天堂不能出现在人被造的那一刻，因为世界是需要不断运动的，人在伊甸园出现时还没有感受到自由和个性。因此天堂必定在未来，在无垠时空的终结点。然而既然终结，就不会有永恒，所以这个上帝的国不能以理性客观的方式进行考量，而应该以主观的非理性去忖度，这就是基督的复活。这个复活会带来新世界，别尔嘉耶夫如是说。超验在对比中得到了形象的解读，这也是一组悖论，概念与具体此时成为一体化的东西，天堂在时间观的三位一体中。后文将对此展开具体的论述。

　　天堂和地狱都处在人的主观性之中，但我们会意识到，在别尔嘉耶夫的论证中，二者实际上并不是同一维度的东西。如果说天堂是主观性的超验新世界，那么地狱是什么呢？是客体化的旧世界吗？不，那是尘世的恺撒王国的结果。地狱其实是一种内在性的忧虑、颓废、放弃、堕落的整体状态，就像萨特描绘的那样，这个对客体化的"他人"的一切恐惧想象，就是地狱本身。地狱不接纳个性，不接纳积极的希望，地狱里充斥的就是混乱本身，一切的选择都存在，甚至这也是自由的一部分。自由的属性决定了，地狱不能被否认，如果沉沦在这个自由结果带来的恐怖中，认为其无法逃脱，放弃创造可能的新希望，这个古希腊意义上的"命运"就是地狱，它让人无能地接受个性不想接受的一切。但要注意！此刻命运的理解又违背自由。因此，自由在神性的指引下必然有天堂的位置，这就是超越的必然发生。地狱本质上是个性的自我封闭，在这场封闭里，个性自身被异化了，瞬间向永恒关闭了，深渊横亘在人们面前，上帝的世界与灵魂产生了永久的分离。个性与个性永远变成了他者，甚至自我也成为他者，主体直接消失不见了。生存消失了，所以地狱不可能永恒，因为时间意识本身被消灭了，取而代之的，是别尔嘉耶夫一直所抨击的俄罗斯底层思想逻辑中的"空无"。对于天堂的追逐不是承认地狱的存在，而是说，地狱的可能和天堂的可能是一样的，人有自由选择的权利，但选择在创造的激情中必然地指向天堂。虽然个体不可能依靠自身的努力直接获得，但可以依靠每一个个性的出现和神的创造的共同努力而找到天堂的入口。这是别氏的天堂与地狱的辩证法，这必须依靠人与神的共在才能完成，人的主体必须依靠神性，这是人在此世的主体塑造的必要手段。别尔嘉耶夫借此顺便说明了基督的问题，并否认了尼采关于"上帝之死"的悲哀看法。尼采说上帝为了拯救人类而死，别氏的弥赛亚精神承认这一点，但他的下一句是，上帝也因拯救人类而获得复生。超验的彼岸世界的最大创造就是与地狱的对抗，这个地狱的打碎必须依赖对地狱存在的宽容，和对于地狱消灭的决心。在这一点上，"善"要包容"恶"并且消灭"恶"，在地狱之中仍旧有对于天堂光辉的想象，这个想象是生于创造欲望中的，是人向回归和一体化的本能。但是，不经历分裂的复归，不经受死的复活，不体验瞬间的永恒，就是空无一物，新的个体是不能忍受的。因此，地狱的体验和生存的经验再次昭示了那个我们一开始所描绘的事实——人不能返回伊甸园，人只能再造一个天堂，在人的神性和人性的共同帮助下，再造一个天堂。

别尔嘉耶夫认为这个新的天堂必须要走精神王国之路，自然界被客体化的意识所玷污，文化被规训所制约，人要超越这一切，只能依靠携带着的神性和"爱"——上帝对人这一被造物的爱，人对这一爱的信任，和人与人之间尊重彼此个性的完整之爱。

那么，如何维护这样一份爱？别氏给出的回答是文学。"世界文学维护爱的权力和尊严，维护了爱的非社会化。这样的首创者是普罗旺斯的游吟诗人。这是巨大的文学功劳和宗教功勋。"[①] 对于世界文学的具体分析，后文将会详细展开。总之，作为一种可能世界，文学是由一种超越了恺撒王国的世界组成，是一种创造，将天堂过去的荣光以想象和形象的形式降临到尘世，并提供一种动力，以尘世为基础推动其进一步的创造。爱是创造性的生命，文学是重

---

① 别尔嘉耶夫. 自我认识［M］. 汪剑钊，译. 上海：上海人民出版社，2007：77—78.

要的表达形式，这是精神连接灵魂和肉体的重要桥梁。

三、时间观的三位一体——生存、宇宙与历史

别尔嘉耶夫的时间观受到斯宾格勒的历史观的深远影响，认为黄金时代已然过去，历史必将面临终结，而终结之后的世界才是永恒的上帝之国的辉光。在别氏的理解中，真正有意义的是生存时间，这也是别尔嘉耶夫与存在主义发生深刻关联，并被欧洲世界称为"基督教存在主义哲学家"的重要根源。作为存在主义的重要问题之一，时间问题是存在主义美学考察的重要维度。虽然别尔嘉耶夫一再否认自己身为存在主义思想家的身份，但由于他的末世论思想，别氏对于时间问题也展开了较为详细的讨论。

别氏对于时间观的三位一体的组成自其历史哲学而来。别尔嘉耶夫深受斯宾格勒的历史哲学观念影响，融合了雅各布·波墨的神秘主义立场。在宇宙观上，如前所述，别氏与波墨均认为世界唯一的生命是宇宙，它统合光与暗、善与恶、天堂地狱，宇宙就是神的彰显，而人可以通过世间万物，依凭创造这一途径与神展开直接的交谈。斯宾格勒的文化形态历史被别尔嘉耶夫与基督教的启示录和弥赛亚精神连接起来，构建了他独特的末世论和创造与超越立场。对于宇宙的看法使别氏不像黑格尔那样将时间与空间看作一个时空连续体，而是将时间与生命本身联系在一起加以讨论。这在一定意义上也将别氏和斯宾格勒的立场区

分开来。

别尔嘉耶夫认为，时间需要放置在末世论的背景下展开讨论，历史本身是客观自然界的时间进程，它本身不发展个性，不发现时间过程中每一个个体的偶然性和独特性，而是以整个人类时代、整个地上王国的发展作为考察的对象。历史关注的是一个时代的兴旺、一个集体的变化和转折，但历史本身又是由鲜活的个体所构建的，这就导致了必然和个性、个体与集体之间的矛盾。历史规律的呈现就是这一问题的最好证明，对历史的必然性和规律性的总结，必然导致个性的忽略，这使得上帝对人的垂爱与人的自由选择转化为上帝的审判。这一黑格尔式的绝对精神遭到别氏的激烈批判，这也成了后来别氏与马克思主义分道扬镳的重要原因。历史常常是偶然的和断裂的，这断裂之中潜藏的正是上帝的精神元素对逻辑绝对论的反抗。不过，历史虽然未必有规律，人却可以在历史的洪流中通过神秘主义的手段与上帝发生联系，赞成伯格森直觉式的时间观念的别氏，认为历史本身是先知式的，也即，存在天才的精神运动预言未来。尼采、陀思妥耶夫斯基、黑格尔、圣奥古斯丁都被别氏视作这样的哲学家。这也就引出了另一个问题，那就是，对于别氏而言，历史时间观实际上是一根可被预知的线，其头尾都是存在的，这与他末世论的时间观再次结合，历史的终结也就成了必然。而依托于这种必然性，就必须通过创造来达成超越。需要重复的是，别氏不相信必然性，即便是客观自然的必然性，也会有其他精神参与干预，而发生扭转和变幻，历史的终结一定会来临，但它以什么形式来临、何时来临，以什么状况来临都会发生变动。

宇宙时间是相对于历史的线性状况来定义的，即人类在客观规律当中被总结出的形式。宇宙时间以宇宙本身的客观形式进行组织，本质上是恺撒王国对于时间的把握，是自然的立场，不具有神秘性。宇宙时间从希腊时期被固定下来，但实际上，人类历史上有多个文明对宇宙时间进行过观测，并产生了细微的变化。无论如何，宇宙时间实际上是人类文明对决定和必然性的宇宙产生的观测，具有节律性，具有数学特征，宇宙时间会产生循环。同时，宇宙时间的循环又处在人类的历史之中，一个圆圈式的往复运动实际上被线性历史的发展所描述，这是神秘性的集体和理性集体的交叉，类的时间观在这之中交叠。这些交叠的点，在循环中发生铭刻的瞬间，实际上是无数个个性的生存时间烙印下来的。

"时间是生存的方式，并依赖于生存的特征。"[①] 在对宇宙时间和历史时间进行定义时，别氏所讨论的宇宙并不是他视之为神的生命宇宙，而是宇宙的外在形式。因此这个命名实际上存在意义偏离的嫌疑，但无论如何，别氏借

---

① 别尔嘉耶夫.美是自由的呼吸[M].方珊，何强，王利刚，选编.济南：山东友谊出版社，2005：84.

"生存时间"这一表述强调了对于时间感受的内在性问题。宇宙时间存在终结，在宇宙时间中不可能战胜死亡和凋零，只能依靠"生存时间"。

生存时间是个性的和生命内在性的。"可以说，别尔嘉耶夫发现了生存时间的秘密：幸福的人不看钟表。"[①]当别氏以其个性思想和神秘主义来讨论生存时间时，他在不经意间又揭示了生存时间的一个悖论：瞬间与永恒的悖论。在他眼中，生存时间更像是一个点状结构，它不能被空间化，不可以被数学形式所规定。"生存时间的瞬间是向永恒的出路。"[②]生存时间与历史和宇宙之间的关系仅仅是，在世界的质料性上人处在其中。生存时间的体验可以在一瞬间将历史和宇宙的经验填充其中，这样的瞬间就发生了一种内在空间的经验膨胀，甚至可能超出历史和宇宙的过程，将瞬间的生存体验拉长至无穷，甚至在超出那一刻还留有余韵。精神本身是生活在生存时间之中的，但人不是精神，人拥有精神，并表现出不同的个性，这个绵延无际的生存体验不一定处在善和美之中，它也有可能是恶的，但它有利于善和美的达成，有利于人摆脱历史时间的客观化奴役和宇宙时间无限重复的平庸。生存时间仿佛在另一个维度上，别氏将其称之为垂直体验，用我们今天的体验来理解它，

① 李一帅.神秘与现实：俄苏美学艺术之思［M］.北京：中国文联出版社，2021：139.

② 别尔嘉耶夫.美是自由的呼吸［M］.方珊，何强，王利刚，选编.济南：山东友谊出版社，2005：86.

或许可以将其超越三维的维度，理解其四维意义——无论时间本身的客观流动是怎样的，人在时间推进的过程中的体验是不变的，而与内在时间的体验相比，外在时间可能被无穷地压缩或拉长。生存时间只与创造本身发生关联，他们的结果只是借用了宇宙时间的刻度，并投影在历史时间当中。宇宙时间的循环可能导致倒退，引起人们的复古思潮，但生存时间的突破则意味着它只可能面向未来。

> 创造的幻想可能具有现实的真实结果。创造的神魂颠倒是走出这个世界的时间，走出历史时间和宇宙时间，它发生在生存时间里。体验过创造的神魂颠倒的人知道，在这个状态里人仿佛被最高的力量控制。这是被上帝和魔（希腊的意义上）控制。①

历史的终结与生存时间的点状无限有着根本的矛盾，别氏用弥赛亚精神解释了这一点。终将结束的历史意味着人的外在可能被终结，但生存时间在内在世界当中，内在的灵魂将在世界的终结以后迎来一场神圣的复生。这是别氏一直强调的，上帝的国到来的时刻，人们在历史里反思历史的终结，根本的原因是人们用理性思维来把握时间问

———————

① 别尔嘉耶夫. 美是自由的呼吸［M］. 方珊，何强，王利刚，选编. 济南：山东友谊出版社，2005：231.

题。而别氏不这样认为。他认为真正的历史以后的未来处在内在之中，历史的终结是此岸的终点也是彼岸的开始，世界的终结是人和神共同的创造性事业，最终能够达到的是美的和谐状态。

历史的线性决定论和宇宙的数学式的规律论都在尝试着统治人，别尔嘉耶夫想要通过内在的生存时间来寻求一场革命，创造影响着人的内在体验，在生存时间里发扬人的个性，贴近人的本质，同时也能通过创造物影响历史时间和宇宙时间的状态。生存时间里的状态一旦产生就会被历史和宇宙时间所覆盖，成为认识论和决定论，但人还处在其间，人身上的神性——精神、自由与个性，将会使生存时间的体验被保留在历史之中，人的主观性也就成功地推进历史的前进，直到别氏所认为的那个终点的来临。

这样一种创造的革命是剧烈的，别氏认为时间意识的改变与人的主观和客观始终处在交锋状态，创造的革命中携带着这种对抗当中所制造的恶，这导致了创造的结果并不总是通往上帝的，革命的成果也可能构建出新的客体化和奴役，宇宙诱惑会再一次影响人的内在世界，奴役人，使人沉醉在恺撒的幸福当中。因此，革命是双向进程，革命不但要鼓起创造的热情，也要关注浇熄狂热的火焰，在集体之外永远有个性的身影，在民族以外永远要关注人民的幸福。否则历史就会在一次又一次的"革命"中得到循环，这是别氏对于现实关切的出发点和落脚点。

时间观上三位一体式的悖论使别氏对于时间中的创造和艺术有了独到的看法。个体的艺术和创造在生存时间中是会无限延绵的，但个体毕竟生存在历史时间之中，作息在宇宙时间之下，这就会导致艺术和创造随着历史走向终结，但这终结并不是结束，也不是失去了发展的可能，它只是在彼岸世界当中转变为不同的形态。这一点上与黑格尔、阿瑟丹托等人艺术终结论的观念之间就产生了极为鲜明的对比。别氏从一开始就没有讨论艺术的功能及其发展问题，与黑格尔认为艺术将会在上升发展中为艺术哲学取代不同，别氏充分承认创造和艺术的重要作用，并且相信艺术和创造之中的非理性要素。这是不能为理性主义的哲学和认识所取代的，也不能为伦理学问题中的善与恶所替代。个性与自由永远需要创造，这也是上帝创造人的重要原因之一。至于美与艺术的具体面貌，就需要别尔嘉耶夫后续的具体分析来完成了。

第二节　美学观与艺术论

创造行为发生的必然性，在第一节中已经有所论述。创造是超越的必经之路，创造行为本身所蕴含的美学价值和创造最终要达到的美的状态，是别尔嘉耶夫在其理论中反复提及的对象。别尔嘉耶夫美学思想散见于各种具体问题的论述中，如要概括，别氏关于美的问题集中在"美的诱惑"这一核心问题中，其美学观与哲学观之间存在着紧密的连接，和他的人类学意义上的"大美学"理想之间有着关联。同时，作为别氏关注的重点问题之一，艺术问题也在他的著作中被反复提及，二者之间有着明显的相关和区分，这一点也有待厘清。艺术和创造之间的关系，艺术在此世的重要意义，艺术和创造所承载的美学意义，美对别氏理论构架的价值都是本节欲讨论的对象和问题。

一、美学观

别尔嘉耶夫将美视作一种状态，一种世界的和谐状态和上帝的和谐状态，这个状态是依托于个性，寄宿在主观世界里的。用他自己的话说，是一种"形象的形而上学"。别氏的美是形而上的，但不是本体论和绝对论的，是主动的而不是被动的，是斗争和努力的最终状态。人对于完美世界和理想人生的追求，由对于现世的不满而产生，这大概是基督教诞生的一个根由，同时也是形而上学的出发点之一。别尔嘉耶夫认为，"美是存在的最高质的状态，生存的最高成就的特征"，"美在善恶认识的彼岸……是终极的理想"。[①] 由此，别尔嘉耶夫将"美"作为其宗教哲学中的

---

① 别尔嘉耶夫.别尔嘉耶夫文集：第二卷 // 论人的使命：神与人的生存辩证法 ［M］.张百春，译.上海：上海人民出版社，2007：397.

一个重要向度。对别尔嘉耶夫而言，"真""善""美"三者在至高的彼岸是相互依存的，失去真与善的"美"，将成为客体化对人的一种侵蚀。在这个立场上，别氏对我们所熟知的"唯美主义"展开了批判。他认为，唯美主义的本质是人在美学立场上客体化的表现，是失去了激情，沦为客体世界奴隶的表现，个体也就此沦入非自由的"类"①的集体存在状态。在这种非自由的生物状态中，人失去了超越的能力，生物性得到放大，神性受到贬抑，远离了上帝的怀抱。别氏从宗教神学的立场出发，重新确立了真善美之间的关系，在人向神的超越的基本立场上，审视了自由与个体立场上对美的理解。

美自身携带着自由的因素，"客体化的世界自身不懂得美。在这个世界里只有与美对立的机械化"。②美在一种创造才能达到的状态，依靠不断的突破来完成对美的追逐。在别氏的眼中，主观性恰恰意味着现实性，而客观性才意味着幻想性。这是由于参照系的不同导致的。别氏将上帝之国视作真实，而现实的客体化进程实际上是一种幻想性的欺骗。美是自由的，美不可能从属于决定论。也即是说，

---

① 别尔嘉耶夫使用"类"这个概念，是与"个体"相对的，具有生物学意义的分类。在别氏的个性与自由论中，他认为，每一个个体都具有无穷可能，而人一旦陷入"类"的心理中，人就失去了自由，从而演化成社会客体化的奴隶，详见《论人的奴役与自由》。

② 别尔嘉耶夫.美是自由的呼吸［M］.方珊，何强，王利刚，选编.济南：山东友谊出版社，2005：70.

美不是单纯为美的对象，也不是单纯唯美的原则，美必须是说明创造的，需要人的共同参与，达成人和上帝的共同作用。

审美与美不同，追求美是追求超越的状态，而审美之人——美的消费者实际上是对于突破的旁观，其中缺乏主体性的自我突破，缺乏个性的参与。美要求混乱的存在和对混乱的突破，旁观者对于混乱既无恰切的体验，也没有充分的斗争和克服。在这个立场上，别氏和黑格尔一样承认状态的上升，承认动态的世界进程。不同的是，别氏否认黑格尔式的客观绝对精神的外化，他在相信精神向外抛出创造新的对象的同时，也相信精神将会回到个性中去。

换言之，别氏的美与创造深度绑定，是神人性的和谐表现。精神在外在也在内在，能够造成奴役的不仅仅是世界，也可能是精神。美的体验有可能是过去上帝之国的余晖彰显，也可能会将过去之光形成光线的绳索紧紧捆缚住个性。

但同时，美的表现又必须是具体的。在别氏的立场下，美的状态只可能在创造的过程里得到实现，但只有创造行为本身指向美，指向超越，创造的出发点与结果都可能与美和超越大相径庭。人的本质是复杂和混乱的，在这混乱中寻找一种塑造与可能，这正是创造行为的主旨。美是形象的形而上学，是精神的个性发挥，个体不同的天赋与世界的质料结合呈现出的可能性。虽然因外在化和客观化的过程，创造热情冷淡了，爱冷淡了，但本身仍旧充满了个性向上攀爬的痕迹。然而，创造行为的成果仍然常被误读，审美过程中对创造成果的理解，将再次成为僵硬的规训，精神从具体走向抽象，便再次成为需要打碎的客体化对象。人奔向美的过程就是精神解放的过程，个性在对美的追逐过程中在人的身上得到完整的实现。

美的精神性和超越性使它只能游离在人的身上，能与其发生沟通的途径只有精神。但人不只有精神，人有肉体、有欲望，因此人有可能走向分裂和冲突。痛苦和对美的追求是相连的，在斗争中，人的精神越发接近上帝。但对于上帝的仰慕有可能偏离自由和精神的指引，对上帝的倾慕也可能转化成偶像崇拜，这正是别尔嘉耶夫反对传统神学的地方。拜倒在上帝的荣光下是成为上帝的奴隶，在这之中的创造不会是接近美的创造。

被不断固化的客体化深渊，将先验的敬畏转化为一种日常性的忧虑，创造行为直接对抗的是这种日常性，从而唤醒人们对先验世界的感知，在前进的道路上不断创造超越的要素。然而，现代资本主义社会给予人的更大挑战，是不断重复的生产和概念固化导致的"庸俗"。与恐惧的非和谐波动相比，庸俗完全掩盖了悲剧和敬畏。"庸俗是完全的满足、满意，甚至是来自非存在的平庸的快乐，是彻底的浮向表面，与一切深度的彻底分离，与存在核心的分离，是对一切向深度复归的惧怕。"① 庸俗是对此世的肯定，人的精神和灵魂停留于此并感到满足。诚如前文所述，在别氏的世界观中，没有痛苦就没有超越，精神和个性尝试着痛苦和超越的调和，而庸俗选择了另一条道路——通过消灭二者实现二者的和解。无限的重复和单调使灵魂失去追逐的热情，使低级的满足占领人的内在世界。别尔嘉耶夫认为，美学和道德的判断都可能成为庸俗的，时髦和重复是文明制造的庸俗的重要特点，虽然其根源仍旧来自古老和神圣的上帝，但它们一再地被泛化，一再地被扁平地涂抹，最终成为一个片面的符号，使日常性的无聊获得群体的合法性。而在创造之中，庸俗同样在尝试着入侵，尤其是在爱方面，对近人之爱，对远人之爱，对主义之爱，对民族之爱。真正的生命从庸俗之爱中消失了，取而代之的是群体对于个体的保有，以完成类的延续，生命被切割成标本式的薄片，自我的个性消灭，也要求他人的个性被消灭。因为害怕面对此岸与彼岸之间的深渊，选择逃避，远离崖边，收回朝向天堂的目光，这就是庸俗。创造同样是对抗庸俗的手段。

比起恶和敬畏的深渊，别尔嘉耶夫更抗拒庸俗，尤其是美的庸俗。庸俗截断了超越之路，让创造失去了其本源——突破此时的创造热情。一方面，别氏的哲学观决定

---

① 别尔嘉耶夫. 美是自由的呼吸［M］. 方珊，何强，王利刚，选编. 济南：山东友谊出版社，2005：236.

了个性的上升之路一定与恶、与地狱、与魔鬼有交锋；另一方面，出于对美与创造的追求，魔鬼的因素与恶的因素作为对抗平庸，重新刺激人从机械的日常性中获得超越欲望的手段。这样，通过唤醒人们的恐惧意识，人重新落回意识到被奴役的状态，使日常化社会崩解，混乱再次成为主要的世界状态。爱和创造将帮助人在这种恐惧中找到一个支点，从而使人达到"美"的和谐状态。

"美"与"真"和"善"各有意义，它们都处在上帝的国中，彼此之间不能互相替代。为了重建理解真善美之间的联系，别尔嘉耶夫重新解读了"谎言"。别氏认为，"谎言"是被客体化了的真理，在恺撒之国中，伪装成"真"和"善"的谎言是为了营造出安全稳定的氛围，真正的"真"和"善"也在彼岸的上帝之国里，"认识真理要求战胜恐惧，要求无畏的美德，要求不怕危险"①，个性与个性的相互的非客体化原则会演变成善，上帝之善，而不是冷淡后的怜悯和慈善状态。

二、"美的诱惑"

从俄罗斯东正教和其民族精神出发，别尔嘉耶夫关注了一系列关于"美"的问题。在其论述中，美比善更能表明世界和人的存在的完善，美是最终的目的，善是实现这

---

① 别尔嘉耶夫.美是自由的呼吸［M］.方珊，何强，王利刚，选编.济南：山东友谊出版社，2005：74.

个目的的手段。作为精神层面的和谐状态，美在个体身上与客体化状态展开博弈，个体借由不断摆脱奴役，对抗客体化的地上王国，回到自由的精神王国之中，获得真正的美的体验。这一返回上帝的个体磨砺之路在别氏的论述中是具体的、独特的。别氏借"美的诱惑"作为这一路磨砺的具体表述，可以说，对于"美的诱惑"这一问题的描述与克服，一定程度上就是别尔嘉耶夫讨论个体问题和自由观念的美学向度。作为日常化和客体化问题的对立面，别氏的"美"的面貌反向呈现在读者视野中。"美的诱惑"将人神问题、艺术问题、创造问题联系在一起，为别尔嘉耶夫的个体化宗教美学提供了一个重要的关键命题。

别尔嘉耶夫通过对"美的诱惑"这一关键性的命题，反思了过去对于"美"的一系列讨论，并展开了神学视域下对"唯美主义"的批判，其对主客观的辩证看待，从神学视角出发的对"美"的价值判断，将其个体化哲学中美学的地位抬升到了一个较高的程度。正如他自己所说，"美的道路不逊于善的道路，它也通往上帝，甚至更可靠，更直接"①。他从人的生存这一实际问题出发，研究自由实现的可能性，探索个体的无穷宇宙如何向神性进一步进发。在思想背景方面，别尔嘉耶夫受到东正教神学、德国古典哲学和斯拉夫民族思想的影响，其中康德、黑格尔、叔本华、

---

① 别尔嘉耶夫.美是自由的呼吸［M］.方珊，何强，王利刚，选编.济南：山东友谊出版社，2005：65.

尼采、索洛维约夫、陀思妥耶夫斯基等人对其影响尤为深远。在他对于"美的诱惑"的论述过程中，可以窥见浓厚的酒神精神、东正教教义和艺术终结论的影子。在美学研究方面，他仍保持着对美的本体视角，这是他的神学立场决定的，他的美是形而上的，同时也能与具体的文学艺术研究较好地勾连起来。在别氏的世界观中，此世的人通过内在性精神原则的把握所进行的创造行为，需要上帝的创造与之并行，人与神之间是彼此需要的状态。但别尔嘉耶夫在神学信仰的立场下赋予了个体以尊严和价值，这是一种宗教美学的现代性尝试。

别尔嘉耶夫认为，上帝的本质是自由的精神，上帝不是一种存在物，因而就不是决定论的至高依托。"不能创造任何关于上帝的概念，而且最不适合上帝的概念就是存在，存在概念总是意味着决定论，永远是理性化。"① 否认一切决定论，代表着对于既定的一切社会规范和规律根底性的否认。当然，应当强调的是，别尔嘉耶夫并不是否认这些阶段性存在的客观规律的全部成果，但他们不能成为社会性的规范而奴役人，使人成为客体化的一部分。客体化世界希望个体服从秩序，这就使奴役、被奴役的个体失去了对于自身的把握，难以通往救赎的彼岸。

社会的发展使这个奴役的形式得到了进一步的遮盖。

---

① 别尔嘉耶夫．美是自由的呼吸［M］．方珊，何强，王利刚，选编．济南：山东友谊出版社，2005：56.

在道德伦理还未确立的年代，在上帝的福音还未降临世间的过去，奴役是暴力、强制手段下的不自由，是社会集体对于个人命运的强迫。然而随着社会的发展，客体化找到了新的路径，使人心甘情愿地成了客体化的奴隶，别氏称之为"诱惑"。对待诱惑，别氏使用了"精制"[①]一词，来表达相较于野蛮的原始形式"类"的奴役，人是如何被既定的社会历史事实所左右，并甘愿成为受奴役的一员的。他认为，这种精制的诱惑与社会文化的发展相伴而行。一切与个体性相悖的社会化价值，都是人格主义的反证，属于宇宙诱惑的分支，对民族性的热忱，对集体性的渴求，对资本消费的热衷，对快乐的盲从，都是诱惑的具体表现形式。文明在诱惑身上穿上了伪装的外衣，使人的堕落拥有了合法理由。别尔嘉耶夫由此展开了对于这种奴隶思想的批判——个体对于精神状态的放弃，对于自然性和动物性的服从，这种潜意识层面上的软弱，造就了奴隶意识。耶稣对于人间的启示即是，要抛弃对于地上王国的无谓期待，投入上帝王国和上帝真理的怀抱。

客体化是诱惑的具体展现形式。自然界要求抹杀个体的独特精神生活，将个体作为种族繁衍的具体实施手段，使个体的价值与理想趋于生物性的本能；社会体制要求抹杀客体的具体生活可能，使人服从于资本逻辑和技术

[①] 别尔嘉耶夫.美是自由的呼吸［M］.方珊，何强，王利刚，选编.济南：山东友谊出版社，2005：59.

社会，让人成为社会运转的零件。别尔嘉耶夫在论证诱惑对于个体的戕害时，主要提及了性与死，这两个根底性的生命问题。性的奴役以爱欲的方式具体地展现出来，这一问题在现代社会表现得尤为明显。性结合与生殖之间存在着生理上的联系，但没有精神上的联系，同样地，在性行为和爱情之间也缺乏一种必然性的联系。别氏认为，"性吸引和性行为是完全无个性的，在自身中也不包含任何专门属于人的东西，它们标志着人的缺损和不完满"①。客体化的爱是如何伪装自身的呢？别氏在这里划分出了两种不同的爱，一种成为"上升之爱"，指个体面向理念和灵魂的增长而产生的爱，例如对上帝的爱，还有在恋爱之中，借由另一半希求自身完满的爱情；另一种是"下降之爱"，也称慈悲、同情，其不为自己寻找完满，而是向他人奉献。真正的神圣之爱是二者的结合，是个性与个性之间的肯定，是造物主与被造物的情感交流，也是被造物与被造物之间的共情与相互依偎。也就是说，上帝对人的爱是怜悯与赐福，但同时希求着个体自我的超越，相信着人向神的跨越。这样，别尔嘉耶夫批判了柏拉图式的，对于理念的盲从和对具体个人的鄙弃，批判了尼采对上帝怜悯世人而迎来灭亡的"上帝之死"。别氏将爱的客体化剖开两面，展示了诱惑的奴役手段。在客体化世界中，指向个性与个性相互作用，

---

① 别尔嘉耶夫.美是自由的呼吸［M］.方珊，何强，王利刚，选编.济南：山东友谊出版社，2005：58.

并导向个性永恒的爱，不能为客体化的世界所容忍，因为无止境的变化的爱，不利于社会建立基本的生产和发展秩序——爱可能会消亡，爱不能被定义，爱飘忽而不可被言说和规定，因而缺乏教化——不同的社会思潮和意识形态终究要求这种无比活跃的能动力量迎接某种形式的"死"。肉体的死亡和精神的死亡是社会的要求，是唯物论的要求，而不是信仰的要求。

客体化原则同时在客观世界与主观世界中扎根，自然对人类动物性的奴役和内在的个人主义都使得客体化进一步加深，这就使得别氏的个体化理论不是简单的主观性的自我中心主义，不是堕落的自由主义。自我中心主义会混淆世界与自我之间的关系，对于他人的奴役心理割断了个体之间的联系，极度的自我中心反过来使得上升的通道被阻塞，对自我的内在倾向使得部分再次取代了整体，对他人的奴役最终成为对于自我的奴役。

这样，别尔嘉耶夫解释了奴役的社会形成过程与诱惑的必然呈现形式，这以辩证法的方式展示了诱惑的客观性和荒谬性，同时也揭示了自由的意义。自由不是轻松的，是艰难的和痛苦的，反而受奴役更轻松些，而人向上帝的复归是奋斗的过程。别尔嘉耶夫所希冀的弥赛亚，在他的心目中也只能是上帝与人的共同奋斗，是神性与人性之间的紧密连接，别氏借此辩驳了传统神学诘问中的"上帝的全知全能全善"问题——人在尘世中的深渊历练，就是人向上帝前进的必由之路，是神爱世人的最好的体现。

在别尔嘉耶夫的理论中，美的诱惑是一种独特的形式。从诱惑的施予者来看，美是最终的目的，与爱欲和死亡不同，美本身并不是客体化世界的现象，不是个体本身的动物性制约，美本身具有本体意义；从对象来看，美的诱惑不具备普遍性，一般表现在文化阶层内部——也就是"唯美主义"。

唯美主义为别尔嘉耶夫所批判。别氏认为，在我们的时代有着两种不同的唯美主义，一种是出于时髦而追求美感的"精致个人主义"，这样的美感出自对于普遍"美"的理念的认同感，是被离析了的人格碎片，这种唯美主义大多处于大众文化中，带有一定的虚荣色彩，使人无法真正理解美的形象和美的价值；另一种，被别尔嘉耶夫称之为"唯美至上主义"，普遍流行于文化阶层，本质上是一种情感倾向，并且具有明显的时代特征，它往往出现"在精制文化的时代，在文化与生活的劳动基础与生活的更严酷的基础分离的时代"[①]，唯美至上主义使美成为一切的评价，道德上的、认识上的、宗教上的、政治上的评价标准均被美所替代。如前文所述，别氏认为，与"真"和"善"分离的"美"，不是真正的美，不是神圣彼岸的救赎的美和极致的和谐状态，而是静态的、畸形的。在此立场下，别尔嘉

---

① 别尔嘉耶夫．美是自由的呼吸［M］.方珊，何强，王利刚，选编．济南：山东友谊出版社，2005：63.

耶夫虽然承认恶的价值，但他反对尼采式的对混乱的追捧，以狄奥尼索斯的内容替代形式（或许是别氏的一种误读）的美学观念。他认为，不能因为在过去不公正的社会制度里有更多的美，就敌视现在生活中实现更大的正义，这是一种倒退，也有悖于个体的独特性和能动原则。

这种唯美至上主义，在别尔嘉耶夫看来，是对理性主义的一种应激反应，可能出现在理性化的任何阶段，可能是蒙昧，也可能是冷漠的结果。别尔嘉耶夫不是赞成理性主义的理论家，不如说，他的神秘主义倾向决定了他更向非理性主义靠拢，但是，过度的情感导向会进一步影响个体人格的完整化，片面性和被动性将使得人远离自我磨砺而通向神圣的道路。在这个意义上，我们的时代呼应着别尔嘉耶夫的判断，尤其在种族、性别问题矫枉过正的如今，政治、哲学、人文都成了情感，或者说是"美"的附属物。在此基础上，别尔嘉耶夫更进一步下了一个有些莽撞的论断，他认为"唯美主义者可能参加极端形式的革命，或者极端形式的反革命"①，这永远意味着被动性，意味着用被动的唯美主义情感代替永远是积极的良心的努力。美的被动性与主动性的辩证问题，是别尔嘉耶夫实践主义观念在美学观上的表达，他所推崇的陀思妥耶夫斯基、安·别雷等等艺术家，在他的论述中均不是唯美主义者，而是伟大的

---

① 别尔嘉耶夫.美是自由的呼吸［M］.方珊，何强，王利刚，选编.济南：山东友谊出版社，2005：64.

创造者，对生活有着严肃和极端的美学态度。"和谐之美外在的可能是欺骗的和虚假的，可能掩盖着丑陋。美可能过渡到自己的对立面，如同偏离了光明之源的任何原则一样。所以，可以同样正确地说，美是和谐以及痛苦斗争的间歇，美也能成为上帝和魔鬼斗争的场所。"①美的诱惑使得美向丑恶和痛苦转化，一面是日常性对美的削弱，另一面是对于美的偏执追求导致的奴役结果。

另一个关于"美的诱惑"的命题是，别尔嘉耶夫在对美的剖析过程中重新分析了"美"的主观性与客观性问题。一般来说，在今天我们讨论到唯美主义时，我们会认为其是一种主观哲学或者说是美学的产物，与之相对应的，对于美的另一种看法才是客观的。别氏重新厘清了这一问题中的主客观关系问题，他认为，在唯美主义者的精神结构里，情感和感觉是被客体化了的，他们的主观精神世界不是指向精神自身，而是指向一种为抽象观念左右，或者为现实社会的约定俗成绑架的美学认知，这导致了现实领域中对美的感知的麻木和消失。从这个意义上，主体不是积极的，而是消极的，主体按照最弱的方式进行努力，它的创造性被降到了最低。按照别氏的说法，"美的诱惑使人成为观众，而不是演员"，主体"是消费者而不是创造者"。②

① 别尔嘉耶夫.别尔嘉耶夫文集：第二卷//论人的使命：神与人的生存辩证法［M］.张百春，译.上海：上海人民出版社，2007：398.
② 别尔嘉耶夫.美是自由的呼吸［M］.方珊，何强，王利刚，选编.济南：山东友谊出版社，2005：67.

这呼应了别尔嘉耶夫最初关于诱惑的论述，极度的个人主义实际上是通过自我封闭的方式将自己向外抛，在断绝了个体间关联的基础上，使主体成了自身奴役的对象。因此，别尔嘉耶夫在对陀思妥耶夫斯基的论述中引申出了一个概念的辩论问题——浪漫主义才是真正的现实主义。也即，囿于客体化现实的所谓"现实主义"，实际上是僵化、静止，飘浮在空中的苍白现实。

因此，对生活具有专门的美学态度的人，其美学立场应当是主观与客观二者的统合。为美的诱惑所奴役的人，是客体化的奴役结果，那时的精神就成为一种必然性，成为决定论的一部分作用于个体。但是真正的精神运动，将会返回自身，"向自己的内部，即返回自由那里"①。自由的人应该感觉自己不是处在客体化世界的外围，而是在精神世界的中心，解放就是永驻在中心，而不是在外围，处在现实的主观性之中，而不是处在理想的客观性之中。当别氏使用"美是自由的呼吸"这样一种象征性的说法时，实际上他是在诗化地表达美的主客观的这样一种辩证关系。

别尔嘉耶夫的美学观实际上是具有本体性质的，但不能被总结为存在，神学视野下的"真""善""美"都处在上帝之中，是一种能在现实中反映的精神动向。人对于美的个体追求，实际上是要求混乱的存在对混乱的克服，但

---

① 别尔嘉耶夫.美是自由的呼吸［M］.方珊，何强，王利刚，选编.济南：山东友谊出版社，2005：72.

是，混乱的背景才是事实，没有混乱，就只能剩下客体化，就不可能出现主体所体会的宇宙秩序之美，这是人的局限性导致的。由此，"美的诱惑"只能不断地出现，再不断地克服。

那么，美的诱惑应该如何克服？别氏所谈的主体的积极性应该如何实现？这就是他在其美学论中构架的下一步——创造问题。创造行为是个体在现实世界中靠近美、追求美的手段。别氏认为，它只是美的载体，具有一种神秘主义中法术的功用，他认为"创造的艺术行为完全不是美的，美的只能是创造行为的结果"①。这样，创造本身就缺乏所谓"美"的终极追求，只能在不断的创造过程中间接地体验美的意义。这样，别氏实际上在宗教美学的基础上建立了一种生成性的美学价值，其具有明显的实践维度。一定程度上，无论是手段还是认识，别尔嘉耶夫与柏拉图的理念论走了完全相反的道路，但都得出了一样的"美是难的"这样悬而未决的最终结论。

三、创造与艺术

"美"在别氏的理论构架中，不再是认识和伦理的附庸，而是一个向改变了的世界，向与我们的世界不同的另外一个世界的突破，是向"复活"和"新生"的突破。然

————————

① 别尔嘉耶夫.美是自由的呼吸[M].方珊，何强，王利刚，选编.济南：山东友谊出版社，2005：64.

而，创造不是美，它是有局限性的人将内在的神性展现出来的尝试。别尔嘉耶夫认为，创造是人一种与生俱来的激情，它"不仅应该是上升的，还应该是下降的，向人和世界传递在创造的洞见中，在创造的意图中，在创造的形象中所产生的东西，应该服从使作品、技能和艺术现实化方面的规律"①，创造不仅应该产生新形象、新生命，还应该传达自由世界对现实世界的启示，既表达个性，又要超越个性的封闭界限。

然而，激情一旦落入现实世界的控制就会趋于冷淡，别尔嘉耶夫基于这种冷淡，也就是灵感与创作热情的平复，提出了创造具有两种不同的行为。

其一是"原初的创造行为"②，在这一过程中，人通过与上帝对话，体悟主体和存在的秘密，产生对世界的不为人知的内在认识，这是创造的第一个过程，也是个体的真正哲学和美学所在。此时，个体内在的表达意图还在酝酿中，人基于个人经验和美的理念产生的独特的美感体验，此时艺术构思还未外显，创造激情处于顶峰。其二则是"次要创造行为"，此时艺术的构思落于实践中，艺术家的激情相较于原初行为已经趋于冷淡，创造的结果——艺术品是人向世界和其他个体的表达，一方面，最终的表达效果受创

① 别尔嘉耶夫. 别尔嘉耶夫文集：第二卷 // 论人的使命：神与人的生存辩证法 [M]. 张百春，译. 上海：上海人民出版社，2007：215.

② 别尔嘉耶夫. 别尔嘉耶夫文集：第二卷 // 论人的使命：神与人的生存辩证法 [M]. 张百春，译. 上海：上海人民出版社，2007：214.

造主体的能力限制；另一方面，受到人类整体文明的规训，要被纳入审查的范围。创造的结果一旦被表达出来，就与他人、与世界的艺术法则相联系，越是被封为经典的作品，就越是符合艺术的法则和艺术的创造规律，也越显示出激情退去后的冷淡。"对精神认识的创造激情，冷淡后产生了哲学；对爱的创造激情，冷淡后产生了慈善。"①

由于创造与美之间的区别，在"美"与"创造"行为之间就存在着三个悖论，别尔嘉耶夫将其概括为三大矛盾。

第一个矛盾是，个体的内在美感知觉——"原初创造行为"与外在的美感表达——"次要创造行为"之间也就存在着不协调。原初创造是内在的，它由无限的自由中来，不受世界的重负所束缚，是对客体化世界和对人的奴役的克服，但次要创造行为在进行的过程和其呈现的最终结果，本身就是客体化的呈现对象，要受到现实世界的影响，受到人类本身文化的制约。在人的身上，创造是一种具体的行为。在别尔嘉耶夫的理论中，对抽象化和模糊化的反对立场决定了，创造必然是一个具体的过程，表现在实践层面上，就是艺术与技术，与美学高度关联的艺术问题是别氏讨论的重要领域。作为上帝的被造物，人的本性深处潜藏着创造的天赋，这一天赋是无所谓优劣的，天赋直接与个性相关联，每一种个性都需要被认可，但在艺术中的作

---

① 李金彦．精神即自由：别尔嘉耶夫自由美学思想研究［D/OL］．山东：山东大学，2020：26.

品却有高低之分，因为"天赋还不等于天才，天赋并不意味着人拥有创作艺术作品或哲学著作的才能"①。与原初的和次要的创造行为对应，天赋是内在创造的源泉，而在作品里实现创造则依赖于天才。"天赋所见证的是，人可以向本原突破，创造过程在他身上是原初的，而不是由社会积淀所决定的。"②而这一天赋予现实性的创造结合，并得到最终成型的作品的能力，则是真正的天才。但天才并不是一种幸福的能力，不像柏拉图所描述的那样，是向"理念的复归"，对别尔嘉耶夫来说，创造是一种巨大的痛苦和悲伤，"甚至在自己最完善的作品里，创造也是巨大的失败"，③这就是前文提及的"冷淡"。创造行为因天才而尽可能贴近内在的创造热情本身，但人类所能达到的完善程度是有限的，这是人的特性决定的。

第二个矛盾是，创造行为，必然由具体的个体来完成，每个个体都是在向上帝进行精神复归，在这一过程中，每个个体所呈现出的对于自身不完整的不足程度是不一的，尤其对于"美"的才华和对于"善"的把握更非同调，在这样的状况下，创造本身就可能带有恶的特质，边缘的道

---

① 别尔嘉耶夫.美是自由的呼吸［M］.方珊，何强，王利刚，选编.济南：山东友谊出版社，2005：215.
② 别尔嘉耶夫.美是自由的呼吸［M］.方珊，何强，王利刚，选编.济南：山东友谊出版社，2005：215.
③ 别尔嘉耶夫.美是自由的呼吸［M］.方珊，何强，王利刚，选编.济南：山东友谊出版社，2005：216.

德缺陷反而有助于激活创造，这是艺术家的作品与其本人，艺术的内容与其功效之间的巨大区分。作为创造的一个部分，艺术与其他创造之间存在不同，作为一种幻想，它与现实世界之间可能实现分离，因而它可以成为"改变世界的操练"①，是对现实的丑陋和重负的摆脱，丑陋的东西可以被状写和描述，用于引起美的情感，这在一定意义上类似于亚里士多德所谈的"宣泄"问题，艺术中的痛苦有助于我们摆脱现实生活中的痛苦，从而摆脱日常性对我们的奴役。创造不仅在宏大意义上是新世界进程的一环，也是个体自我完善和自我表达的过程，恶的内在质地帮助个性摆脱规训，摆脱世界的掌控，保证"我"不被瓦解。而这一过程是生成性的，人的创造结果就是自我的体现，人的面孔在创造中被确立，恶的要素作为一个标志，成为人自我创造的重要手段。"人是微观宇宙和微观的神。"② 然而在这悬挂着恶的奖章的背面，创造中恶的消极藤蔓也爬满了腐朽的墙。艺术、科学和宗教的生成过程中，作为恶的一种表达，谎言被识别为善。这是程式化的恶，是被固定的恶，而非个性中那不受控制的恶的流动。艺术华丽的程式辞藻使人的本性距离上帝之国的本源越来越远。"恶"的复杂性构成了创造行为本身的复杂性，创造不能容忍世界的给定

① 别尔嘉耶夫. 美是自由的呼吸［M］. 方珊，何强，王利刚，选编. 济南：山东友谊出版社，2005：71.
② 别尔嘉耶夫. 美是自由的呼吸［M］. 方珊，何强，王利刚，选编. 济南：山东友谊出版社，2005：22.

状态，也不能容忍自身结果的给定状态。在我们所讨论的第一组矛盾中，创造热情冷淡的必然性导致了艺术创造中程式化"谎言"的必然性，一种"恶"打击另一种"恶"，形成了创造过程中的"恶"的二律背反。而在这自由的选择中，在神人的创生和自我的确立中，在向上与向下并存的创造中，在个性的完整表达里，需要精神性的引导。这精神性来自上帝，来自深渊背后的光，来自上帝之国而非恺撒之国的指引。这精神不是理性的形而上学，而是具体的形象的形而上学。

第三个矛盾是，永恒与时间的对峙。创造的成果是客体化的结果，有其物质载体，最终结果都会消亡，只有创造的过程是永恒的，但现代主义的规训、现实的斗争压抑人的激情，使得虚无成为内在状态，抽象真理和观念成为创造规范。创造本身处在时间和历史之中，不能摆脱文化本身的影响。由于人与恶的纠缠不清，创造被罪孽歪曲，受到禁欲主义的抵制，在文学和艺术中，就是美和精神的退化。19世纪与20世纪之间，禁欲派的诸多观点基于此压抑人的情感，致使创造激情被空虚和虚无所取代，抽象成为规范，这样的理念和科学宗教的建立否定精神，否定永恒，最终导致丑和恶的激情大行其道。空虚和日常性的冷淡进一步地影响了人的选择，创造的激情被进一步压制，日常性就会进一步取代审美，淫欲和恶将取代爱和善，无聊会被深化为灵魂的内在状况。过去的作品之所以被奉为圭臬,是因为作品中停留的其实是创造者的"现在"。这一组客观时间和主观时间的悖论关系,使得创造无法成为"消费者"与"美"的通道,永远隔着一层模糊的面纱。在审美层面,创造作品和结果的短暂使得人们对创造产生抽象化和符号化,上帝的国的余晖被抽象为规则、社会道德规范,而不再是属于生活的对象。精神被遗忘,客体化被奉为真理,理性化地理解上帝的最终结果是对于永恒的遗忘,历史成为人们信以为真的准则。

值得一提的是,别氏没有将天才局限在艺术的领域,他人类学意义上的大美学决定了创造同样在社会层面与现实层面有着丰富的表现。而这一表现在人与人之间的表达就是,爱。男人对女人的爱,母亲对孩子的爱,对近人的关心等都是需要表达能力的,这使得创造在伦理层面有了具体的实践理论,爱有了进一步讨论的空间。同时,"创造"这一行为由此与他所追求的"建造上帝的国"的事业关联起来,"神人类"的梦想脱离了抽象的理论问题和宗教经典阐释,成为一种实践指导,这不得不说是别氏的一个重要贡献。

在美学观与艺术的理论构架之外,别尔嘉耶夫还着重讨论了悲剧的问题,并以基督教的出现为界将悲剧划分为命运悲剧和自由悲剧。因为古希腊的诸神是非超验的,而是"神人同形同性",人的生存不是具有超越性和复活式的,世界生命被理解为一种封闭式的圆圈,人们对于认识自己的理解便停留在了世界使命对于人的要求之上，时代的产生是决定论的，连神也在命运的掌控之下，人们对于悲剧只能在美学意义上完成一种忍受。俄狄浦斯是如此，普罗米修斯是如此，美狄亚也是如此。而自由悲剧则非如此。对别氏而言，自由是第一性的，命运产生于自由之中，只有对于自由产生封闭，认为世界是决定论的世界，才会有命运悲剧，但基督的悲剧不是这样的。基督的悲剧是自由悲剧，是神为了将自身的自由与创造赐给人，唤醒人的个性而进行的行为，其中蕴藏的爱是绝对的，行为的结果是未知的。个性会选择自己的出路，会选择自己的途径，不是不得不做出的选择带来了悲剧，而是向上或向下的选择会面对不同的痛苦，客体化的彼此奴役会产生更多的苦难，这引导着人们走向超越，然而超越本身会迫使人们面对天国前的深渊，会面对创造新世界的苦难，这是自由的悲剧。人不得不面对一个回不去的天国，用泪和爱铸就一个新的未来，其中的失败、苦痛、抉择，都是具有矛盾和悖论性的，这就是自由悲剧的真正内涵。

创造与艺术，在别尔嘉耶夫的个体化美学中，是每一个个体走向神性的主动游戏，每一个人都需要成为主动的创造者和艺术家，从而真正消解混乱，反对客体化，并结合每一个具体的人生经验，穿过黑暗和罪恶，获得创造的源泉。美是形象的，不是抽象的，这与精神的原则相符合。创造将人本质中潜藏着的神性和世界的质料统一，是本体的上帝之国与现象界的自然之国的联系。美从神秘的深处走来，带着神人的赐福与光芒，向彼岸投射出无比的光彩。

第三节　美学伦理

别尔嘉耶夫理论的提出，在一定意义上是以德国思想作为争辩对象而完成的。无论是他对神秘学的兴趣，还是对个性的抗争、对自由的向往，都与德国思想存在着一定程度的关联。在《悖论伦理学体验》的开篇，别尔嘉耶夫就说："我不打算按照德国人的传统，从认识论的证明开始我的论述。"[①] 他的讨论是从对认识论的谴责开始的，并期望通过形而上的复归和对信仰的追寻，试图将对"关于存在"的讨论还原成为对"存在"本身的讨论。当然，这具有某种本体论的意味，为与阿奎那、圣·奥古斯丁的本体论相区别，别氏强调要向主体过渡，向内在的自由过渡，并以俄罗斯传统的弥赛亚信仰作为一种彼岸式的希求，在末世论的基础上期待着一种光明的永恒。应当说，别尔嘉耶夫对于伦理学的讨论是具有突破性意义的，他背弃了传统神正论中对于神性一元论的控制，也背弃了德国神学思想传

---

① 别尔嘉耶夫．别尔嘉耶夫文集：第二卷 // 论人的使命：神与人的生存辩证法［M］．张百春，译．上海：上海人民出版社，2007：5.

统中"非此即彼"的讨论，避免神吞没人或人吞没神的状况发生。

别尔嘉耶夫的神人论是强调人性的，他相信人性之中潜藏着通往永恒的路径，这一路径需要人的抗争和对神的接近来实现。在他的文本中，始终都对存在保持着极大的兴趣，但他的存在论与欧洲的存在论之间存在着巨大的差异，与其说他是在探讨存在，不如说他是在探讨自由——探讨人的自由在信仰中的重大意义，探讨自由与客体化深渊之间的关系。

一、末世论伦理与英雄主义

"伦理学应该成为末世论的。"①别尔嘉耶夫从俄罗斯继承而来的弥赛亚情节，成为诱生"复活理论"的一个重要对象。死亡问题是别氏所重视的对象，他借用海德格尔对于"烦"的理论论述，表达了"死亡问题"和"性"问题是人生的基本问题的观点。个体面对死亡才能产生对存在的理解，才能拥有生存的实感。在别氏眼中，对永生的渴望和想象一定会招致堕落，静态的永恒会阻止人的创造意愿，面向死亡的自由才是真正的自由。因此，个体必须借助灭亡才能拥有向上的超越性，而末世则是所有个体，包括世界及将要面向的未来。没有死亡，就没有复生，这是

---

① 别尔嘉耶夫. 美是自由的呼吸［M］. 方珊，何强，王利刚，选编. 济南：山东友谊出版社，2005：167.

基督的圣迹，是别氏理论中向神性复归，向更光明的未来前进的唯一途径。

日常化问题导致了人们对于终极问题的遗忘，"对死亡的冷淡，对死亡的遗忘，是19世纪和20世纪伦理学所固有的特征，这意味着对个性及其永恒命运的冷淡"①。事实上，对于严肃问题的思考在今天并没有增加，对于生命终极问题的关切也并没有好转。资本主义的精细化，在今天这个时代进一步地加深了人们对日常生活和消费主义的沉醉，这一状况在别尔嘉耶夫看来是不可接受的。作为上帝的创造物，人并不能回避自己的短处，有限的人在尘世和肉身的折磨中，不能拥抱无限的上帝和精神世界。在这个意义上，别氏的伦理观否认古希腊式的静态永恒，也不承认黑格尔的往复运动，而是在斯宾格勒的基础上，认可西方世界的辉煌已经逐步走向末路，人类尘世也必将走向一个终点的观点。但同时，别氏的末世论是积极的末世论，而非消极的末世论。因为"创造"的存在，别氏期待着一个与上帝合一的"复活"，期待尘世的毁灭迎来最终的精神的永生。在这个意义上，用创造和复活战胜死亡，而不是以静止的永恒。别氏要超越启蒙精神，以一种神秘拥抱新的世界，而这之中，有着上帝的创造任务，也同样有着人的"创造"使命。人的创造必须参与世界的复活与重生中，

---

① 别尔嘉耶夫.美是自由的呼吸 [M].方珊，何强，王利刚，选编.济南：山东友谊出版社，2005：167.

这是由人所被赋予的神性决定的，这个创造具有积极性、主动性。

别尔嘉耶夫始终反对宿命论与绝对论，认为超越这一事件一定取决于人的创造性的斗争。"上帝的国要靠努力才能获得"，[①]世界的生成是上帝与人一同努力的结果。具有神秘性的预言，是神的昭示与自由结合的结果。末世终将到来，这一观念不是对死亡的否认，因为否认死亡也就否定了生存的意义。相反，积极的末世论理念是历经了深渊的痛苦依然为精神的国而奋斗。同时，末世的复生不仅是个人的胜利，不单单是具有神性的个体超越，更是群体的超越，是所有被造物从恐怖和忧郁之中解放出来的斗争。

面对末世的覆灭和此世的痛苦，别尔嘉耶夫的超越和创造是现实意义上的，即人具有向上的自由也具有向下的自由，是由个体决定的，而非由宗教道德所选择，但超越的要求会引导人向上，向光明的国进发。与康德的道德律令不同的是，别氏不否认向下——人的堕落的可能。与"死亡"概念相同，"地狱"也不可以否认，因为这违反"自由"的核心原则。地狱的非理性堕落将会把无处不在的自由转变为古希腊静止意义上的"命运"——决定论的必然。如果天堂和地狱均被上帝所指定，则被造物的遭遇就取决于造物者的悲悯和仇恨，这将不再是自由，而是被奴役。

---

① 别尔嘉耶夫.美是自由的呼吸［M］.方珊，何强，王利刚，选编.济南：山东友谊出版社，2005：168.

　　"自由"，对别氏而言是非常重要的概念。上帝作为创造者赋予了个体自由，这个自由在别尔嘉耶夫的理论中就同时是上帝的赐福与上帝的考验。人的创造使命也是一样的，人的创造物同样拥有自由，但在别氏对于世界的考察中，人无法创造个性，因此只能在创造中贯彻自由的理念和原则。论证了死亡与地狱的必要，论证了过去天堂的丧失和沦陷，创造就成为人唯一的前进途径。也即是说，别尔嘉耶夫的那个至高与唯一，他的信仰中的彼岸世界，是生成性的，而不是先验的，先验的只有自由。"能谈论向原初的，已丧失了的天堂状态的回归。不但不能向那里回归，也不应该向那里回归。那将意味着一无所获，最终是世界过程的无意义。"①美是这个过程中的和谐平稳的至高状态，它也贯通着创造所肩负的使命，别氏的"美"保有神秘性的本体论状态，它的存在帮助个体向天堂过渡。

　　　　丧失了的天堂的余光还存在于被保留下来的自然界原初之美中，但人要通过艺术的直觉才能奔向这个美，而艺术的直觉就是创造，就是对自然界的平庸性的创造性改造。丧失了的天堂的余光还存在于艺术和诗歌中，在这里，人通过创造的神魂颠倒，通过自己向上的创造之路，就能够

---

① 别尔嘉耶夫. 美是自由的呼吸［M］. 方珊，何强，王利刚，选编. 济南：山东友谊出版社，2005：183.

接触到天堂幸福的那些瞬间。①

艺术的美被视作天堂的余晖，肩负拯救的使命协助上帝将人承载至超越的彼岸。但所有尘世的美的显象都只是对于过去的追忆和未完成的未来的光辉，创造与美不是同一回事，艺术与创造本身甚至还有着巨大的距离。别氏理想的美的状态是通过神与人的创造，使每一个个体达到神人状态，共建一个新的天堂，这个天堂的状态就是整体人类意义上的大美学，这个美与创造使命与自由密切相关。

在别氏的末世论中，二律背反构成了其主体：不能否认死亡，因为那将剥夺生存的意义，也不能承认死亡，因为那将导致人格的虚无；不能否认地狱，因为那有悖于自由的概念，也不能承认地狱，因为自由本身反对这样做。末世以后的天堂必须是自由的，因为那是在获得智慧之后对于世界的重新认识，但自由本身允许向上和向下，恶就会由此产生，与天堂相对应的地狱也就由此诞生。"这就是末世论意义上的伦理学基本问题。伦理学提出了它，但是却不能解决这个问题。"② 这是理性主义的解释，这个矛盾在逻辑和法律现世无法调和，因此不能以这样的方式进行理解。具有神性的人类必将经历这个苦难，这个深渊的黑暗必然

① 别尔嘉耶夫.美是自由的呼吸[M].方珊，何强，王利刚，选编.济南：山东友谊出版社，2005：184.
② 别尔嘉耶夫.美是自由的呼吸[M].方珊，何强，王利刚，选编.济南：山东友谊出版社，2005：189.

存在，并借由死亡与重生，末世与彼岸得到精神性的和谐。善恶之间的追逐就是基督的死与基督的复生，是非古典意义上的背负世界前行的英雄行径。

别氏通过普希金的表达论证了创造所携带的英雄伦理学，它在法律和拯救之外，与禁欲相对的，创造不是一种内在性的完善，创造者忘记获得拯救和复归天堂，他身上的神性要求"自我克服，超越自己的个性存在的封闭界限"①。创造不关注自我，创造状态使人的目光面向彼岸，不是个人的彼岸，而是世界的彼岸，遗忘个性的创造者与世界连接。当然存在自我限制的创造现象，传统基督神学中的禁欲和自我完善观念因此被别氏大加挞伐，通过禁欲不能获得自由的天赋转化。别氏认为，普希金、陀思妥耶夫斯基这样的创造者如果过着禁欲生活，渴望从自我限制中获得拯救，就不可能实现诗歌与文学的创作。"创造之路是英雄之路。"②处在创造之中的个体，可能处在高位，也可能处在低位，创造者是忘我的，是基督式的伦理意义的实现。创造，一切的创造，艺术的创造、认识的创造与道德的创造因此均具有道德本身的意义，在道德领域的创造要建立自己的创造伦理学。这伦理学当中有着神对人的要求，人肩负创造的道德责任和义务。创造的英雄意义就是在这个

---

① 别尔嘉耶夫 . 美是自由的呼吸[M].方珊，何强，王利刚，选编 . 济南：山东友谊出版社，2005：216.

② 别尔嘉耶夫 . 美是自由的呼吸[M].方珊，何强，王利刚，选编 . 济南：山东友谊出版社，2005：217.

层面上实现的，那不是具有永恒可能的，古希腊意义上的英雄，而是基督教意义上的每一个个体的生命圆满之路。

也许可以将别尔嘉耶夫式的英雄与拯救和尼采的英雄和拯救做一个简单的对比。别尔嘉耶夫钦佩尼采的勇气，他看到了尼采对于基督教的贬斥，因为基督教试图赋予痛苦以意义，以此来提供安慰，而只有在没有任何安慰，没有对另外一种生活的希望的情况下忍受痛苦，才是英雄主义。而别尔嘉耶夫认为这样的痛苦是有前路的，而且它是已经被允诺的，那就是上帝的复活，是末世论以后的新世界的生成，是有限性向无限性的朝拜，是历史走向永恒的可能。别尔嘉耶夫看到了尼采对基督教的反叛，但他从另一个角度解释了它——尼采是基督教精神和古希腊精神这两种矛盾精神的集合体，不能脱离基督教来谈论尼采，永恒轮回的观念是古代的、希腊的循环运动观念，超人的观念是弥赛亚式的观念，具有波斯—犹太—基督教的根源。别尔嘉耶夫把尼采看作是德国形而上学延续的终点，把它视作一个宗教现象，而非一个文化哲学家。尼采痛苦地宣告了上帝的死亡，是人杀死了上帝，是上帝对人的爱结束了自己的生命，这代表着尼采对于人的神性的告别；而掩盖在世界之下的无意识的冲动，雅·伯麦的深渊之中，尼采朝拜的无意义的运动，人自身来自深渊中的自由的激情，隐藏着巨大的力量的激情，已经在此地汹涌澎湃，这是尼采号召的在神之外的救赎可能。

别尔嘉耶夫用"复活"这一信仰式的概念,让彼岸世界重新具有一种寄托,让尼采对深渊的朝拜重新退回对创造世界的把握。实际上,尼采朝拜深渊,但确实没有向深渊屈服,在《权力意志》中,仍然看得到他对人身上那种可怕的激情的控制与转圜,看到他身上狄奥尼索斯与阿波罗之间的结合。像别尔嘉耶夫说的,他只是充满了那对于命运的巨大的爱,人是不能战胜命运的,但会在命运的洪流里以强大意志不断地生存。而别尔嘉耶夫觉得命运是可以被战胜的,这就是二者的分歧与区别。尼采在对恶的肯定里寻找人自我突破的力量,别尔嘉耶夫在否定恶的基础上,把恶视作二元论之中,人内在地从人走向神的可能,从不完满走向永恒的可能。应该说,尼采的人是虚无的客体,生命就是创造过程。这个过程就是一切价值的所在,所以要重新夺回人的个体意义就必须超越人,而别尔嘉耶夫则继续强调人的意义。他通过把人和上帝同构,把人性和神性视作世界创作的两元,从而去接近自由和永恒。

将尼采和别尔嘉耶夫视作现代性的两种寻找模式,笔者认为是可能的。人的灵魂在现代社会里是被复杂化和展开的,人的完整性变少了,分裂性更多了,不安的阴云在道路前方密布。人应该怎样面对恶成为两个先知告别的路牌。

当然,英雄主义与上帝的复生之间还有一个问题笼罩着疑虑的阴云,那就是人的创造究竟在这世上具有怎样的意义?尼采在《悲剧的诞生》中将人的创造视作虚无对象,但他能够作为一双"魔眼"让画中人观审自身，看到太一的混乱的运动；别尔嘉耶夫则认为人的创造是具有神性的，这个创造的过程是上帝创造世界的延续，上帝需要人的创造使世界走向终结，以此诞生出一个新的世界，人的造物不仅仅是产出客体化的结果，也可以是精神性的创生。这个创生在与恶的斗争中实现走向善的前路，在留下客体化对象的基础上留下精神活动的痕迹。创造是一个历史事件，它从历史时间进入人的生存时间，让时间走向了永恒。在这个意义上，别尔嘉耶夫走出了不同于尼采的一步。他认为美不仅仅是美学的范畴，还是形而上的范畴。美是存在的最高状态，是在与恶的对抗中产生的对善和恶的认识。它在认识论的彼岸，是善恶认识的终极后代。当然，美的存在在他们的基础之上。因此在此世的斗争之中，美很有可能和所谓的"好看"，也即欺骗的美之间产生转化。这就是他在《论人的奴役与自由》之中谈到的美的诱惑和美对人产生的新的奴役。在对于美的论述中，别氏引用了尼采对于悲剧的分析，并将之阐释为古希腊时期畏惧无限，将有限与美之间关联的原因，而只有在基督教时代，浪漫主义对于无限的渴望在别尔嘉耶夫这里是现代性的美的可能，是现代性斗争发生的场所，人在无限中才有机会接近永恒，聆听上帝的福音。因此美与真和善之间不可分离讨论，这也是别尔嘉耶夫谴责唯美主义的原因。

另外，别氏将尼采视作先知式的思想家，认为批判基督教道德泯灭意志的尼采实际上与他处在同一战线。但应当看到，在善恶问题的讨论中，别尔嘉耶夫实际上并没有给出"复活"的真正途径，他实际也无法给出"复活"的真正途径。因为那只存在在信仰里，此世的人通过内在性的精神原则的把握，所进行的创造行为，需要上帝的创造与之并行，人与神之间彼此需要的状态。这当然是形而上的人类中心论式的发言。这种对于"复活"的期许在尼采那里也许仍然是软弱的表现。但别尔嘉耶夫在神学信仰的立场下赋予了个体以尊严和价值，这是与尼采的尝试方向不同，但愿景相近的。别尔嘉耶夫以信仰指向一种无限和永恒，以超脱乐观主义和悲观主义的立场重新审视宗教现象，并将唯物主义、共产主义视为向"上帝"复归的运动的一个过程，也许是一种现代人可以依托的答案。

二、神人生存辩证——德国精神的矛盾

神人二元论是基督教的基本主题，别氏尤其强调，相较于其他宗教，基督教是人类中心论的宗教。因此宗教中不仅要求对于上帝的信仰，也要求对于人的信仰。神与人这二者之间存在着本质的区别，但却能在本质未混合同一的情况下发生结合。上帝身上存在着人性，因此基督步入人世，人身上存在着神性，因此人能走进天堂。别尔嘉耶夫将索洛维约夫的"神人类"改造为"神人性"，使这一辩证法成为个性的、内生性的存在，由此个体可以通过精神

斗争获得完整的自由。

别尔嘉耶夫用神与人的三幕悲剧概括了没有二元性的德国神学的发展，这也是别氏对于现代性信仰发展的一种评述。第一幕是德国神秘主义和路德的理论的壮大，埃克哈特的基督一性论使得作为被造物的人彻底成为虚无，而沿承这一理论，路德实际上否定了人的全部能动性和创造可能，一切都来自上帝，一切都依赖信仰，以上帝的绝对权威消解了教会的绝对权威，用神吞没人的手段帮助人获得尘世的自由。自此，德国精神的矛盾发生了，一方面，它肯定人从内部走向上帝的精神自由；另一方面，完全否定了人的自由，人的命运由神秘的决定论把控，路德甚至诅咒人的理性，世界只在上帝的掌握之中，从而确定了一种静态的世界观。第二幕是德国的唯心主义哲学，它的代表人物是黑格尔。路德诅咒理性，而黑格尔奉理性为真理。但路德错在把人的东西（理性）看作是对神的妨碍，实际上是认为人的理性在神身上才能完全体现，而黑格尔试图把神的理性赋予人。这种对神的把握是无法被具体化的，因此，为人的确立诞生的理性实际上压制了个性。这种普遍精神实际上是反人格的，是要人成为神的奴隶。强烈的反抗使得德国的悲剧毫无意外地走向了第三幕——费尔巴哈和马克思。费尔巴哈认为人按自己的形象创造了上帝，因而把自己的本质异化在了超验领域，对于神的信仰是软弱的表现。但他对人的神化是对于"人类"的神化，没有事实上解决黑格尔带来的奴役问题。马克思·施蒂纳则是彻底否认社会或者说有一切共性的实在，试图寻觅一种极端的个人主义，但他的"唯一者"概念实际上落入了神秘主义的表达。如果神被否定，那么被极端化的唯一者的"人性"也将落入同样的逻辑。马克思的资本论在别尔嘉耶夫看来是一种新的尝试，他将人的本质从物中还给工人群体，这种人道主义的出发点是好的，但在别氏看来最后还是落回了社会集体。

一言以蔽之，别尔嘉耶夫认为德国思想的巨大矛盾在于其本质上的反人格主义，神与人之间不断纠缠，要么是神吞没了人，要么是人吞没了神——"黑格尔把属于人的东西给了上帝，而费尔巴哈把属于上帝的东西给了人。"① 这一巨大的矛盾最终呼唤了尼采的出现。

别尔嘉耶夫如此概括尼采的基本主题："当没有上帝时，如何体验神的东西；当世界和人如此卑微时，如何体验神魂颠倒；当世界如此平庸时，如何向高处升起？"② 在别氏的眼里，尼采自身就处在这一巨大的矛盾旋涡之中，他是痛苦地宣告上帝的死亡的，也是深情地希望上帝的回归的。别氏把尼采的超人看作先知式的理论，他认为超人只是上帝的另一种表达，是人走向上帝过程中的表现。尽管这种

---

① 别尔嘉耶夫.别尔嘉耶夫文集：第二卷 // 论人的使命：神与人的生存辩证法 [M].张百春，译.上海：上海人民出版社，2007：327.
② 别尔嘉耶夫.别尔嘉耶夫文集：第二卷 // 论人的使命：神与人的生存辩证法 [M].张百春，译.上海：上海人民出版社，2007：328.

表达是具有生物进化式的，但尼采期待从人这一种虚无中创造出超人的渴望是与其对人的创造和人的自由的强调同向而行的。德国形而上学之路最终导致尼采的出现，在尼采这里，他所制造的人的东西意味着上帝和人的消失。尼采的意义是巨大的，人道主义的内在辩证法在他身上结束。他的出现导致关于人和人的东西的新启示成为可能，以便结束神与人的辩证法。①

三、善恶之间——尘世中的生成与克服

从俄罗斯东正教和其民族精神出发，别尔嘉耶夫对善恶问题展开了与传统的神正论大相径庭的讨论。应当说，别尔嘉耶夫将恶视作重生的一种手段和必经之路，这一观念是建立在俄罗斯浓厚的弥赛亚信仰基础之上的，善与恶以辩证之姿出现在别氏理论中，成为别氏于现代信仰危机中维护上帝圣光的一种独特手段。别氏在善恶的讨论过程中，以德国式的思维理论为比照对象，肯定了尼采在这一问题上划时代的贡献，并借此确立了一种重视个体的信仰话语，个体的人借助善恶的转化重新通往上帝的怀抱，在上帝的荣光照耀之下，人在大地上重新有了生存的义务和价值。

别尔嘉耶夫对恶的理解是基于基督教立场的，不同于

---

① 别尔嘉耶夫. 别尔嘉耶夫文集：第二卷 // 论人的使命：神与人的生存辩证法［M］. 张百春，译. 上海：上海人民出版社，2007：332.

尼采将善恶视作人为形塑的对象，别氏承认绝对善恶的存在，但他驳斥了过往基督教对于善恶的评判。别氏认为，恶的存在为一元论神学所不容，因为它极大地挑战了全知全能全善的上帝的存在。过去有着两种对于恶的解释，一是认为，恶只存在于部分之中，整体里存在的只有善，恶的存在就是为了善的目的；二是认为，恶本身是不存在的，因此善也不存在，存在的只有罪，只有人的原罪与上帝的赐福是信仰中的永恒主题。别氏对这二者均采取批判态度，认为这在一定程度上是逃避性的，既没有解释在世界上占统治地位的恶的存在，也没有认识世界创造过程的悲剧特征，最终只能折损上帝的荣光。恶的存在是真实的，承认恶的存在是必要的，由此才能走向真正的解脱和拯救。

别氏认为，两个对立的因素能够引起恶，一是灵魂的空虚，二是强烈的情感。空虚招致虚无，虚无的深渊就是恶，而强烈的情感还不是恶，但它很容易变成恶，并导致丧失内在的自由。在这里别氏以麦克白为例，强烈的情感和空虚有可能同时存在于个体身上，同时恶会导致连锁性的滑坡，一次犯罪将引起二次犯罪，使人陷入魔法般的犯罪环境中。别氏否认了恶的本体论的存在，他认为恶只能描述，只是一种状态，他如此描述恶的呈现：

　　恶首先是丧失完整性，是对精神中心的偏离，是独立部分的形成，这些部分开始过独立的生存。

人身上的善则是内在的完整性、统一，是心理与
肉体生命对精神原则的服从。如果在否定的意义
上理解彼岸生活，那么此岸的恶不可能被转移到
彼岸生活之中。地狱的观念不能成为对恶的胜利，
而是使恶永恒。①

不难看出，别尔嘉耶夫强调一种内在性的自我克服，
这是与恶搏斗的唯一途径。精神性原则成为别尔嘉耶夫调
解心理与肉体的工具，这是三位一体式的主体把握，不如
说精神性原则内生于信仰之中，人与神不同本质的结合可
能正在于此。离开了精神性，与恶的对抗就可能滋生恶本
身，人就可能从一种高尚的追求中回到被奴役的状态，别
氏认为这是对于福音书真理的背叛。因此信仰能让人超越
乐观主义与悲观主义的范畴，在彼岸世界找到一种和谐的
状态，那就是成为人神之后追求到的美。人神二元辩证让
我们在后文中详细讨论。

恶的感知很容易被转移，使人们失去与恶的斗争的正
确性，也就是失去对精神原则的把握。一种转移是通过别
氏所谓的"客体化"完成的，也就是对魔鬼的信仰，将恶
本质化和对象化了，相信恶来自某种特定的对象，由此，
人的灵魂的内在悲剧也就被忽视了；另一种转移是通过"类

① 别尔嘉耶夫.别尔嘉耶夫文集：第二卷 // 论人的使命：神与人的生
存辩证法 [M].张百春，译.上海：上海人民出版社，2007：365.

的哲学"呈现出来的，在这个意义上，个体的恶被理解为源于个人的不幸，边缘人的悲剧被漠视了，正常人的边缘悲剧也同样被漠视了，个人汇入集体性的认知之中时，谎言就成为一种规范性的语言。在这一点上，别尔嘉耶夫对于恶的现代呈现与福柯对规训的看法如出一辙，或者不如说，在别氏看来，现代性的"类的哲学"正是传统神正论神学遗留的产物。这两种对于恶的问题的逃避，是谎言战胜真实的根本表现。别氏认为现代哲学家对于恶的谱系学把握和形塑观念，把握的实际上是客体化的恶，例如对于犯罪的惩罚本身生成的恶，对于恶的感化导致的恶的膨胀，这两种途径讨论的都是客体化的恶，而不是向人神性转化过程中对抗的那个抽象的恶。

　　内生性或者说精神原则，个性，在别尔嘉耶夫对于恶的分析中被反复强调。这是与恶之间的抗争重点，那么，恶究竟来源于何处？按别氏的理解，是来自所谓的"深渊"。这是别尔嘉耶夫借助雅·伯麦的理论理解的前世界的存在。恶的生成与自由观念紧密相连，但这一自由不是来源于上帝，而是上帝创世前的存在导致的，也就是所谓的"深渊"，也是所谓的命运。由此，解释了上帝的赐福与恶之间来源的不同。同时，这就产生了一个新的问题，如果前世界是存在的，那么对于世界的创造就不是"已被完成"的，而是需要继续的，因此上帝的创造需要延续，这就是人在世上的使命，上帝是需要人的。这一命题显然性地为传统宗教观念所不容，原初性的恶呼唤上帝的存在，这一如叔本华对于意志的把握；命运的存在导致了人的自由堕化为恶，人被上帝抛弃，但别尔嘉耶夫相信命运是可以被克服的，这在态度上一如尼采借助酒神精神接近于世界的同一。恶是无法被建立本体论的，容我在别氏的标准下再强调一次，这样，别氏顺理成章地推论出了"恶只是道路、体验、断裂"①。体验恶不仅仅是人向下的道路，也是向上的道路，只有经历过恶才有可能克服恶，这一克服是要通过末世论的完结来实现的，但末世论的完结不是完结，而是复活的开始，这体现出了别尔嘉耶夫思想中浓厚的弥赛亚信仰。恶本身是无异议的，但他其中包含着高尚的意义，由此体验恶而产生的痛苦，在这个意义上不是恶的一部分，"甚至可能是善"②。在这里，别尔嘉耶夫和尼采产生了一种奇异的合流，那就是痛苦是人生命中的重要历程，即使有上帝的存在，痛苦也是不能被转移的，虽然别氏对于痛苦的理解与尼采的来源不同，但却殊途同归。因为人只能内在地克服恶，不能够靠忍受，不能够靠禁止和强行消灭。当然，前文中已经论述过恶与恶的斗争之间的辩证转化，这是此世的斗争必然付出的代价，因此精神斗争只能照耀恶，此之谓克服。"人应该直接面对恶，不要为自己制造幻

---

① 别尔嘉耶夫.别尔嘉耶夫文集：第二卷∥论人的使命：神与人的生存辩证法［M］.张百春，译.上海：上海人民出版社，2007：364.
② 别尔嘉耶夫.别尔嘉耶夫文集：第二卷∥论人的使命：神与人的生存辩证法［M］.张百春，译.上海：上海人民出版社，2007：361.

想，但是永远也不能成为被恶所压制的。"①

　　善与恶之间的对话，是创造生成的重要结果。别尔嘉耶夫认为，创造有其动力来源，个体的欲望就是其动力，"创造与生命的始原相关，它所标志的只是这个原始生命能量的一定的精神指向和潜力"②。精神和创造在对欲望的引导过程中联系起来，爱情能够战胜折磨人的性欲，而牺牲和压抑也可以成为人的创造源泉。爱作为一种生命能量，帮助人将灵魂中的恶的欲望转化为创造欲望。爱自身也是一种创造，无所谓善，也无所谓恶；一种包容个性的爱、无条件的爱和爱的表达是创造行为自身，也是上帝对于人的恩赐。在爱之中，恶的欲望和善的欲望在一种更博大的意义上，成为复活式的创造的一环。由此，创造之中当然包含着恶的元素，但恶的元素在创造中，其本身不会通往堕落，他是通往彼岸之桥的重要材质。

　　到这里，别尔嘉耶夫对于恶的表述已经是完整的了，恶有他者性的来源，恶是斗争中的呈现，恶需要通过精神原则被内在性地克服，克服的过程就是通往天国的道路。在这个基础上，别尔嘉耶夫谈论了人的最极端的恶——也就是死。人生存在有限条件下，却具有无限的渴望，因而死的恐惧就成为人身上恶无限激发的源泉，但人又不能永

---

① 别尔嘉耶夫. 别尔嘉耶夫文集：第二卷 // 论人的使命：神与人的生存辩证法［M］. 张百春，译. 上海：上海人民出版社，2007：365.
② 别尔嘉耶夫. 别尔嘉耶夫文集：第二卷 // 论人的使命：神与人的生存辩证法［M］. 张百春，译. 上海：上海人民出版社，2007：221.

生，有限的条件会使得永生成为一种噩梦。因此人在这种情感下建立幻想的地上王国，向外在客体求因，假想敌人的存在，这就是人的堕落。别氏认可海德格尔的"向死而生"，但却认为这是比叔本华更悲观主义的观念，叔本华至少还会安慰，而海德格尔理论的前路只有一片无止境的黑暗。浓重的东正教信仰让别尔嘉耶夫渴望复生中的永恒，因此帮助他继续斗争，因为"在时间中的过程将丰富永恒，永恒包含时间"[①]。在这个意义上，别尔嘉耶夫追求的是另一种精英主义，这些人内生性激发了自己的人神性，获取了一种意识到自己的罪的可能，意识到自己被奴役的可能，意识到自己奴役他人从而失去自由的可能，这种意识是人格上的高尚。别氏赞美尼采，认为他的思想中最深刻和最重的东西是 amor fati（对命运的爱）。但因为没有复活的力量，德国精神只能在纯人的，或是纯神的世界里打转，无法由对于恶的克服走向神人性。

① 别尔嘉耶夫. 别尔嘉耶夫文集：第二卷 // 论人的使命：神与人的生存辩证法 [M]. 张百春，译. 上海：上海人民出版社，2007：366.

第二章　别尔嘉耶夫与俄罗斯文学黄金时代

　　俄罗斯存在主义哲学家先驱别尔嘉耶夫是一位文化英雄，是最能代表俄罗斯文化理想类型的思想家之一。在俄罗斯哲学史上，很难找到像别尔嘉耶夫这样一位能够如此强烈、如此敏锐地探索有关人类存在的终极问题的思想家。别尔嘉耶夫一生都试图揭开构成人类生命意义的神秘面纱，他毕生思索的问题都与人、宗教、自由、恶、死亡、悲剧、创造力等有关。从严格意义上讲，别尔嘉耶夫并不是一位学院派哲学家。别尔嘉耶夫一生的思想成果并未成体系，在他看来，这会杀死创造力的精神。别尔嘉耶夫总是被直觉、冲动和激情所吸引。对于别尔嘉耶夫所坚持的核心观点，他也没有创建一系列连贯的逻辑证明，在他的任何一部主要作品中，他的思想都是相互交织和相互转化的，这也使得后人对别尔嘉耶夫的思想研究变得极其困难。但是每个哲学家的世界观的基础始终是建立在他成长的文化和他周围的环境上的，19 世纪群星闪耀的俄罗斯文坛对别尔嘉耶夫的思想产生了深刻的影响，因此从去俄罗斯文学角度去观照别尔嘉耶夫哲学思想，不仅有助于我们探索别尔嘉耶夫的哲思，也能帮助我们从别尔嘉耶夫哲学观点的角度重新领悟 19 世纪俄罗斯文学的魅力。

别尔嘉耶夫在《俄罗斯共产主义的起源与意义》(*Истоки и смысл русского коммунизма*，1933)一书中认为，19 世纪的俄罗斯思想内核是自由而大胆的，但是却常常受到外在约束并经常遭受迫害。由于政治原因导致俄罗斯所有思想和精神活动都转移到了文学中，因此要理解 19 世纪俄罗斯的思想内涵，应该在文学作品中寻找答案。19 世纪是俄罗斯文学史上的巅峰时期，让俄罗斯文学在世界文学占有不可撼动的一席之地。俄罗斯文学的黄金时代涌现了众多杰出的文学家，如普希金、果戈理、托尔斯泰、屠格涅夫、陀思妥耶夫斯基等等。在俄罗斯文学的滋润下，别尔嘉耶夫对普希金诗歌中对自由和创造的歌颂、果戈理创作中对人类深度恶的探索、屠格涅夫笔下的具有虚无主义思想的文学形象、陀思妥耶夫斯基长篇小说中的人类困境和解放的思考、托尔斯泰的文学作品中的道德探讨都有精彩的解读和评述。

第一节　别尔嘉耶夫与普希金

　　亚历山大·谢尔盖耶维奇·普希金（Александр Сергеевич Пушкин，1799—1837）是 19 世纪俄罗斯最杰出的文学家之一。普希金被誉为"俄罗斯诗歌的太阳""俄罗斯文学之父"。英年早逝的普希金在他并不算太长的创作生涯中，留下了丰富的不同的文学体裁作品，包括抒情诗、叙事诗、戏剧、小说、文论、史著等等。尽管普希金的抒情诗创作是富有变化的，不同时期的抒情诗作呈现出了不同的风格特征，但是，在他的抒情诗中，仍不难看出有某些一致的诗歌主题。普希金是一个包容性的诗人，他的抒情诗作的主题涵盖个人情感和社会生活，爱情和友谊，城市和乡村，文学和政治，祖国的历史和异乡的风情，民间传说和自然景致等等。

　　首先，普希金是生活的歌手，对于生活本身的体验和感受，一直是普希金诗歌灵感的首要来源。对爱情、友谊和生活中的欢乐、忧愁，构成了其诗歌最主要的内容之一。在他的抒情诗歌中例如《致凯恩》（1825）、《我曾经爱过您》（1829）、《假如生活欺骗了你》（1825）等都得到了艺术的呈现。

其次，普希金也是一位人民诗人。1812 年卫国战争、俄罗斯农民起义、希腊民族起义、俄土战争、波兰起义和西班牙革命等历史和现实的事件在他的抒情诗作中都有所反映。作为抒情诗人的普希金的伟大之处，正在于他空前地扩大了抒情诗的容量。普希金让抒情诗渗透进了俄罗斯生活的各个层面，从而使抒情诗具有了广泛的社会影响，作为个人情感之抒发的抒情诗因而具有了积极的社会意义。这一点是称普希金为人民诗人的重要原因之一。此外，普希金抒情诗歌的人民性，还在于其进步的思想和战斗的精神。1825 年由俄罗斯贵族青年组成的十二月党人起义后，沙皇在国内实行高压专制统治。在这样的社会历史背景下，普希金在诗歌中对封建制度和专制主义进行了强烈的批判。普希金忠于人民诗人应有的理想和良心，是对创作自由的呼吁呐喊最多的诗人之一，反对专制和崇尚诗歌自由的主题一直在有力地鸣响着。这类诗作给普希金带来了不幸，使他一生都处在当局的监视和迫害之中。但正是这类诗作，使普希金成为当之无愧的人民诗人。在一个不公正和不自由的社会里，崇尚个性自由的诗人往往也会成为社会自由和人民利益的捍卫者，这也正是诗人的使命和义务。

最后，诗歌创作的主题，在普希金的抒情诗作中也占有重要的地位。谈到有关诗人和诗歌创造的问题，普希金认为有三点极其重要：诗人是一个严肃的身份；诗人应该拥有创作的自由；诗人是先知，是具有使命感的。

普希金的思想及其作品为果戈理、莱蒙托夫、托尔斯泰和陀思妥耶夫斯基等作家的未来成长奠定了基础，19世纪的作家都将普希金奉若神明。但从20世纪起几乎每一代俄罗斯作家都会经历一个反抗普希金作品的时期，就类似孩子们反抗他们的父母，而在他们的叛逆之中往往又夹杂着一丝羡慕和嫉妒。因为普希金向俄罗斯人民的意识中灌输的自由、创造力等基本价值观早已经成为俄罗斯的一种精神现象，时刻滋润着他们。因此，对普希金在俄罗斯文坛上崇高地位的理解应该从普希金与俄罗斯精神文化现象本身之间的本质联系入手。别尔嘉耶夫认为，普希金是19世纪初俄罗斯最伟大的创造天才，也是俄语和俄罗斯文学的创造者。别尔嘉耶夫认为普希金作品的主要情感由两个相互关联的问题组成——自由和创造力。这也是别尔嘉耶夫最为赞赏普希金的两个宝贵特质。

一、自由与创造

在所有俄罗斯哲学家中，别尔嘉耶夫也许是最为注重人的概念的。在别尔嘉耶夫看来，人最重要的特征就是自由。因此，别尔嘉耶夫也常常被称为自由哲学家，别尔嘉耶夫写下了"自由的宣言"："我来自自由，她是我的父母。自由对我来说比存在更重要……我奠定的哲学基础不是存在，而是自由……我最初热爱自由，梦想着自由的奇迹。"①
对别尔嘉耶夫来说，自由比存在更重要。可以说别尔嘉耶
夫所主张的一切观点，均是在人类自由的基础上的。他不
同意接受任何忽视和扭曲自由的真理，真理于他来说只能
是来自自由和通过自由获取的。别尔嘉耶夫认为自由不仅
是一种政治或社会状态，还是人类精神的属性。他将自由
视为人类内在的、精神层面的特征，与灵魂和个体的内在
生命力相联系。自由是一种精神追求，人是精神的存在，
个体的生命任务是通过追求自由来发现和实现自己的内在
价值和目的。他将自由视为人类存在的核心要素。总的来
说，别尔嘉耶夫十分注重精神自由，把精神自由视为人类
一切自由的前提。

1812 年卫国战争，一批年轻的俄罗斯贵族军官们在战
争中直逼巴黎城下。在专职落后的祖国与繁华自由的欧洲
比较之下，俄罗斯贵族军官们希望向欧洲学习，建造一个
更好的俄罗斯——一个欧洲化的俄罗斯。这一批俄罗斯年
轻人渴望自由的气息，希望在祖国公共生活各个领域中都
能明确表达自己的思想。一个自由的人或者说一个创造者，
这恰恰正是当时的俄罗斯社会意识特别需要的，普希金的
许多作品中都体现了这种呼吁。普希金不仅在当权者面前，
而且也在他的读者面前维护了他的诗意意识的主权与自由。

---

① Бердяев Н. А. Самопознание. Опыт философской автобиографии
［М］. М.: Книга, 1991: 21.

对普希金而言，诗人是自己的内心的主宰，因为一个人，尤其是创造者的"自由"，是他最伟大的保证。普希金是自由主义和个性主义的倡导者。他的作品表现了对个体权利和个体自由的关注，他的诗歌里常常出现"свобода"（自由）、"вольность"（自由）、"воля"（意志）以及形容词"свободный"（自由的）、"вольный"（自由的）等等。

1830 年普希金写下了《致诗人》，自此之后，俄罗斯作家们无一不遵循普希金创作自由的诗意定律，并引以为傲：

> 你是王者：独自活下去，你应走定
>
> 自由的心灵引你走着的自由之路，
>
> 你要对珍爱的思想果实精益求精，
>
> 不要为崇高的业绩而对褒奖有所求。
>
> 褒赏在你心中。你就是最高的法官。
>
> 你善于比谁都更严地对劳作进行批判。
>
> 你对自己对它满意吗，一丝不苟的艺术家？[①]

本诗被无数作家引用，例如，《父与子》出版后，屠格涅夫遭受了指责和辱骂，在《关于〈父与子〉》为自己辩护

[①] 普希金.普希金精选集[M].顾蕴璞，编选.济南：山东文艺出版社，1997：88.

过程中也援引了本诗。普希金在他的作品中表达了对个体权利和自由的强烈关切，这与别尔嘉耶夫对人格主义和自由的信仰相契合。自由的呼唤在普希金的作品中激烈地响起，人只有有了自由，才能创造。自由是创造的前提。普希金通过对自由主题的创作，唤醒了俄罗斯人灵魂中的自我价值感，即对自己人民的信仰，对俄罗斯的信仰。别尔嘉耶夫欣赏普希金的自由思想和对个人自由的坚定支持。

别尔嘉耶夫认为，自由与创造力密切相关。自由作为人类本质的一个组成部分，自由的本质一面总是隐藏在人的精神世界中。只有在创造中，人才能感到自由的魅力。对别尔嘉耶夫来说，"自由是我的独立性，是我的个性从内部决定的，自由是我的创造力，而不是在两者之间的选择。"[1] "创造与自由不可分割。只有自由才能创造。从必然性产生的只是进化；创造产生自由。当我们用我们不完善的人的语言说从无中的创造时，那么我们说的是从自由中的创造。"[2] 自由不仅是创造的前提条件，也是创造力量的来源。"自由是创造的能量，是创造新东西的可能性。"[3] 自由的存在使个体能够自主地创造、思考和选择，这种创造力体现了人的内在能力，使其能够追求真理、美和价值。自由的真正形式是创造性的能量，只有借助这种能量，一个

---

① Бердяев Н.А. Смысл творчества［M］. М.：Правда，1989：368.

② Бердяев Н.А. Смысл творчества［M］. М.：Правда，1989：368.

③ Бердяев Н.А. О значении человека［M］.М.：Республика，1993：45.

人才可以为社会和世界创造新的生活。

别尔嘉耶夫在他的《论人的目的》一书中指出了三种形式的伦理学——法律伦理学、救赎伦理学和创造力伦理学。创造力伦理学即通过创造力和创造性自由来证明人的合理性的学说。那什么是创造呢？许多人认为是音乐、绘画、雕塑、舞蹈、文学等的艺术创作。而别尔嘉耶夫所说的创造并非指文学、艺术和科学上的具体创造，而是在人类学意义上的创造，即人之本性的创造。别尔嘉耶夫将创造力理解为一种震撼、一种提升、一种对更高生活水平的渴望。

首先，创造不是自我陶醉，而是摆脱自我的奴役，是解放自我，是对自我的认识，对自我精神的认识和精神追求。对别尔嘉耶夫而言，自然和历史都不是人的证明方式，人不是某种成品，一个人是通过形象的符号来表达，通过不断自我创造而逐渐形成的。人不应该局限于例行公事的日常生活以及其对既定事物的渴望和适应，别尔嘉耶夫认为这是一种被奴役的状态。在别尔嘉耶夫的观点里，自由的创造性行为被认为是克服客观化和奴役化的一种手段。所以，别尔嘉耶夫认为创造力是一种恩赐的能量，它使人类的意志摆脱束缚和奴役，人在自由创造力中能感知美的存在。其次，别尔嘉耶夫认为创造不仅仅是对自身不完美的认识，人应为比他自身更高的价值而奋斗，这是对另一个世界的诉求，即改变现有世界。每一种创造都是对现有世界的改造，至少是某种部分形式的改造。创造是对世界的"一种增加""一种补充"，是创造出崭新的东西，世界上从未存在过的东西。

别尔嘉耶夫认为普希金的创作原因是"出于快乐的创造性过剩"，而后来的俄罗斯作家则是"出于对人民拯救的渴望"。[①] 对此，我们可以理解为，普希金的创作不仅是出于必要或职责，还是由于他的内在创造力和灵感迸发的成果。他有一种过剩的创造性能量，使他能够不断地产生文学作品，而不受外部限制，这是一种精神自由的内在充沛。这也反映了别尔嘉耶夫对创作和创作者内在动机的一种赞赏和理解。别尔嘉耶夫赞赏普希金对人类内心和精神世界的深刻探索。

二、创造的使命

"Личность"是别尔嘉耶夫著作中的高频词语，也是别尔嘉耶夫的核心思想之一。"Личность"一词有个性、个人、身份的意思，学术界通常翻译为"人格"。别尔嘉耶夫认为人格是人个性的独特特征组合。人格不是社会的一部分，也不是自然的一部分，总的来说不是任何事物的一部分。人格是独一无二的。从根本上来说，它是超越的自然、超越空间和时间的，它属于永恒。谈到普希金，别尔

---

① 别尔嘉耶夫.美是自由的呼吸［M］.方珊，何强，王利刚，选编.济南：山东友谊出版社，2005：216.

嘉耶夫阐释了普希金创造中的人格概念。普希金的诗歌创
作基于创造性自由的人的愿景。创造的任务不仅仅是摆脱
和克服，还带来了人格的实现。别尔嘉耶夫认为人创造自
己的人格，也在创造中表现自己的人格。"在'我'、人
格的创造中，人的精神进行着综合的创造活动。为了不让
'我'瓦解、分裂和离析为人格的碎片，需要精神的创造
性努力。人不仅其使命是在世界中和世界上进行创造，而
且他本身就是创造。没有创造就没有人。"① 人的创造活动就
是人自身的证明。人格本质上是创造性的，因为它总是在
突破任何既定的生命秩序或组织并带来一些新的和不同的
系统。他的这种个性的自发性和创造性说，表明人格具有
丰富性和充实性。"创造活动永远是解放和克服。其中有力
量的体验。创造活动的表现不是痛苦的喊叫、消极的苦难，
不是抒情的吟哦。畏惧、痛苦、软弱、死亡应该被创造战
胜。创造的本质是出口、结局、胜利。"② "人是克服自己和
克服世界的存在物，这就是人的人格。这个克服就是创造。
创造的秘密就是克服给定的现实，克服世界的确定性，克
服世界圆圈的封闭性的秘密。在这个意义上，创造就是超
越。……创造不但是给这个世界增加更完善的形式，它也

---

① Бердяев Н. А. Опыт эхатологической метафизики［M］. M.：
Республика, 1995：248.

② Бердяев Н. А. Самопознание. Опыт философской автобиографии
［M］. M.：Книга, 1991：223.

是对这个世界的重负和奴役的摆脱。"① "创造行为是人所能实现的行为，在这个行为里人能感受到自己身上高于他的力量。"② "创造使我沉浸于一个独特的、别样的世界，一个摆脱了重负、可恨日常生活权利的世界。"③

　　诗歌的基础是个人的精神体验，它不是在灵魂中安定下来的，而是在创作过程中才出现的。诗人创作诗歌，就是在创作自己的灵魂，力求艺术的完美，用精神的力量，将精神的混乱转化为和谐的诗意创作，从而证明自己。在创造力中，人的神圣性是由人自身的自由主动性所揭示的。别尔嘉耶夫认为"诗人和先知之间有相似性"④。"创造状态对人内在生命的意义在于：创造意味着对此世的重负所引起的压迫和贬损的克服，也意味着达到高潮。所以，创造说明了此世的可克服性，僵化存在的可克服性，解除这个世界的封闭的可能性，解放和改变这个世界的可能性。"⑤别尔嘉耶夫认为，创作的天赋是恩赐，创作的自由是具有启蒙

① 别尔嘉耶夫.末世论形而上学［M］.张百春，译.北京：中国城市出版社，2003：183.

② 别尔嘉耶夫.末世论形而上学［M］.张百春，译.北京：中国城市出版社，2003：187.

③ Бердяев Н. А. Самопознание. Опыт философской автобиографии［M］.M.：Книга，1991：223.

④ 别尔嘉耶夫.美是自由的呼吸［M］.方珊，何强，王利刚，选编.济南：山东友谊出版社，2005：231.

⑤ Бердяев Н. А. Опыт эхатологической метафизики［M］.M.：Республика，1995：251.

性质的。在创造性中，人自己在他身上揭示了上帝的形象，彰显出他体内的神性。1829 年普希金在《先知》一诗中这样呐喊道：

> 他俯下身子贴近我的嘴，
> 拔掉了我罪恶的舌头，
> 它空话连篇，狡猾不堪；
> 他再用沾满鲜血的右手，
> 往我早已喑哑的嘴里，
> 装入智慧之蛇的舌头。
> 他用剑剖开我胸膛，
> 挖走我这颗颤抖的心，
> 并把一块燃烧的赤炭，
> 塞进我被剖开的前胸。
> 我像死尸般躺在荒原，
> 但听到上帝对我呼唤：
> "起来吧，先知，且听，且看，
> 让我的旨意把你充满，
> 走遍所有的海洋和陆地吧，
> 用我的话儿把心灵点燃。"①

---

① 普希金.普希金精选集［M］.顾蕴璞，编选.济南：山东文艺出版社，1997：57—58.

在这首诗里我们看到，富有生命力的、充满人意志的"颤抖的心"被带到了艺术的祭坛上，在创造力的过程中燃烧殆尽，变成了美丽的、永恒的诗意。艺术家的生命逝去，但赋予了诗歌鲜活的生命。"诗意之火的燃烧"这一个隐喻折射出诗人精神的不屈不挠。正如普希金所理解的和预测的那样，人的创造性自由是由一个人对现实和痛苦的敏感性以及他的主动性决定的。

别尔嘉耶夫认为，19世纪初，俄罗斯生活着两位杰出的人物——普希金和被封圣的萨罗夫的塞拉芬。在别尔嘉耶夫看来："普希金的时代环境是不能产生普希金的，从这个观点来看，他的出现是奇迹。"[1] 别尔嘉耶夫将普希金天才的创造力等同于神圣。因为对别尔嘉耶夫而言，真正的、存在的创造力总是在精神中。因此，通过创造性行为突破自然世界进入神圣的精神世界的人是值得称赞的。别尔嘉耶夫将创造力定义为对自然界的平庸性的改造，对无限的突破。"伟大的艺术家有一个伟大的创造力，但在他们的艺术中永远无法充分实现。在创造性的狂喜中，人们突破了另一个世界；创造你自己或创造一件艺术品，它将成为另一个世界的象征。"[2] 创造力是一种突破和超越，它突破了现实世界，走向了精神的天堂。普希金的艺术不是基督教的，

---

① 别尔嘉耶夫.美是自由的呼吸[M].方珊，何强，王利刚，选编.济南：山东友谊出版社，2005：225.

② Бердяев Н. А. Смысл творчества[M].М.：Правда，1989：308.

也不是多神教的，而是天堂的艺术。在他的艺术中，不是向原初自然界的返回，而是通过人的创造，走向了天堂的道路。① "在创造里，特别是在艺术里，在诗歌里，有某种来自对丧失了的天堂的回忆。普希金的诗歌就特别能勾起这样的回忆。"② "在天才的创造力中，可以说是一种自我牺牲……我深深地相信，普希金在人们面前的天才，仿佛毁灭了他的灵魂，在上帝面前，等于拯救了他灵魂的塞拉芬的圣洁。天才是另一条宗教道路，与神圣之路同等且同样值得。天才的创造力不是一种'世俗'的活动，而是一种'精神'的活动。幸运的是，圣塞拉芬和天才普希金与我们生活在一起。为了神圣的目的，普希金的天才和他的神圣一样必是那六翼天使。如果普希金的天才不是从天上赐予我们的，那么可悲的是，几位圣人也无法安慰我们的悲痛。仅靠六翼天使的神圣，没有普希金的天才，世界的创造性目标就无法实现。"③

别尔嘉耶夫在《论奴役与自由》中强调了自由作为精神和道德领域的概念，自由与创造力、责任和个体主义的关联。他反对机械化社会和集体主义，主张每个人都有权

---

① 别尔嘉耶夫. 美是自由的呼吸 [M]. 方珊，何强，王利刚，选编. 济南：山东友谊出版社，2005：184.

② 别尔嘉耶夫. 美是自由的呼吸 [M]. 方珊，何强，王利刚，选编. 济南：山东友谊出版社，2005：232.

③ Бердяев Н. А. Смысл творчества [M]. М.：Правда，1989：365-366.

利寻求内在的、道德的自由。这些观点表现了别尔嘉耶夫对人类自由和个体尊严的深刻思考。总的来说，别尔嘉耶夫对普希金的评价突显了普希金在俄罗斯文学和俄罗斯思想中的重要性，以及他对自由、创造和精神探索的贡献。这样的高度评价反映了普希金在俄国文学史上的独特地位，以及他的作品对俄罗斯文化和哲学思想的深远影响。

第二节　别尔嘉耶夫与果戈理

尼古拉·瓦西里耶维奇·果戈理（Николай Васильевич Гоголь，1809—1852）是俄罗斯文学的重要代表之一，他的作品在俄罗斯文学史上占有特殊地位，对俄罗斯文学产生了深远的影响。果戈理出生于乌克兰波尔塔瓦省密尔格拉得城附近的乡村里。1831 年果戈理发表《狄康卡近乡夜话》并一举成功。这是一部富有浪漫主义色彩的短篇小说集，情节多取材于乌克兰民间故事。果戈理以优美、清新且富有幽默的笔调讴歌了劳动人民的智慧、勇敢和对自由、爱情的追求。

1836 年果戈理创作的五幕讽刺喜剧《钦差大臣》，刺激了沙皇反动当局敏感的神经。批评家别林斯基称《钦差大臣》"以愚蠢开始，接着是愚蠢，最后以眼泪收场"。后来果戈理的这种创作特征被称为"含泪的笑"。《钦差大臣》讲述了一个落魄的花花公子赫列斯塔夫路过某城，被一帮贪官污吏当成京城里来私访的钦差大臣而闹出大笑话。官吏们听说钦差大臣驾到，无不惊恐万状，人人自危，害怕自己的劣迹败露。于是以市长为首的贪官们便对这位假钦差百般讨好，甚至让自己的妻子女儿向他献媚，丑态百出。《钦差大臣》在彼得堡公演后，沙皇当局和文坛都对果戈理进行诽谤和攻击，认为他过激地歪曲了俄罗斯官场和社会。面对横加指责，果戈理背痛难忍，精神忧郁，最后患病出国休养。

在国外果戈理完成了《死魂灵》第一卷的创作。这部长篇小说的创作持续了七年，果戈理为此倾注了全部心血。1842 年果戈理出版了《死魂灵》第一卷。一经出版就震动了整个俄罗斯文坛，乃至震撼了整个俄罗斯。果戈理宣称《死魂灵》的题材并不是一部长篇小说，而是一部"史诗"（поэма）。这部史诗里，果戈理用逼真而生动的文笔，呈现了俄罗斯农奴制下的社会生活。《死魂灵》以主人公乞乞科夫到外省购买死农奴为主线，展现了一个个地主老爷的丑陋猥琐、荒唐可笑的嘴脸，揭示了贪婪而且卑鄙的贪官污吏的典型性格。

然而《死魂灵》在当时引起的轰动，更多的是给作家带来烦恼，招致诽谤、谩骂和围攻。对于批评，果戈理表示全部接受，称赞他们的许多意见是公正的。但果戈理也辩护道，他生到世上来，绝不是为了要在文学领域占一席之地，而是为了拯救自己的灵魂。在果戈理生命的最后五年，他患着严重的精神忧郁症，贫病交加，已丧失了当年旺盛的创作激情，并陷入了宗教狂热。1852年果戈理亲手把《死魂灵》第二卷手稿扔进壁炉里焚毁了。焚稿十天之后，果戈理就病逝了，年仅四十三岁。果戈理一生的思想和创作复杂、多变，留下了不少的文学疑团。

的确，果戈理是一个充满着矛盾的复杂而又古怪的天才，《死魂灵》则是这位天才作家的思想和艺术的结晶。果戈理的作品总是以幽默和讽刺的方式揭示了19世纪俄罗斯社会的种种问题，包括腐败、封建制度和官僚主义等等。他总是描写社会中孤独和被边缘化的人物，呈现他们陷入绝望和孤立的状态，这也反映了果戈理对个体的关注。他的作品中又常常包含超现实主义元素，充满了神秘主义色彩。别尔嘉耶夫认为如果仅仅停留在果戈理是现实主义作家的刻板印象，仅仅将果戈理视为一位19世纪俄罗斯农奴制的揭露者和批判者的话，是无法真正理解果戈理的艺术启示的。

一、对果戈理的重新认识

在别尔嘉耶夫心中，果戈理是比陀思妥耶夫斯基更为神秘的，果戈理是俄罗斯最神秘的作家。别尔嘉耶夫认为果戈理和陀思妥耶夫斯基对俄罗斯和俄罗斯民族都有着超越他们时代的最艺术的见解。他们以不同的方式向读者展示俄罗斯,他们的艺术方法也是截然相反的,但他们都对俄罗斯有某种真正的预言,某种渗透俄罗斯民族本质、渗透到俄罗斯民族本性最深处的东西。别尔嘉耶夫指出俄罗斯的批评家们对陀思妥耶夫斯基的精神世界已经做了大量的探索,但是对果戈理的理解却是远远不够的。别尔嘉耶夫指责旧派批评家们将果戈理视为"一位嘲讽社会不平等和神经紧绷的作家"。别尔嘉耶夫认为这是一种片面且肤浅的认识,并指出"忽视了果戈理文学的内在意义,是无法欣赏果戈理呈现的俄罗斯民族的心理和精神状态"。①

对别尔嘉耶夫而言,果戈理作品中描写的那种非人的丑陋不是旧制度的产物,不是社会政治原因造成的。相反,它就是俄罗斯精神上的疾病,催生了旧制度中一切不好的东西,它被烙印在政治和社会形态上。然而俄罗斯的知识分子们总是习惯于把俄罗斯生活中的一切邪恶和丑陋归罪于社会制度。别尔嘉耶夫继续在《俄罗斯革命精神》中指出,19世纪的俄罗斯知识分子对现实的认知是消极的,且是极不负责任的。俄罗斯知识分子总是将所有的原因归咎于外部力量的压制,并总是期望通过某种类似于奇迹的外部力量,甚至是具有破坏性的力量,一下子来解决所有现

---

① Бердяев Н. А. Духи русской революции [М] //Из глубины. Сборник статей о русской революции. М.: Издательство Московского университета, 1990: 57—58.

有的现实问题。俄罗斯知识分子倾向于用暴力和革命来解决社会的罪恶，"但这只是摆脱了责任负担，并习惯于用专制统治来解释社会罪恶"①。别尔嘉耶夫注意到了俄罗斯知识分子倾向于用外部环境来解释内部危机和冲突。俄国知识分子总是寄希望于革命能够揭示俄罗斯人的形象，寄希望于俄罗斯专制制度垮台以后，人的个性能够得到充分的发展，但是这种希望是徒劳的。别尔嘉耶夫指出，如今专制制度已经不复存在，但俄罗斯的黑暗和俄罗斯的邪恶依然肆虐存在。因此，黑暗和邪恶的根源并不在于俄罗斯的社会外壳，而在于人们的精神内核。此外，别尔嘉耶夫认为在剖析人时，把人视为纯粹的社会存在，也就是把人放在了奴役的位置上②，这样是无法真正和正确理解人的本质的。在《论俄国革命精神》中别尔嘉耶夫再次强调，人类的进程不是与人的社会化有关，而是与人的精神化有关。这也正是理解果戈理艺术启示的关键所在。

别尔嘉耶夫认为，在历史的转折点上，人民性格的主要民族特征总是会显现出来。这些反应部分是由于积累的经验，包括特定民族特有的罪恶和恶习。如果仅从对社会现实问题的讽刺是无法真正理解果戈理的思想内涵的，而

---

① Бердяев Н. А. Духи русской революции［М］//Из глубины. Сборник статей о русской революции. М.: Издательство Московского университета，1990：60.

② 别尔嘉耶夫. 人的奴役与自由：人格主义哲学的体认［М］.徐黎明，译.贵阳：贵州人民出版社，2007：79.

从俄罗斯的精神危机的角度才能正确深刻地理解果戈理作品中描写的丑陋形象。在别尔嘉耶夫看来，只把果戈理作为现实主义者和讽刺作家的旧观点需要彻底修正，果戈理的创作手法已经很难称之为现实主义，而是一种独特的民族精神诊断。在别尔嘉耶夫眼中，果戈理就是俄罗斯民族的精神医生，他诊断出了俄罗斯和俄罗斯民族的精神上的沉疴。果戈理描写的不仅是俄罗斯民族的日常生活现象，还是俄罗斯民族精神的劣根。对于俄罗斯和俄罗斯民族来说，果戈理的艺术手法揭示了一种常常被忽略的事实，即在俄罗斯任何一种表面的社会改革与革命都无法治愈的民族精神疾病。

别尔嘉耶夫指出，在令人难以忍受的庸俗与丑陋中，有一种永远果戈理式的东西。果戈理将庸俗描写为俄罗斯民族精神病状之一。在果戈理的笔下俄罗斯满目疮痍："俄罗斯心灵已在悲伤，已响起了她的心灵病痛的呼喊"[①]，"人人彼此欺骗并无情诋毁"，"贿赂成风"。[②] 正如别尔嘉耶夫所指出的，"贿赂是俄罗斯生活的基础，是其基本构成"，"它与特定的历史时代或政治结构无关，它是不人道的粗

---

① 果戈理.果戈理全集：第七卷 // 与友人书简［M］.吴国璋，译.石家庄：河北教育出版社，2002：109.
② 果戈理.果戈理全集：第七卷 // 与友人书简［M］.吴国璋，译.石家庄：河北教育出版社，2002：111.

鲁形式之一"。① 果戈理认为贿赂的原因是对"恶心的、肮脏的奢侈"的渴望，但我们也可以假设一种相反的关系："轻松"金钱的存在需要在形式浮华，庸俗奢华。② 别尔嘉耶夫认为庸俗是社会的日常性的产物。庸俗完全遮盖了生命的悲剧和敬畏。庸俗是彻底地浮向表面，与一切深度的彻底分离。"对奢华的渴望是俄罗斯灵魂庸俗和死气沉沉的原因。"③ "庸俗丧失了一切的原真性。"④

　　别尔嘉耶夫认为，果戈理艺术作品的另外重要特征之一，是这位伟大作家所创造的形象不仅具有"时事性""真实性"，还具有"永恒性"："现在，在经历了所有的改革和革命之后，俄罗斯充满了死去的灵魂，果戈理创造的文学形象并没有消亡，也没有像屠格涅夫或冈察洛夫的形象那样成为过去。"⑤ 果戈理的永恒性，不仅在于他揭示了俄罗

① Бердяев Н. А. Духи русской революции［М］//Из глубины. Сборник статей о русской революции. М.: Издательство Московского университета，1990：62.

② 果戈理. 果戈理全集: 第七卷 // 与友人书简［М］. 吴国璋，译. 石家庄：河北教育出版社，2002：118.

③ Бердяев Н. А. Духи русской революции［М］//Из глубины. Сборник статей о русской революции. М.: Издательство Московского университета，1990：61.

④ 别尔嘉耶夫. 美是自由的呼吸［М］方珊，何强，王利刚，选编. 济南：山东友谊出版社，2005：236.

⑤ Бердяев Н. А. Духи русской революции［М］//Из глубины. Сборник статей о русской революции. М.: Издательство Московского университета，1990：58.

斯人民的消极面，他们的黑暗精神，以及他们身上一切非人性的东西，更在于对人性恶的深度揭示，甚至在善人里他察觉到了恶的存在。别尔嘉耶夫认为果戈理所说的"令人忧伤的是，在善里看不到善"是一个深刻的伦理思考。在善的概念和善的人之中，善的成分却很少。所以，恶和恶人会出现，把所有问题都转嫁给恶和恶人是不公正的。因此，不仅恶的人应该接受审判，善的人也应该接受审判。

二、不幸的洞察恶的天赋

果戈理作品中有一种绝对异常的邪恶感，他艺术地传达了黑暗、邪恶的超自然力量的作用。果戈理把人塑造成各种丑陋的形象。"在他的创作中，没有人，而是各种兽类的嘴脸"，"没有一处可以找到坚实的存在，没有一处可以看到清晰的人脸"。[①] 果戈理描述了整个俄罗斯所有的丑陋形象，别尔嘉耶指出："在果戈理的作品中缺乏对人、对人的尊严、对人权的尊重。"[②] 别尔嘉耶夫指出："俄国各种旧

---

① Бердяев Н. А. Духи русской революции [М] //Из глубины. Сборник статей о русской революции. М.: Издательство Московского университета, 1990: 59.

② Бердяев Н. А. Духи русской революции [М] //Из глубины. Сборник статей о русской революции. М.: Издательство Московского университета, 1990: 59.

流派批评家还根本没有感觉到果戈理艺术的可怕性。"[①]"我们可以看得见，魔鬼与上帝在他的灵魂和他的创作中怎样斗争，但果戈理隐藏了自己，并把某种没有猜透的秘密一同带进了坟墓。在他身上确实具有某种可怕的东西。果戈理是唯一一位身上具有妖魔感的俄罗斯作家。"[②]别尔嘉耶夫认为果戈理是一位邪恶的思想家，一位邪恶的艺术家："他是那些一生都感到邪恶的人之一，有一种神秘的、地狱般的经历，并拥有一种'邪恶的魔法'……在他洞察粗俗精神的天赋是一种不幸的天赋，他也成为这种天赋的牺牲品。他发现了粗俗得令人难以忍受的罪恶，这使他感到压抑。"[③]"果戈理没有能力看到善良的形象并以艺术方式表达它们。这就是他的悲剧。他本人也害怕自己对邪恶和丑陋形象的独特洞察力。但他精神上的残害也导致了他邪恶艺术的尖锐性。"[④]不可否认的是，别尔嘉耶夫对果戈理的评价

① Бердяев Н. А. Духи русской революции [М] //Из глубины. Сборник статей о русской революции. М.: Издательство Московского университета，1990：58.

② Бердяев Н. А. Духи русской революции [М] //Из глубины. Сборник статей о русской революции. М.: Издательство Московского университета，1990：57.

③ Бердяев Н. А. Духи русской революции [М] //Из глубины. Сборник статей о русской революции. М.: Издательство Московского университета，1990：60.

④ Бердяев Н. А. Духи русской революции [М] //Из глубины. Сборник статей о русской революции. М.: Издательство Московского университета，1990：59.

是有偏颇之处的。

别尔嘉耶夫甚至绝望地认为果戈理的作品令人毛骨悚然，几乎没有希望。而实际上，在果戈理与友人的通信里我们是能找到果戈理的光明和温暖。果戈理在至亚·奥·斯……娃"什么是省长夫人"的信中写道："在我国贵族阶层中有一个非常好的特点，它始终令我惊异，这就是——高尚的情感，——并不是其他国家的贵族阶层熏陶出来的那种优雅的高尚，既不是出生或者出身的高尚，也不是欧洲的荣誉问题，而是真正的道德上的高尚。"① "在俄罗斯人身上有一些他自己也不知道的隐秘的心弦，可以这样地去敲击它们，令他整个振作起来。"② "但尽管这样，在我们的内心深处仍比任何时候有着更多的善良情感，尽管我们用种种无用的东西塞满了这些情感并且甚至自己都对它们简直嗤之以鼻。" "近看俄罗斯的状况让人感到难过，甚至悲伤，不过，最好还是不必去说这一点。我们应当满怀希望用开朗的眼光来看未来，未来掌握在仁慈的上帝手里。"③ 从信件里这些真情流露的语句里，我们可以看出，对于果戈理来说，与邪恶的相遇是走向善的道路上不可避免

---

① 果戈理. 果戈理全集：第七卷 // 与友人书简 [M]. 吴国璋，译，石家庄：河北教育出版社，2002：123.
② 果戈理. 果戈理全集：第七卷 // 与友人书简 [M]. 吴国璋，译，石家庄：河北教育出版社，2002：128.
③ 果戈理. 果戈理全集：第七卷 // 与友人书简 [M]. 吴国璋，译，石家庄：河北教育出版社，2002：129.

的障碍。对善的渴望是果戈理作为作家的唯一动机，而创造力本身就是他与邪恶斗争的一部分。作者没有将他人以及他自己身上的邪恶表现与人联系起来，而是将其视为与人格格格不入的东西。从这些文字中我们还可以看出，果戈理以完全不同的方式认识到他看到恶。也许他深刻的智慧是基于俄罗斯民族对自己不完美的理解，对于果戈理来说，人类的恶习是人类的疾病，是他们痛苦的根源，他不能将精神疾病视为可以嘲笑的理由。在信中果戈理继续写道："在我身上要是有一点并不是所有的人所固有的智慧的话，那么这也是由于我对这些卑鄙下流有着更多的细察。而要是我得以为某些与我心心相印之人其中包括您提供精神上的帮助的话，那这也是由于我对这些卑鄙下流有着更多的细察。而要是我终于获得了一种对人们的并非空想的而是实际的爱，那么这最终也是由于我对形形色色的卑鄙下流有着更多的细察。请您也别怕卑鄙下流，尤其不要拒绝您不知为什么觉得卑鄙下流的那些人。"[1] 所以对果戈理而言，对可憎事物的观察成为对邻人之爱的基础。

"别为种种卑鄙下流的事而感到难为情，将形形色色卑鄙下流之事都提供给我！对我来说，卑鄙下流不足为怪：我自己就相当可恶。在我对卑鄙下流了解不多时，任何卑鄙下流都让我发窘，我往往因许多东西而感到垂头丧气，

---

[1] 果戈理. 果戈理全集：第七卷 // 与友人书简 [M]. 吴国璋，译，石家庄：河北教育出版社，2002：129.

为俄罗斯我常常感到十分可怕；而自从我开始更多地细察卑鄙下流之后，我的精神变得豁然开朗了；出路、办法和途径开始出现在我的面前，我也更加崇敬上帝了。现在我最感激上帝的是，他赐福于我让我认识到，尽管只是部分地让我认识到，无论是我自己还是我的可怜的同行们的卑鄙下流。"① 至此，我们可以得出结论，果戈理揭露俄罗斯人民的罪恶，是为了引起人们对这些罪恶的存在的关注。揭示俄罗斯人民的罪恶而不是让俄罗斯读者陷入沮丧。然而，果戈理不仅指出了俄罗斯人民的精神疾病，而且还提出了一种治疗方法，其中包括每个人都了解自己的基督教义务，并为了爱邻人而履行它。

果戈理的文学作品不仅仅是幽默和讽刺的表现，别尔嘉耶夫强调果戈理的作品具有深刻的精神维度。别尔嘉耶夫批评 19 世纪旧流派批评家总是利用伟大作家的创作来做功利主义的社会宣传。别尔嘉耶夫认为果戈理所创造的人物形象、所揭示的现象已经超出了特定的时代与环境，而体现了更深刻的俄罗斯和俄罗斯民族的精神疾病，果戈理的作品不仅仅是文学作品，对社会问题的敏锐观察，其对俄罗斯民族性格的理解使他的作品在俄罗斯文学中独树一帜。令人遗憾的是，别尔嘉耶夫并没有在果戈理的文本中看到他对光明的渴求。果戈理的神秘主义充满了光明，而

① 果戈理 . 果戈理全集：第七卷 // 与友人书简［M］. 吴国璋，译，石家庄：河北教育出版社，2002：130.

不是邪恶。果戈理在看到了俄罗斯民族性格最丑陋的一面
之后，仍指向光明，渴望成为最好的。

第三节　别尔嘉耶夫与屠格涅夫

伊凡·谢尔盖维奇·屠格涅夫（Иван Сергеевич Тургенев，
1818—1883）四十余年笔耕生涯中，涉猎了随笔、抒情
诗、散文诗、戏剧、中篇小说和长篇小说等多种艺术形式。
19 世纪 40 年代末到 50 年代初屠格涅夫凭借《猎人笔记》
（1847—1852）跨进了 19 世纪俄罗斯文坛一流作家的行列。
《猎人笔记》在屠格涅夫整个文学创作中占有相当重要的
位置，它是俄罗斯首部集中体现大量农奴和底层劳动者美
好形象的作品集。屠格涅夫生动形象地塑造了一系列农奴
和底层劳动者的美好形象，在屠格涅夫的笔下，农奴不再
是传统意义上的劳动工具，他们和贵族知识分子一样，具
有充盈的精神世界。对农奴和底层劳动者美好道德品质的
描写，有力地推动了俄罗斯的社会进步思想。

继《猎人笔记》之后，屠格涅夫陆续创作了六部长篇小
说：《罗亭》（1856）、《贵族之家》（1859）、《前夜》（1860）、
《父与子》（1861—1862）以及《处女地》（1877）。屠格
涅夫在首部长篇小说《罗亭》中通过塑造罗亭贵族知识分

子形象明确揭示了建立在自由主义渺茫幻想上的探索必然失败的现象，但同时也同情和肯定了罗亭自我觉醒和乐于奉献的精神。屠格涅夫第二部长篇小说《贵族之家》中通过描写了拉夫列茨基和丽莎的爱情悲剧，结束了在贵族阶层中寻找社会正面人物，也揭示了贵族阶级的黄金时代已然逝去。第三部长篇小说《前夜》的主人公英沙罗夫是忠于伟大社会事业而斗争的保加利亚人。屠格涅夫认为现阶段在俄国还没有英沙罗夫这样真实的人，小说也是以英沙罗夫去世为结局，悬置了"在俄罗斯这样真正的人什么时候出现"这一疑问而结束。屠格涅夫西欧派的观点在俄罗斯无法继续发展，在精神危机之中创作出了悲观主义小说《烟》。小说结尾悲观地记录了俄国的现状：一切正如烟一样，一切似乎都在不断变化，到处都有新人的形象，而实质上，一切都是老一套，什么也达不到，一切都消失得无影无踪。屠格涅夫在度过思想危机后创作了最后一部小说《处女地》。《处女地》描写了70年代民粹主义者涅日丹若夫到底层劳动人民和农民中间去宣传结果失败自杀的故事。屠格涅夫长篇小说始终围绕两个主题展开。第一，19世纪俄国社会中农民与土地的关系，这一问题自然涉及俄国农奴专制制度的问题。第二，探索19世纪俄罗斯正面的知识分子形象。知识分子的命运始终与祖国的发展紧密相连，所以第二个问题不可避免地围绕俄罗斯社会思潮的发展。尽管1893年梅列日科夫斯基在《论现代俄国文学衰落的原因及其新流派》中戏谑屠格涅夫的长篇小说是长期"向社会订货"，但从梅列日科夫斯基的贬义评价中也不难看出褒义的色彩，屠格涅夫的长篇小说是紧扣俄罗斯社会现象的，反映了19世纪俄罗斯各个不同时期的社会生活。屠格涅夫的六部长篇小说不仅真实地记录了俄罗斯一系列思潮运动，也表达了作者深厚的人道主义思想，是19世纪下半叶俄罗斯社会思想宝贵的编年史遗产。

19世纪屠格涅夫、托尔斯泰和陀思妥耶夫斯基相继出现在俄国文坛，面对同样的俄罗斯社会问题，托尔斯泰皈依于斯拉夫主义的罪孽和忏悔意识；陀思妥耶夫斯基走向信仰，走向宗教救赎，而作为无神论者的屠格涅夫总能辩证地看待社会现象和问题，不相信任何绝对的体系和信仰，也不赞成暴力。别林斯基指出："屠格涅夫胸中蕴含着时代的一切痛苦和问题，他是我们时代的儿子。"屠格涅夫在19世纪俄国文学中扮演了重要的角色，他的作品对后来的文学和社会思考产生了影响。尽管别尔嘉耶夫对屠格涅夫的文学批评观点相对较少，没有像他对其他作家那样详尽，但他对同时期的俄罗斯的知识分子和虚无主义思想也有着深刻的思考。

一、《父与子》引起的风波

1862年屠格涅夫的长篇小说《父与子》第一次将"虚无主义"（нигилизм）引进俄罗斯，"虚无主义"一词像野火一样在俄罗斯文化中泛滥起来。"虚无主义"一词最早可以追溯到弗里德里希·雅可比写给费希特的公开信（1799）里。他创造这个词用来描述后康德超验唯心主义时期的欧洲精神危机。所以，虚无主义运动所体现的基本思想和动机是高尚的，但它在试图解决复杂的社会和文化问题时也表现出简单化和绝对化的倾向。①

　　《父与子》一发表就同时受到两个对立阶级阵营的批评。此时的评论家们往往带着各自阵营的政治功利的目的来批判文学作品。西化还是走自己民族的道路是19世纪俄罗斯作家、评论家密切关注的问题。激进的革命民族主义因崇尚西欧先进的文明，否定俄罗斯落后的传统，希望通过革命的方式来改造俄罗斯的现状，他们被保守派贴上了虚无主义的标签。而在激进派看来，将主人公巴扎罗夫塑造成粗鲁而放肆的性格，完全否定艺术的形象是对年轻一代的侮辱。巴扎罗夫是"对年青一代的丑化，目的在于取悦于保守派"②。另一些人则认为屠格涅夫屈服于年轻一代，指责屠格涅夫对巴扎罗夫进行假批判，实际上是在讨好他，批评屠格涅夫是阴谋家。但仍有文学家给予了《父与子》高度的评价，例如，弗拉基米尔·纳博科夫高度评价了俄罗斯文学中第一位虚无主义者："《父与子》不仅是屠格涅

① 姚海．俄国虚无主义运动及其根源［J］．史学月刊，1993（06）：73—78.
② 米尔斯基．俄国文学史［M］．刘文飞，译．北京：人民出版社，2013：255.

夫所有小说中最优秀的一部，也是 19 世纪最精彩的小说之一。"① 纳博科夫认为"巴扎罗夫是个坚强的人，这一点毫无疑问，——而且如果不是他 20 多岁就死了的话（在小说中出场时他是一位大学毕业生），他很可能生活在小说的视野之外成为一位伟大的社会思想家，卓越的医生，或者积极的革命者"②。

屠格涅夫塑造的巴扎罗夫式的虚无主义者主要有以下两个特点。第一，否定一切。在小说中"虚无主义者"是一个新词，它的定义是在父辈和子辈争论之中形成的。"虚无主义者是不向任何权威折腰的人，他不把任何原则当作信仰，不管这个原则怎样受到广泛的尊敬"，"你应该说是一个什么都不尊重的人"，"是一个用批评的观点对待一切的人"，"（虚无主义者）这是从拉丁文'nihil'这个词来的，意思是无；看来，这个词的含义，是一个……什么都不承认的人吧？"③"否定一切"其实是一个悖论，"一切"涵盖了所有，包括"否定一切"本身这件事。那"否定一切"这一件事本身也可以被否定。虚无主义者可以随时推翻自己的原则。因此虚无主义者的思想往往是偏激的，具有局限性

① 纳博科夫.纳博科夫文学讲稿三种：俄罗斯文学讲稿［M］.丁骏，王建开，译.上海：上海译文出版社，2018：86—87.

② 纳博科夫.纳博科夫文学讲稿三种：俄罗斯文学讲稿［M］.丁骏，王建开，译.上海：上海译文出版社，2018：88.

③ 屠格涅夫.父与子［M］.张铁夫，王英佳，译.上海：上海三联书店，2014：27.

和不稳定性的。第二，唯理主义。"一个好的化学家比二十个诗人更有用"，"要紧的是二乘二等于四，其余的一切都不值一提"。①巴扎罗夫认为音乐和普希金的作品都是废物，都应该扔掉，在这个时代没有必要做一个浪漫主义者。他蔑视父辈尼古拉演奏小提琴，散步时背诵普希金诗歌。巴扎罗夫对任何具有非理性成分的都加以拒绝。当阿尔卡季试图用巴维尔的爱情故事来向巴扎罗夫证明自己的叔叔是一个好人时，巴扎罗夫却觉得他是一个愚蠢的人。理性主义就是用理性克制情感。当他面对与奥金佐娃的爱情时，他选择了逃离，他认为："男女之间的神秘关系是什么呢？我们是生理学家知道这是什么样的关系。"②"宁可在马路上捶石头，也不能让一个女人控制哪怕一个指尖儿。"③他反对任何情感的外露，当巴扎罗夫回到父母身边时，对父母的热切关心显得极其冷漠，父母也总是时刻担心自己的热情会恼怒儿子。他对亲情、友情、爱情等感性认识都加以抗拒。

客观而言，在屠格涅夫的小说中，巴扎罗夫体现了自1850年以来大约六十年的俄罗斯知识分子中最好和最坏的

---

① 屠格涅夫.父与子[M].张铁夫，王英佳，译.上海：上海三联书店，2014：55.

② 屠格涅夫.父与子[M].张铁夫，王英佳，译.上海：上海三联书店，2014：42.

③ 屠格涅夫.父与子[M].张铁夫，王英佳，译.上海：上海三联书店，2014：146.

一面。在屠格涅夫的作品中，他仔细探索俄国特殊社会时期中青年的精神需求和困境，同情和赞美他们自我牺牲的精神品质。在屠格涅夫的信念中，一切社会现象在揭示人性恶的一面之外，都有人性善的存在。但要正确理解19世纪俄罗斯的知识分子以及别尔嘉耶夫对俄罗斯知识分子的评论，就绕不开俄罗斯历史和19世纪俄罗斯虚无主义思想的特征。

二、19世纪俄罗斯知识分子与虚无主义思想

现代化开始于18世纪初彼得改革，全盘西化。18世纪下半叶叶卡捷琳娜二世主张"开明专制"，力求沙俄成为欧洲霸主。而早期的现代化是为了巩固沙皇专制统治的力量，俄罗斯的社会和政治结构并没有发生改变，反而加强了对农奴的压榨，加深了俄罗斯的社会矛盾。在1812年第一次卫国战争中沙皇军队战胜拿破仑使沙俄帝国成为欧洲的神话，然而1853年克里米亚战争爆发，沙皇政府惨败，1855年尼古拉一世落魄而亡。军事力量是体现国家经济实力的标准之一，沙皇的战败刺痛了高傲的俄罗斯民族，农奴制经济已经无法支持大国的发展，社会的转型势在必行。然而1861年农奴制改革并未触及俄国政治制度的基础。改革后的农民虽然摆脱了农奴制依附关系，但仍承受着沉重的赋税压力和各种租役重负，农民依旧被束缚于传统的剥削方式之下，国力自然无法与英国和法国这样内源性现代化

国家抗衡。面对西方工业文明的入侵，对具有高度文化自豪感的民族来说，晚外发国家的现代化将是一个充满艰辛与痛苦的过程：它不像早发展的西方国家，可以从传统的文化中孕育出现代化来；相反它面临着两种文化的冲突及其在民族心灵留下的惨痛。①

当彼得大帝在他统治时期打开了通往欧洲的窗户后，俄罗斯传统价值观就一直与欧洲新思想冲突不断。文艺复兴、启蒙运动和现代性，所有这些促进了欧洲的重大进步，都没有同步地发展到俄罗斯。俄罗斯在历史上从未成为欧洲整体文化的一部分。对于传统深厚的俄罗斯来说，19世纪的俄罗斯是作为晚发现代化国家文化冲突和自我身份认同的徘徊犹豫时期，虚无主义问题可以说是晚发现代化俄国在精神危机时期的质疑与反思。

俄国虚无主义思想起源于欧洲，英国的功利主义、法国的空想社会主义、费尔巴哈的无神论、巴枯宁的无政府主义以及庸俗化的社会达尔文主义和机械决定论等欧洲思潮都共同推动了俄罗斯虚无主义思潮运动的形成，俄罗斯虚无主义带有极其鲜明的彻底否定性。俄罗斯虚无主义热衷于借助现代科学的名义去否定和质疑他们的长辈所肯定与推崇的道德理想与宗教信仰，以便于让他们崇拜的物质主义的意识形态取而代之。虚无主义者拒绝宗教信仰、理

---

① 刘小军.晚外发国家的现代化：困境与出路［J］.社会学研究，1991（06）：80—87.

想主义哲学、公共和家庭生活中的专制主义，坚守自由主义信念、呐喊"为了科学而科学"。他们要求个人自由和妇女平等，宣扬理性利己主义理论，支持功利主义。1861年秋，沙皇政府下令禁止学生聚会，许多年轻人因此被大学开除。几乎所有俄罗斯"虚无主义者"都是来自非贵族出身的知识分子。

俄罗斯的知识分子与欧洲知识分子的概念并不相同。首先，他们从事的活动并不完全相同，西方知识分子几百年以来一直致力于制定管理国家与社会关系的法律框架，而俄罗斯知识分子似乎一直忙于解决有关善与恶、自由意志、上帝存在的问题。其次，他们的身份来源也不相同。欧洲的知识分子大多为学者、科学家、教育家，而俄罗斯的知识分子的情况就相对复杂。尽管俄罗斯帝国主要是一个以地主阶级和农奴阶级为主的农业国家，但也有一些人没有土地。他们既没有财产，也没有耕种土地，这意味着他们的地位无法通过典型的社会等级制度轻易确定。他们被称为"разночинцы"，即非贵族出生的知识分子。他们包括起源于自由主义和自由主义的知识分子阶层。1861年，俄罗斯大多数人口是农奴，只有精英社会的一小部分是土地所有者。许多贵族自由主义者都存在因农奴的近况陷入道德困境，最明显的例子就是屠格涅夫本人。

到19世纪70年代末，俄罗斯知识分子总是执着于各种狂热主义，从未弥合理想与现实生活之间的差距。俄罗斯知识分子常常带有乌托邦主义、不现实主义、书生气和极端主义等性质的不成熟的思想。别尔嘉耶夫认为典型的例子就是《父与子》中的巴扎罗夫形象。别尔嘉耶夫认为19世纪俄罗斯虚无主义现象，与威胁欧洲的精神危机并不一样，这是俄罗斯民族一种独立的、历史上特定的态度，是俄罗斯知识分子对传统价值观和主流社会全面与乌托邦式的抗拒。

别尔嘉耶夫在《俄罗斯革命的精神》一书中说，俄罗斯人倾向于先验地体验一切，而不是内在地体验一切。换句话说，俄罗斯民族倾向于将自己的经历视为一场普遍的灾难，别尔嘉耶夫认为这是精神成熟度不够的表现。俄罗斯知识分子从来没有内在地认识到精神价值，对他们来说，精神价值是陌生和遥远的。19世纪俄罗斯知识分子对于虚无主义的理解，并非否认生命内在意义。而是作为一种社会运动，虚无主义者认为目前现有的一切秩序是错误的，而至于未来应该有什么样的正确秩序他们并不清楚。他们常常变得狂热和极端，但并不能代表真正的俄罗斯思想。以皮萨列夫为例，他呼吁知识分子加入他的行列。在这场革命运动中寻求彻底的社会改革，宣称一双皮靴也比莎士比亚重要，然而皮萨列夫并没有成功。别尔嘉耶夫批评皮萨列夫的这种方法十分激进，别尔嘉耶夫认为这是理性利己主义的鼓吹者，并不是真正剖析俄罗斯精神的人。

别尔嘉耶夫认为，尼采对虚无主义的理解与俄罗斯的虚无主义思潮大相径庭。前者体现为对上帝和道德价值观的全面拒绝，而俄罗斯虚无主义者仍然是渴望神圣的坚定信徒，尽管他们更容易受无神论的诱惑（例如伊万·卡拉马佐夫）。他们渴望实现世界的理性结构、社会正义和平等。这种信仰的核心不仅是尝试克服有文化有教养的人（知识分子）和没有受过教育的农民之间存在的差距。虚无主义者想要弥补他们文化长期的罪恶感。所以别尔嘉耶夫声称虚无主义俄罗斯的形式与西欧的形式不同。俄罗斯虚无主义者探寻的方式最终带来的不仅不能解决俄罗斯的问题，还会走向自我的毁灭。这一话题我们将在陀思妥耶夫斯基一章做详细论述。

第四节　别尔嘉耶夫与托尔斯泰

列夫·尼古拉耶维奇·托尔斯泰（Лев Николаевич Толстой，1828—1910）是 19 世纪俄罗斯伟大的现实主义作家。托尔斯泰被誉为具有"清醒的现实主义"的"天才艺术家"。托尔斯泰的代表作品有《战争与和平》（1863）、《安娜·卡列尼娜》（1873）、《复活》（1899）等等，他的作品代表了俄罗斯文学的广度。尽管几百年来读者为托尔斯泰贴上了哲学家的标签，但从严格意义上讲，托尔斯泰并不是传统意义上的哲学家。事实上，对托尔斯泰来说，与其说哲学是一种思考，不如说是一个有关个人的深刻问题。他对哲学的兴趣仅在于它是一种关于生活的教义，有关一个人应该做什么才能按照他的理性和良知生活的问题。他寻求的不是生活的抽象概念，而是生活本身，更令人敬佩的是，他不仅按照他的信仰来建立自己的生活，也把生活当作自己信仰的实践场所，用自己的生活来证明自己的信仰。

弗拉基米尔·纳博科夫十分肯定托尔斯泰对精神和道德的探索："意识形态的毒药，所谓寓意——套用一个冒牌改革家们发明的词语——是从19世纪中叶开始影响俄罗斯小说的，到20世纪中叶已经扼杀了俄罗斯小说。乍看上去，托尔斯泰的小说充斥着作者的道德说教。而事实上，他的意识形态如此温和、暧昧，又远离政治，同时，他的小说艺术如此强大、熠熠生辉，如此富有原创性而又具有普世意义，因此后者完全超越了他的布道。"① 尽管别尔嘉耶夫并不完全赞成托尔斯泰的道德观，但他也十分欣赏托尔斯泰作为作家的坦诚和对生活的真诚表达，并且他认为托尔斯泰是少有的以极端的审美态度来观照自己生活的艺术家。

事实上，托尔斯泰的精神探索之路是曲折而艰难的。他出生在东正教环境中，到十六岁的时候，他就不再去教

---

① 纳博科夫.纳博科夫文学讲稿三种：俄罗斯文学讲稿［M］.丁骏，王建开，译.上海：上海译文出版社，2018：164.

堂，而是在世俗里徘徊。在世俗生活中，托尔斯泰在财富、写作、家庭、名誉方面都非常成功，然而这一切也成了托尔斯泰精神上的灾难，将他推向了自杀的边缘。在五十岁的时候，托尔斯泰爆发了精神危机，于是他决定回到宗教的怀抱，并用一年的时间过着最虔诚的基督徒的生活，严格遵守教会所有的规定，但这丝毫没有缓解他的精神危机，也没有使他找回失去的生命意义。最后，托尔斯泰决定靠自己去寻找生命意义问题的答案。托尔斯泰将生命中剩余的三十多年时间全奉献给了实践和传播他所发现的真理。

从某种意义上讲，托尔斯泰是一位任性又真诚的思想家，他并不认为任何既定的事情是理所当然的，一旦他发现有任何不合理或者错误的地方，哪怕是世界公认的观点，他也会断然拒绝和抵制。例如，托尔斯泰批评莎士比亚是十分平庸的作家，他还贬损拿破仑是投机分子。托尔斯泰对哲学家的喜爱程度也不取决于这位哲学家的名气。比如，他对亚里士多德和黑格尔的评价就并不高，却唯独偏爱卢梭和叔本华。15岁的时候，托尔斯泰脖子上挂的不是十字架，而是带有卢梭肖像的吊坠。多年以来，叔本华的肖像画也一直挂在托尔斯泰的书房里。托尔斯泰与卢梭有许多相似之处：崇尚自然、注重个人自由的思想和个人的情感解放；批评科学和艺术对道德败坏的影响；揭发文明的罪恶；在人的教育过程中拒绝暴力等等。卢梭不仅对托尔斯泰的个人思想也在其对待哲学的态度上有深刻的影响。对托尔斯泰而言，哲学不仅是一种思考，还是一种深刻的个人问题，旨在提高个人的道德精神。叔本华也一直是托尔斯泰重要的哲学对话者。叔本华将世界视为生命整体、生命意志，并认为以个人意志的形式偏离它是一种堕落。如果生命是不可避免的苦难，就应将同情心视为对人类存在状况的充分回应和积极应对。托尔斯泰的观点与之有相似之处。托尔斯泰将人的怜悯之心和同情心解释为爱的一种形式，是克服动物性格中使人与人彼此隔离的利己主义的一种方式。叔本华的这一观点也成为托尔斯泰发展自己的"непротивление злу силой"（不以暴力抗恶）学说的要点之一。

在托尔斯泰看来，暴力与爱是两个完全相反的存在。托尔斯泰认为暴力是指一些人强迫、威胁或以身体胁迫他人按照自己的意愿生活。暴力让他人和世界服从于暴力使用者的利益。暴力是利己主义自我肯定的极端形式。暴力的信条是"如我所愿，而非如你所愿"。而爱是为他人服务。爱的公式是"不是如我所愿，而是如你所愿"。托尔斯泰认为除了拒绝实施暴力之外，没有其他方法可以克服暴力。别尔嘉耶夫并不赞成托尔斯泰这样的道德观，别尔嘉耶夫认为，这种托尔斯泰式的不抵抗、这种托尔斯泰式的被动吸引了那些为革命对俄罗斯人民的历史性自杀唱赞歌的人。托尔斯泰是俄罗斯民间性格中不抵抗和消极一面的代表。托尔斯泰的道德削弱了俄罗斯人民，剥夺了他们在严酷的历史斗争中的勇气，却没有改变人的兽性和最基本的本能。她消灭了俄罗斯人的权力和荣耀本能，却留下了自私、嫉妒和恶意的本能。正如上文所言，尽管托尔斯泰的许多观点别尔嘉耶夫并不赞成，但别尔嘉耶夫依旧称托尔斯泰是他喜欢的作家之一。

一、揭露文明的谎言

托尔斯泰作品中的人物总是在不断寻求内心的平静和精神的解放，试图摆脱世俗的各种奴役。托尔斯泰在《战争与和平》中有一段关于尼古拉·罗斯托夫遇到了一个法国敌人，但最后又从仇恨中脱离出来了的描述。别尔嘉耶夫认为，尼古拉·罗斯托夫遭受着战争奴役的心理，是一个为战争而生活的人。别尔嘉耶夫指出，战争的价值取向在于一旦认可国家价值和民族价值高于一切，那么为了国家和民族而杀戮，不仅理所当然，而且荣耀万分，因此人会受到战争的奴役。别尔嘉耶夫注重人的尊严和自由，反对对人进行任何形式的奴役和剥夺。正如卢梭所言，人是生而自由的，但却无处不在枷锁之中，别尔嘉耶夫注重剖析人的精神状态，认为人会受到以下形式的奴役：王国的奴役、战争的奴役、历史的奴役、革命的奴役、社会的奴役和文明的奴役。

别尔嘉耶夫认为"王国潜伏着巨大的奴役能量，人类历史中最强烈的诱惑莫过于王国。"① 并且，王国的诱惑形式不仅极多还善于变化。对于王国的诱惑，人不仅无所察觉，还乐于沉溺其中并认为荣誉至极。别尔嘉耶夫区分了国家和帝国的概念，认为帝国具有扩张性，"那些神权统治的国家同帝国没有两样，全都是集权的"②。别尔嘉耶夫批判帝国的侵略性，"集权国家急切希望成为一所教会，以组织和统治人的灵魂、人的良心和人的思想，以摧毁精神自由，以胁迫上帝王国隐退"③。在王国的奴役里，悲剧在于人类的生活充当了帝国的工具。别尔嘉耶夫认为，国家应该是由具有谦卑和忏悔意识的人民组成。当国家和民族变得蛮横、贪婪、暴力、凶残、不道德时，人就会被奴役其中，人的个体人格就会备受摧残。政治总是与帝国扩张的谎言有关，政治活动只有建立在道德的需求之上，才能最大地减少对人的戕害。在别尔嘉耶夫的观点中，国家是具有两重意象的，既可以解救人，也可以奴役人，不幸的是"政治总是人受奴役的传达"④。历史上的某一些事物总是戴着伪善的面具，以国家和民族的名义对人扼杀，进行战争和掠夺。别

---

① 别尔嘉耶夫．论人的奴役与自由［M］．徐黎明，译．贵阳：贵州出版社，1994：118.

② 别尔嘉耶夫．论人的奴役与自由［M］．徐黎明，译．贵阳：贵州出版社，1994：120.

③ 别尔嘉耶夫．论人的奴役与自由［M］．徐黎明，译．贵阳：贵州出版社，1994：119.

④ 别尔嘉耶夫．论人的奴役与自由［M］．徐黎明，译．贵阳：贵州出版社，1994：122.

尔嘉耶夫评价道："列夫·托尔斯泰最清楚大历史人物的价值，也最知道伟大历史的渺小。"①托尔斯泰在《战争与和平》之中处处呈现对拿破仑的鄙夷的态度。在《战争与和平》出版以后，托尔斯泰也从未改变这样的观点。1890年托尔斯泰在一封信中写道："关于拿破仑，我无可奉告。我没有改变自己的观点，甚至可以说，我非常珍视我的观点。在没有详尽无遗地指出这个人物的全部可怕的阴暗面之前是找不到，也不可能找到他的光明面的。最珍贵的材料是《圣赫勒拿岛上的笔记》。还有医生写的有关他的笔记。不管他们怎样夸张地吹捧他的伟大，但他头戴礼帽，挺着肚子、拖着肥胖的身躯在岛上闲逛，把全部精神寄托在回忆自己昔日的威风上的一副可怜相，真是极其可悲而又可憎。"②别尔嘉耶夫十分赞同托尔斯泰对拿破仑的态度："可以毫不夸张地说，拿破仑也算不上什么奇才，只是由于法国大革命，拿破仑才攫取到了有关世界民主政治和欧洲代表议会的思想，至于拿破仑本人，则居心叵测，他受魔鬼般的强大意志的教唆，而是做着帝国主义的美梦。"③

　　别尔嘉耶夫指出在《宗教大法官》中尽管陀思妥耶夫

---

① 别尔嘉耶夫．论人的奴役与自由［M］．徐黎明，译．贵阳：贵州出版社，1994：122.

② 托尔斯泰．列夫·托尔斯泰文集：第十七卷［M］．陈馥，郑揆，译．北京：人民文学出版社，1991：232.

③ 别尔嘉耶夫．论人的奴役与自由［M］．徐黎明，译．贵阳：贵州出版社，1994：122.

斯基揭露出了王国的诱惑，但陀思妥耶夫斯基仍受到了东正教神权统治的诱惑。与陀思妥耶夫斯基不同的是，托尔斯泰断然拒绝了教会，托尔斯泰批评教会和国家，认为它们侵犯了人的道德自主权，使人处于不自由的精神状态。托尔斯泰认为国家是建立在"以暴制暴"的谎言之上，政治是有组织的镇压机器，外交政策是战争工具。托尔斯泰在这个问题上的立场可以被描述为道德无政府主义。托尔斯泰坚信一个人的社会存在和他的道德存在是不同的东西。在《论人的使命》中，别尔嘉耶夫指出自己所指的谎言不是被认为是恶的那种谎言，而是那种为了善的目的而被肯定的谎言；不是表面的谎言而是内在的隐秘的谎言，对自己和上帝的谎言。托尔斯泰是一位极端的个人主义者和无政府主义者，也是一位文化的虚无主义者。托尔斯泰敌视所有文化。托尔斯泰认为，人类的文化是建立在谎言和暴力的基础上的，文化是我们生活中所有恶的根源。托尔斯泰的道德反思是一种致命的诱惑，会腐蚀人的创造力和破坏人的生命力。

在《论奴役与自由》中谈到有关文明的问题时，别尔嘉耶夫指出，是托尔斯泰的信念引领他拆穿了文明的谎言，即整个周围社会就建立在谎言和不公正上。谈到文明的奴役时，别尔嘉耶夫认为托尔斯泰一直质疑文明的合理性和正当性。首先，文明生成的代价是剥削和不平等。其次，文明不是人类生存的最终目的和最高价值。人类文明起源于人类抵御大自然而存活下来。人发明和创造工具，得以从大自然的束缚之下获得更好的生活。在人类成长的过程中，人类永无止境地发明和完善工具。理性成为人类最精确的工具。文明奴役人，把人规训成文明的奴隶。别尔嘉耶夫认为："文明存在于自然王国与自由王国之间，文明是中间王国。人类需要的不是从文明王国返回自然王国，而是从文明王国走向自由王国。而浪漫主义者例如卢梭，想要返回的自然王国，不是指弱肉强食、充满生存竞争的规律性自然，或者说客观化的自然，而是一个主观性的自然，它贴近自由王国。托尔斯泰所期盼的自然王国则是指神和上帝。此外，托尔斯泰重视土地、农民和使用简单工具的体力劳动，向往通过淳朴的原始状态将物质生活简单化，以摆脱文明的奴役，从而走向精神生活。"[①] 活着，并具有社会功能，谎言问题的悲剧就在这里。这种谎言被实用主义、功利主义在道德上所证明并变成了善。谎言以道德和善为特征。在政治生活中，有最大限度的谎言，它形成了生活的虚假的外围，这个伪善已经不被认为是恶，而被认为是义务。整个灾难不在于被认为是恶的谎言，而在于被认为是善的谎言，被认为是善的谎言已经充满了社会日常生活。别尔嘉耶夫指出，在托尔斯泰的艺术作品中发现的正是人们面对谎言的、非真实的文明生活的分裂。

① 别尔嘉耶夫.论人的奴役与自由 [M].徐黎明，译.贵阳：贵州出版社，1994：98.

别尔嘉耶夫还指出，一个人太热衷四周的交际，太朝向他人，过于沉溺社会和文明，他所能凸显的往往都是肤浅的一面。人肤浅的一面总烙印着社会、文明和理性的印记，它不是人的个体人格，甚至会扭曲人的形象，遮蔽人的个体人格。托尔斯泰十分关切并期待人脱出社会生活的奴役。别尔嘉耶夫认为托尔斯泰有内在的丰盈和充实的孤独，托尔斯泰声称即使他身处至亲挚友之中，他人无法摆脱一种孤独。别尔嘉耶夫将之称为人格主义的孤独。他认为："托尔斯泰很好地理解了这一点，他总在描写人的这种双重生活：周旋于社会、国家和文明，是一种外在的虚伪的生活。而观照内心，体悟生命的底蕴，是一种内在的真实的生活。确实，我们见到的在遥望星空之时的安德烈公爵，远比他在彼得堡上流社会中高谈阔论时更加深刻。"①一种是外在的、相对的、充满谎言的、不真实的生活，人靠它来面对社会、国家和文明；另一种是内在的、真正的生活，人在其中面对的是原初现实，面对的是生命深处。当安德烈公爵仰望星空时，这是一种比他在彼得堡沙龙高谈阔论它是人的意识所不及的，在人的意识里，它能获得善的特征。

奥斯特里茨战役中负伤的安德烈公爵在仰望高远无垠的天空、然后顿悟的场景，是全书最为精彩的描述之一："他清楚，身边的这个人是拿破仑，他敬佩的英雄，但是在

---

① 别尔嘉耶夫.论人的奴役与自由［M］.徐黎明，译.贵阳：贵州出版社，1994：9.

这种时候，在他的心灵和那高远、无垠、飘浮着云朵的天空之间发生了某种呼应，与这种呼应相比，拿破仑显得十分渺小，更加微不足道。此时无论是拿破仑或者沙皇亚历山大，安德烈公爵都觉得无所谓了。他只是希望有人能帮他一把，因为他想活着，他此刻对生命的理解已经全然不同了。"①安德烈公爵仰望天空时，天上的云朵缓缓飘过，这一刻一切都像是慢动作般，他跳脱出自己的局限领悟到大自然的宏大，个人功名的渺小。以前在彼得堡社交界，他厌恶上层社会的虚浮，一心想在战争上建功立业，那个时候他追求的在世俗中有结实的作为。当他的妻子丽莎因为难产而死时，是他头一次近距离靠近死亡。妻子死前的目光让他愧疚，也让他片面地理解死亡，认为死亡不过就是一场虚空，他开始变得孤僻和消极，认为只要避免不幸就是幸福，而当娜达莎犹如温暖的春风拂过他麻木的生活时，他再次感受到了生命的鲜活。与娜塔莎订下婚约后不久，浪子阿纳托利玩弄娜塔莎，引诱她私奔。安德烈公爵是带着被背叛的愤怒出征奥斯特里茨战役的，此时的他并没有与自己的生活讲和，甚至隐隐有着自我毁灭的想法。而当他真正面临死亡时，此刻，他终于与自己和解，才真正领悟了生命的意义在于生和自由的可贵。

---

① 托尔斯泰.战争与和平［M］.张捷，译.南京：译林出版社，2011：325.

二、理性主义的局限

根据别尔嘉耶夫的自述，在青少年时代托尔斯泰的书就让他确信文明的根基是虚伪的，历史充满了罪责，社会建立在不公平的基础上。托尔斯泰认为国家、教会以及任何一般的外部力量都不能安排或正确指导人类的生活。只有信仰是一个人可以赖以生存的东西。人类被赋予的唯一且完全由其掌控的东西就是理性意识，即了解真理并受真理引导的能力。精神追求对托尔斯泰来说具有如此紧迫的个人意义。从托尔斯泰的角度来看，信仰只能是理性的。托尔斯泰认为我们所知道的一切，只能归功于理性，而理性的判断是以事实和逻辑为指导的。人是理性的存在，在理性意识的引导下，没有行动和生活。托尔斯泰将信仰定义为对生命意义的认识，是生命的力量，是一个人赖以生存的力量。信仰可以被理解为人类生活的普遍价值论基础。这是一个最初预定的道德坐标系统，人类的事务和整个生活都是按照这个系统构建的。

别尔嘉耶夫认为，托尔斯泰是一位理性主义者。别尔嘉耶夫进一步指出，在对于恶的起源的问题上，托尔斯泰和陀思妥耶夫斯基秉持完全相反的态度。托尔斯泰不认同恶具有非理性的根源，而是认为恶是由于对善的无知，是理性意识的缺乏。如果人们明晓善的律法，就会行善，只有无知才会生恶，因为人的本性是善良的，没有人会故意生恶。于是，理性的法则与善恶的评判联系在一起。别尔嘉耶夫认为托尔斯泰对人性的认识没有陀思妥耶夫斯基那样高度敏感。在俄罗斯精神革命中，取得胜利的不是托尔斯泰的艺术见解，而是他的道德评价。

虽然别尔嘉耶夫非常敬佩托尔斯泰，并深受托尔斯泰著作的启发，思考人自由的状态，但是别尔嘉耶夫却从来不信仰托尔斯泰的道德主义，甚至并不喜欢托尔斯泰主义者。在别尔嘉耶夫的观念里，理性和道德都不是精神的最终目的，精神必须寻找到一个比理性和道德更为坚实的归宿。别尔嘉耶夫认为理性自身不是个体性的东西，而是共相的、普遍的、非个体性的东西。被康德所界定的人的道德本性和理性本性，具有非个体性的、普遍的本性。视人为理性生存的古希腊哲学，理性在那里纯粹是共相的、普遍的、非个体性的理性。[①] 人仅仅是理性的携带者，人并不能完全由理性来决定。换言之，别尔嘉耶夫认为人不仅是理性的存在物，也是自由的存在物。他认为托尔斯泰的局限就在于此：托尔斯泰仅仅把人视为理性的存在，忽略了人的非理性因素。而后者正是陀思妥耶夫斯伟大的发现。

托尔斯泰把恶的问题归源于认识的问题。托尔斯泰相信个人的力量，换言之，他认为人是可以自救的，而不必通过基督的救赎。别尔嘉耶夫认为托尔斯泰道德至上的观

---

① 别尔嘉耶夫.论人的奴役与自由［M］.徐黎明 译，贵阳：贵州出版社，1994：8.

念暴露了他对恶和罪缺乏深刻的认识，正是因为托尔斯泰对恶和罪的无知造成他否定全世界历史的困境。单纯地把恶归于认识的问题，是对恶的消解，从本体论上把恶取消了。西方哲学的核心是存在，存在是理性的客体化认识，而别尔嘉耶夫认为在存在范畴内无法探索恶的根源，也就是说客体化的思维方式是无法揭露恶的奥秘的。因此，别尔嘉耶夫认为要正确认识恶，就需要有新的思维方式。传统的神学否定恶存在的可能性，而别尔嘉耶夫则是揭露恶的可能性。别尔嘉耶夫指出，陀思妥耶夫斯基认为恶的问题与自由相关联，因此，对恶的揭露是对自由的辩护。陀思妥耶夫斯基从人的内在揭示恶，并与之斗争。

总的来说，别尔嘉耶夫对托尔斯泰作品的文学批评是积极的，尤其是在道德、宗教和社会伦理方面。他认为托尔斯泰的作品是对人类内心和道德问题的深刻探讨，反映了重要的宗教和哲学思考。这种文学批评有助于推动了托尔斯泰作为文学巨匠和哲学家的地位。

第五节　别尔嘉耶夫与陀思妥耶夫斯基

费奥多尔·米哈伊洛维奇·陀思妥耶夫斯基（Фёдор Михайлович Достоевский, 1821—1881），出身于一个军医家庭。陀思妥耶夫斯基的父亲花钱购买了贵族小庄园主的身份，后来醉酒的父亲惹怒了农奴又被农奴们殴打致死。陀思妥耶夫斯基一生患有癫痫病，因此对疾病和苦难的思考也成为他创作的主题。1844 年陀思妥耶夫斯基年发表第一部现实主义长篇小说《穷人》，受到了著名批评家别林斯基高度的赞赏，但陀思妥耶夫斯基接下来发表的《双重人格》（1845）却备受争议，不过这更加坚定了陀思妥耶夫斯基要通过文学创作对人进行探索的决心。1849 年陀思妥耶夫斯基在一次小组集会上宣读了别林斯基"给果戈理的一封信"。由于信中充满了反对当局的狂妄言论，陀思妥耶夫斯基和小组其他成员一起被捕，并被判处死刑。陀思妥耶夫斯基直至死刑执行的前一刻突然改判为苦役。这次是陀思妥耶夫斯基第一次直面死亡，对他今后的生活产生了重大的影响。在西伯利亚流放十年之后，陀思妥耶夫斯基返回彼得堡，相继发表了小说《被损害和被侮辱的人》（1860—1861）、《地下室手记》（1864）、《罪与罚》（1865—1866）、《白痴》（1868）、《群魔》（1871—1872）、《少年》（1875）、《卡拉马佐夫兄弟》（1878），为俄罗斯文学留下一笔宝贵的文学遗产。他擅长通过人物病态的心理分析和人物意识的表述来塑造人物。他运用象征、梦幻、梦境、意识流等艺术手法，使作品通篇紧张压抑，情节发展紧凑急促、悬念迭起、摄取人心。他作品的开创性意义和他人难以企及的成就已为举世所公认，现代派作家更将他奉为宗师。

　　西班牙作家乌纳穆诺认为西班牙哲学包含在堂吉诃德中，同样地，别尔嘉耶夫认为俄罗斯哲学包含在陀思妥耶夫斯基之中。1839 年陀思妥耶夫斯基在给哥哥的一封家书中写道："人是一个必须解开的谜团，如果你一生都在尝试解决了，那就不能说是在浪费时间。我正在研究这个谜团，因为我想成为一个人。"别尔嘉耶夫也是如此，人始终是他哲学的中心，他终其一生都在求索人、自由、人类的命运以及人类存在的意义和目的。因此，谈到别尔嘉耶夫，陀思妥耶夫斯基是最为关键的人物。别尔嘉耶夫和陀思妥耶夫斯基的世界观存在明显的相似之处。别尔嘉耶夫的所有作品中都有陀思妥耶夫斯的影子，他写作的观点是从对陀思妥耶夫的作品进行深入思考得来的。别尔嘉耶夫毫不含糊地颂扬陀思妥耶夫斯基的伟大之处，他经常强调陀思妥耶夫斯基对 20 世纪初俄罗斯文化复兴的影响。那个时期文学家和批评家们都有陀思妥耶夫斯基的影子，他们都是陀思妥耶夫斯基的思想的产物，俄罗斯哲学家们总是争先恐后地评论陀思妥耶夫斯基的思想。别尔嘉耶夫自己也常常流露对陀思妥耶夫斯基的感激之情，认为自己哲学上的成果很大程度上归功于陀思妥耶夫斯基的思想。别尔嘉耶夫对陀思妥耶夫斯基的艺术特征也做了独到的分析。

　　首先，别尔嘉耶夫认为陀思妥耶夫斯基与托尔斯泰的艺术创作是大相径庭的，托尔斯泰的艺术面向的是静止的过去，而陀思妥耶夫斯基的艺术是面向未知的未来，是寓言式的艺术。陀思妥耶夫斯基揭示的人不是处于日常性的生活中，或者说规定好的形式中，而是在人类心灵的最深处，在潜意识中，在心灵疯狂的状态中，在犯罪中。① 别尔嘉耶夫认为陀思妥耶夫斯基创作的核心内容是思想，并且陀思妥耶夫斯基的思想并不是静止的，而是处于斗争中和矛盾中的。

其次，别尔嘉耶夫认为任何仔细阅读他的著作的人都清楚地意识到，陀思妥耶夫斯基的小说完全是由人和人组成的关系。陀思妥耶夫斯基笔下的彼得堡城市中人类内在精神的外化和表征。在陀思妥耶夫斯基笔下，一切的中心都是围绕人而来的。在他的作品中，看不到自然，因为人的存在不是隶属于自然的存在，人是一个整体，是一个微观的宇宙。"陀思妥耶夫斯基的人的深度，从来无法在平稳的日常生活中表达和揭示，从来都是在火的激流中才能显示；在火的激流中一切稳固的形式、一切冰冷和僵化的日常秩序都被融化和燃尽。"② 美要求混乱的存在和对混乱的克服。没有混乱就没有悲剧，没有人创造的顶峰。这是陀思妥耶夫斯基小说是人对混乱的战胜。③ 陀思妥耶夫斯基笔下

---

① 别尔嘉耶夫.陀思妥耶夫斯基的世界观［M］.耿海英，译.桂林：广西师范大学出版社，2008：9.

② 别尔嘉耶夫.陀思妥耶夫斯基的世界观［M］.耿海英，译.桂林：广西师范大学出版社，2008：24.

③ 别尔嘉耶夫.美是自由的呼吸［M］.方珊，何强，王利刚，选编.济南：山东友谊出版社，2005：72.

的人物总是交谈、争论和探索人类命运的悲剧根源。所有人和事都围绕着这根轴旋转，就像掀起了一股狂热的旋风，又将所有人刮进神秘、不见底的深渊。然后在最深处，在深渊的最低点，陀思妥耶夫斯基开始呈现人的面孔和形象，揭示人性无限的品质。

最后，别尔嘉耶夫还认为陀思妥耶夫斯基是一个伟大的人类学家，他对人的本质的理解有重大的贡献。陀思妥耶夫斯发现了人的道德分裂性，由此产生了个性的分裂性。[①] 这种分裂性包含了人类道德伦理问题的全部复杂性。认为人被道德伦理所压制的欲望一定是晦暗的，是不正确的。人原则上是悲剧性的存在物，其中有着两个完全对立的冲突。陀思妥耶夫斯基认为，尽管人有理性，但是实质上人是非理性的存在物，并且是渴望痛苦的存在物。施虐欲和受虐欲深深地根植在人的本质之中。人不仅折磨自己，还折磨他人。人根本不渴望幸福。人是自我中心主义和利己主义，但这并不意味着人是爱自己的，甚至人根本不爱自己，而是厌恶自己，并把这一点向他人宣泄。人痛苦的根源之一就是人不为自己所爱，甚至厌恶自己。自尊心最强的人，实际上是最不爱自己的地下室的人就是这样。[②] 在《地下室手记》中陀思妥耶夫斯基揭露了人的本质，人是

---

① 别尔嘉耶夫. 美是自由的呼吸[M]. 方珊，何强，王利刚，选编. 济南：山东友谊出版社，2005：114.
② 别尔嘉耶夫. 美是自由的呼吸[M]. 方珊，何强，王利刚，选编. 济南：山东友谊出版社，2005：144.

对立的、二律背反的、是非理性的存在。人不是必然趋利避害的，他有对疯狂的自由和对受苦受难的需求。先有尼采将艺术分为日神艺术和酒神艺术。日神艺术，即阿波罗式艺术，是遵循日常规约性的艺术，而酒神艺术是狄奥尼索斯式，是一种迷狂和谵妄的状态。别尔嘉耶夫将托尔斯泰的创作归为阿波罗式，将陀思妥耶夫斯基的创作归为狄奥尼索斯式。陀思妥耶夫斯基始终认为人的身上是同时具有人性和神性的，即使是在最可怕的堕落之人的身上，也有上帝的形象。所以别尔嘉耶夫认为人是矛盾生存的，时时都在同自身争斗。

　　别尔嘉耶夫将《地下室手记》划为分界线，区分了作家创作演变的两个时期。在《穷人》《被侮辱与被损害的人》《死屋手记》之中，陀思妥耶夫斯基是一位传统的人文主义者，继承了自普希金以来俄罗斯作家关怀小人物的传统，为"被侮辱与被损害的"人们呐喊，而在《地下室手记》《罪与罚》《白痴》《少年》《群魔》和《卡拉马佐夫兄弟》这伟大的六部作品中陀思妥耶夫斯基已经成为一位深入探索人类悲剧根源的思想家。对于别尔嘉耶夫而言，陀思妥耶夫斯的思想对他来说比任何哲学和神学学派都更重要，陀思妥耶夫斯基是一位伟大的人类学家，是他的精神导师。并且是陀思妥耶夫斯基滋养了他对精神自由的热爱。别尔嘉耶夫在《陀思妥耶夫斯基的世界观》的前言开篇就写道："陀思妥耶夫斯基在我的精神生活中有着决定性的意义。还是小男孩的时候我就形成了来自陀思妥耶夫斯基的习性。他比任何一个作家和思想家都更震撼我的心灵。"对于别尔嘉耶夫来说，陀思妥耶夫斯基的所有小说都是悲剧，这是"单一人类命运、单一人类的内在悲剧"。陀思妥耶夫斯基的使命是接受俄罗斯人的灵魂的全部深度、全部体积和形状，完美地塑造其形象，并随之塑造俄罗斯的形象。陀思妥耶夫斯基深刻地剖析了人类生活悲剧的原因，也思索了一条他认为可行的道路。但这条路需要通过漫长的黑暗，穿过绝望的深渊，穿过人性的分裂，穿过痛苦的悲剧，抵制虚假幸福的诱惑，才能使一个人最终获得精神的解放和救赎。在必然的世界里，二加二总是四，不要对悲剧视而不见，而是在死亡面前采取坚强坚忍的态度，这是陀思妥耶夫斯基带来的思想曙光。所以我们阅读陀思妥耶夫斯基的作品，就像踽踽独行在漫长阴暗的人心隧道之中，但最后总是可以看到隧道尽头的曙光。

一、自由是沉重的负担

在学院派哲学家中，别尔嘉耶夫最尊重康德，尤其把他视为人类中心主义哲学的开创者。别尔嘉耶夫发现康德在这些方面与陀思妥耶夫斯基的方向相同，对陀思妥耶夫斯基来说，"宇宙之谜在人心中"，对陀思妥耶夫斯基来说，自由是其世界观的核心。

如果人类分为两类，一类人无足轻重，最为普通，而另一类人则是被挑选的人，他们肩负人类的命运。那后一类人是否可以凭借自己为了全人类的使命去碾压前一类人，甚至剥夺他们的生命？在《罪与罚》里放高利贷的老太婆是压死社会底层穷苦老百姓的最后一根稻草，杀死她是否是正义的人为弱者除害的行为？大学生拉斯科尔尼科夫杀死放高利贷的老太婆的行为是否被允许？换句话说，人是否具有这种权利和自由？尽管在《罪与罚》中拉斯科尔尼科夫为自己罪行的辩护就是认为自己是被挑选的人，是在执行正义，但别尔嘉耶夫认为陀思妥耶夫斯基最终给出了否定的答案。别尔嘉耶夫认为："人具有的精神性不允许以自我意志杀死哪怕最坏的、最恶的人。人以自我意志消灭另一个人，他也就消灭了了自己。"[①]"其他各种超人思想都取消人，把人变成手段和工具。人神思想带给人的是死亡。"[②]拉斯科尔尼科夫的超人思想是人神思想的极端化。别尔嘉耶夫论述的"人神"概念是指把人神化。"人之本性的自我神化就是恶的根源。"[③]超人思想是一种极端的自我意志的表现形式，认为自己的思想都是被允许的。以承担了人类的命运的名义杀死哪怕最恶毒的人，这种审判是没有怜悯和人性的。审判应该交予上帝，而非人类，上帝才是最高意

---

① 别尔嘉耶夫.美是自由的呼吸［M］.方珊，何强，王利刚，选编.济南：山东友谊出版社，2005：61.

② 别尔嘉耶夫.陀思妥耶夫斯基的世界观［M］.耿海英，译.桂林：广西师范大学出版社，2008：61.

③ Бердяев Н. А. Философия свободы［M］. M.: Правда, 1989: 175.

志。别尔嘉耶夫认为，《罪与罚》最高的意思就在于不服从最高意志的人就会杀死他人也会杀死自己。除了《罪与罚》中拉斯科尔尼科夫在陀思妥耶夫斯基笔下有不少人物都受到了"人神"思想的诱惑，例如《卡拉马佐夫兄弟》中的大法官，《群魔》中基里洛夫等等。别尔嘉耶夫指出，在拉斯科尔尼科夫身上尚有良心，还能看到人类的未来，而《卡拉马佐夫兄弟》就走向了人类的毁灭。

《卡拉马佐夫兄弟》是一部规模宏大，具有社会哲理内容的长篇小说，是陀思妥耶夫斯基毕生思想和文学探象的总结性作品。通过描述旧俄外省地主卡拉马佐夫父子兄弟之间因金钱和情欲引发的激烈冲突，刻画了卡拉马佐夫一家道德沦丧、人欲横流的精神状态，不仅揭示了当时俄国资本主义下的社会矛盾和人性丑恶的一面，还深刻地思考了人类的出路。别尔嘉耶夫认为："《宗教大法官的传说》是陀思妥耶夫斯基创作的顶峰，是他思想辩证法的桂冠，应该在其中来寻找陀思妥耶夫斯基正面的宗教观。这里集中了所有的线索，并解决了一个主要主题、人类精神自由的主题。"[①]陀思妥耶夫斯对个体人的命运的关怀，尼采的价值重估等思想都不断在影响别尔嘉耶夫。在别尔嘉耶夫哲学思想成熟的过程中，别尔嘉耶夫从陀思妥耶夫斯基塑造的宗教大法官的形象引发了对自由的思考。自由本来是人

---

① 别尔嘉耶夫.陀思妥耶夫斯基的世界观［M］.耿海英，译.桂林：广西师范大学出版社，2008：116.

的天性，人需要信仰自由和自由的信仰，但现实中人往往无力承担自由的馈赠，认为精神的面包和物质的面包不可兼得，因此人类有了这样的宣言：先给面包，再谈道德。因此，对自由的需求转换成对权威的需求，其结果也变成了自由是最令人难以忍受甚至令人恐惧的事物。但别尔嘉耶夫指出面包也是一枚双面硬币，一面能捍卫人的自由和独立，另一面也能使人沦为物质世界的奴隶。别尔嘉耶夫再次强调《卡拉马佐夫兄弟》小说里关于"宗教大法官"的描写还是世界文学中的高峰之一，别尔嘉耶夫认为陀思妥耶夫斯基神学思想的新颖之处在于它"充满了自由的概念"。事实上，在陀思妥耶夫斯基之前，没有人如此强烈地将基督的形象与精神自由联系在一起。

别尔嘉耶夫指出："自由位于陀思妥耶夫斯基世界观的核心。"[①] 别尔嘉耶夫认为世界历史上有三种力量在起作用：上帝、命运和人类自由。因为自由的因素人类的历史才如此复杂。陀思妥耶夫斯基在《卡拉马佐夫兄弟》中讨论了自由与恶的问题。别尔嘉耶夫认为宗教大法官是一种伪装精致的恶。宗教大法官伪装成民主主义者，伪装成弱者和被压迫的人类的朋友，宣扬对人类的爱与怜悯。宗教大法官以人类幸福的名义拒绝了自由："人面临的是二者必取其一的抉择，要么选择自由，要么选择幸福、平安、安居

① 别尔嘉耶夫.陀思妥耶夫斯基的世界观［M］.耿海英，译.桂林：广西师范大学出版社，2008：39.

乐业；要么选择伴随着苦难的自由，要么选择没有自由的幸福。绝大多数人走第二条道路。"① 伊万·卡拉马佐夫给弟弟阿廖沙·卡拉马佐夫讲述自己写下的宗教大法官的传说，宗教大法官说道："只带着给予自由的诺言，但是他们由于单纯和与生俱来的卑劣的天性，不可能正确理解自由，他们对自由感到害怕和恐惧。因为对人类和人类社会来说从来没有什么东西比自由更加无法容忍！你有没有看见这片光秃秃的被烤得滚烫的沙漠里的那些石头？只要你把石头变成面包，那么人类就会像羊群那样跟你走，对你感恩戴德，俯首听命，尽管永远有些战战兢兢，生怕你缩回自己的手，不再供他们面包！"② 在宗教大法官眼中，人类永远无法正确利用自己的自由。伊万·卡拉马佐夫认为人根本无法承受自由："你不去提供可以一劳永逸地安慰人类良心的坚实基础，反而选择了种种不寻常的颇费猜测的难以确定的东西，选择了人们力不胜任的东西，所以你这样做似乎完全不是出于对他们的爱。……你不去限制人们的自由，反而纵容了他们的自由，使人的心灵世界永远遭受自由的折磨。……今后人们将用自己自由的心取代严格的古代法律，以你的形象为指导，自行决定什么是善什么是恶。但是难道你没有想过，假如选择的自由成了他们一种可怕的负担

---

① 别尔嘉耶夫.陀思妥耶夫斯基的世界观［M］.耿海英，译.桂林：广西师范大学出版社，2008：117.

② 陀思妥耶夫斯基.卡拉马佐夫兄弟［M］.徐振亚，冯增义，译.北京：北京中国戏剧出版社，2006：303.

而压得他们喘不过气来，那么他们到最后会放弃甚至反对你的形象和你的真理。他们最后会大喊大叫说真理不在你那里，因为你给他们留下那么多的烦恼和无法解决的难题，你使他们陷于一种最最尴尬最最痛苦的境地。"①

别尔嘉耶夫赞同陀思妥耶夫斯基的观点，即自由是一种沉重的负担：自由是困难的。别尔嘉耶夫指出陀思妥耶夫斯基在自己的创作中天才地表现出了人在潜意识里有施虐和受虐的本能，有残害自我和他人的需求。②别尔嘉耶夫认为陀思妥耶夫斯基的创作都是悲剧，但并不是古希腊意义上的悲剧，那种建立在命运的压迫下产生的痛苦，而是基督教意义上的悲剧。别尔嘉耶夫指出基督教的悲剧是自由的悲剧，自由产生痛苦，所以不但命运产生悲剧，自由也产生悲剧。③别尔嘉耶夫根本不认为自由是某种轻松、没有痛苦的东西，他坚信世界上绝大多数人根本不喜欢自由，也不寻求自由。自由是困难的，它是一个沉重的负担。自由会产生痛苦，放弃自由会减少痛苦。人们很容易为了让自己过得更轻松而放弃自由。但是这并不意味着我们就应该舍弃自由或者偷换自由的概念。尽管自由是一个沉重的

① 陀思妥耶夫斯基. 卡拉马佐夫兄弟［M］. 徐振亚，冯增义，译. 北京：北京中国戏剧出版社，2006：306.
② 别尔嘉耶夫. 美是自由的呼吸［M］. 方珊，何强，王利刚，选编. 济南：山东友谊出版社，2005：18.
③ 别尔嘉耶夫. 美是自由的呼吸［M］. 方珊，何强，王利刚，选编. 济南：山东友谊出版社，2005：19.

负担，但只有自由才能使人类通往救赎之路，而宗教大法官也意识到了自由是沉重的负担，但他并不认为人有能力承受，于是他放弃了通过自由这一条路，而选择了放弃自由，给予人类虚假的幸福，宗教大法官并没有拯救人类。

"人的价值，他的信仰的价值须以承认两种自由为前提：善与恶的自由和在善之中的自由，选择真理的自由和在真理之中的自由。不能把自由与善、与真理、与完美混为一谈。自由有自己独特的属性，自由就是自由，而不是善。所有的混淆自由与善、混淆自由与完美，都是对自由的否定，是承认强迫和暴力之路。强迫的善已经不是善，它可以再生恶。自由的善，这是唯一的善，它以恶的自由为前提。自由的悲剧就在于此。陀思妥耶夫斯基遭遇并透彻研究的即是该自由的悲剧。"[①]

陀思妥耶夫斯基描写了一种伪装精致的恶，并将他一览无余地拆穿给读者。拉斯科尔尼科夫超人思想是一种自我粉饰。在《群魔》中基里洛夫自由意志是没有节制的边界的，他的自由意志无限膨胀，把人神化，将人与神齐肩，是对人的毁灭。人永远不能站在最高权威的顶点去主宰一切，人应当有所畏惧。人的自我意志享有实现人类生活平等的权利和支配人类自己的权利，但人的自由意志并非高意志。别尔嘉耶夫认为自由很难实现，而且会带来痛苦，

---

① 别尔嘉耶夫.陀思妥耶夫斯基的世界观［M］.耿海英，译.桂林：广西师范大学出版社，2008：41.

所以别尔嘉耶夫也认为，自由可能是无情的，自由会导致生活中的痛苦和悲剧，真正的悲剧是自由的悲剧，而不是命运的悲剧。对别尔嘉耶夫而言，陀思妥耶夫斯基最深刻的发现之一是在"宗教大法官"中发现了人类伪装最精致的恶。宗教大法官表面上是一位人道主义者，对人类充满同情。但他的人道主义是在一个不人道的社会秩序中提出的，所有这些成千上万的人都很快乐，但完全被剥夺了自由。"承认内在恶的存在和对恶的负责，就意味着存在人真正的个性。恶与个体存在、与人的个性联系在一起。"[1] "人类的良心是人永生的标志。"[2] "个体存在是永生的存在。摧毁永生的个体存在是恶。肯定永生的个体存在是善。"[3] "在陀思妥耶夫斯基那里，与自由主题相联系的是恶与罪的主题。没有自由，恶就是无法解释的；恶出现在自由的道路上。没有与自由的这一联系，就不存在对恶负责的问题。没有自由，上帝就要对恶负责。陀思妥耶夫斯基比任何人更深刻地明白，恶是自由的孩子；但他同样明白，没有自由，就没有善，善同样是自由的孩子。生命的秘密、人的秘密就与

---

[1] 别尔嘉耶夫.陀思妥耶夫斯基的世界观［M］.耿海英，译.桂林：广西师范大学出版社，2008：65.

[2] 别尔嘉耶夫.陀思妥耶夫斯基的世界观［M］.耿海英，译.桂林：广西师范大学出版社，2008：65.

[3] 别尔嘉耶夫.陀思妥耶夫斯基的世界观［M］.耿海英，译.桂林：广西师范大学出版社，2008：65.

此相关。"①"恶是人悲剧的道路，是人的命运，是人的自由
体验。"②"苦难与恶联系在一起。而恶与自由联系在一起。
因此自由导致苦难。自由之路就是苦难之路。"③"意识是人
的堕落状态吗？是天堂的丧失吗？知识之树上的善恶果原
来是痛苦的，这种痛苦变成了意识的产生本身。意识在苦
难和痛苦中产生。意识是苦难，对于我们，意识的消失就
是苦难的终结。陀思妥耶夫斯基说，苦难是意识的唯一原
因。意识是折磨人的分裂。意识按照其本性任何时候也不
能把握人的整体存在，它永远与之不同并把整体存在归于
潜意识和超意识的范围。"④

　　既然自由生恶，我们无法拒绝自由，也就无法拒绝恶，
那在不剥夺自由和正视恶的根源之下能否找到应对自由悲
剧的方法？陀思妥耶夫斯基尝试在爱和怜悯的体验中寻找
应对自由的悲剧的方法。陀思妥耶夫斯基《白痴》中的男
主人公梅什金公爵总是有想要拯救身边每一个人的愿望。
结果到最后，无论是他爱的女人，如纳斯塔西娅、阿拉戈
雅，还是他的朋友罗果仁，他一个都没有帮助到，他自己

① 别尔嘉耶夫.陀思妥耶夫斯基的世界观［M］.耿海英，译.桂林：
广西师范大学出版社，2008：54.
② 别尔嘉耶夫.陀思妥耶夫斯基的世界观［M］.耿海英，译.桂林：
广西师范大学出版社，2008：57.
③ 别尔嘉耶夫.陀思妥耶夫斯基的世界观［M］.耿海英，译.桂林：
广西师范大学出版社，2008：66.
④ 别尔嘉耶夫.堕落、善与恶的产生［J］.石衡潭，译.哲学译丛，
2000（03）：23—27+55.

的灵魂也走向了枯萎。在这里我们看到"爱的价值不走向自由的价值，爱也会奴役人"①，这让我们意识到了怜悯与自由之间深藏着不可调和的冲突。别尔嘉耶夫认为，既然自由可能导致残酷，那人类在怜悯与接受苦难之间的冲突。最终人类可能因为怜悯放弃自由。别尔嘉耶夫认为基督教已被扭曲，以取悦人类的本能，却未能履行基督圣约。"我一直认为基督教主要是仁慈、怜悯、宽恕和人性。但他们却从基督教中得出了最不人道的结论，助长了人们的施虐本能。"所以别尔嘉耶夫认为，人类的悲剧在于无法正确应对自由，并以幸福的名义剥夺人的自由。

因此才会出现当大多数人对于这种混乱状态感到绝望的时候，宗教大法官则以调停矛盾、确立新秩序的救世主身份出现，他将告诉民众，人类是软弱、渺小、叛逆成性的，倘若他们被给予了充分的自由，就无法充分地饱食地上的面包。"大法官同样不信仰人，就像他不信仰上帝一样。"② 于是宗教大法官利用了自由沉重的一面，认为人类无法正确面对自由，所以他借此没收人类的自由，并以给予人类幸福的名义统治人类。《卡拉马佐夫兄弟》中的核心观念就是，人类历史上各种各样的恶的形式只有一个，否定人的尊严与多样性。而真理存在于人本身，包括人选择的

① 别尔嘉耶夫.人的奴役与自由：人格主义哲学的体认［M］.徐黎明，译.贵阳：贵州人民出版社，2007：209.
② 别尔嘉耶夫.陀思妥耶夫斯基的世界观［M］.耿海英，译.桂林：广西师范大学出版社，2008：118.

自由以及所想所爱的一切。正如别尔嘉耶夫指出，它的主题要比东正教的真理与天主教的纷争更为宽泛，哪里有对人类的监控以及对人性尊严及其神圣使命的轻视，哪里宁要粗鄙的享受而不要自由，哪里确信真理对人的幸福来说是不必要的，哪里就有宗教大法官。可以说，它浓缩了关于人类的最恶的恶。

别尔嘉耶夫认为关于世界和谐有三种出路：第一，没有悲剧、苦难但也没有自由、创造性劳动的和谐的、善的、天堂的世界；第二，以无数苦难和眼泪为代价换来的和谐的、善的、天堂的世界；第三，人经过自由和预料之中的苦难而到达的和谐的、善的、天堂的世界。基督教中的伊甸园是第一种世界。在最原初的世界，没有善与恶的区分，也没有自由。别尔嘉耶夫认为善恶的区分是堕落后的结果。人在吃了能分辨善恶的果实之后，开始了尘世的生活。人类向最原初的天堂的回归是不可能的，因为这种回归否定了人类世界进程的意义。第二种路径已经在《宗教大法官的传说》里有过精彩的辩证，大法官的精神只是一种伪装精致的恶。别尔嘉耶夫认为，陀思妥耶夫斯基坚决摒弃了前两者，而坚定地选择了第三种路径。"陀思妥耶夫斯基既不可能容忍这种天堂，它不知道自由的考验，也不能通过自由而达到；也不能容忍那种天堂，它在一切考验之后强制地组织，没有人的精神自由。对于他，只有通过自由而到达，而自由又向往的天堂才是可以接受的。在过去强制的天堂和在未来强制的天堂都是陀思妥耶夫斯基畏惧的对象。"①

别尔嘉耶夫引用了大法官对基督说的话："他们的信仰自由对你来说比什么都珍贵。"并补充道，这是陀思妥耶夫斯基自己对信仰的表白。这也是别尔嘉耶夫自己的信仰。别尔嘉耶夫认为他依然是一个神秘的无政府主义者，因为上帝对我来说是自由的，他是我从世界的囚禁和奴役中解放出来的人，他的王国就是我的自由和自由的王国。它不会以剥夺他作为自由人的尊严为代价来减轻他痛苦的负担。别尔嘉耶夫认为，尽管陀思妥耶夫斯基也无法忍受残酷的自由，但陀思妥耶夫斯基从来没有出于怜悯而同意放弃自由。对陀思妥耶夫斯基而言，他不能接受没有自由体验的天堂，也不能接受经历所有体验之后，却没有人的精神的自由天堂。幸福并不是人生活的目的和最高的善。这样的观念使人处于奴役的地位。在自由和幸福之间有着无法克服的冲突。《宗教大法官的传说》就是建立在这样的冲突之上。别尔嘉耶夫认为幸福无法客观化，无法量化，也无法比较。没有人知道是什么让另一个人快乐或不快乐。所以别尔嘉耶夫认为一个人不应该只为幸福而奋斗。因为需要肯定的不是每个人获得幸福的权利，而是每个人的尊严，每个人的最高价值，不应该成为一种手段。为了成为自由的存在物，陀思妥耶夫斯基愿意忍受不幸和痛苦。别尔嘉

① Бердяев Н. А. О значении человека [М].М.: Республика, 1993：242—243.

耶夫认为自由确定了每个人乃至每个生命的生存价值。"人的一切尊严都关联于对自由的爱,没有什么能比这种爱更深刻。"[①] 别尔嘉耶夫认同陀思妥耶夫斯基将自由视为一种义务,视为人生悲剧的根源:"为了描述我的精神之路,我必须始终坚持,在我的宗教生活中,我来自自由,又走向自由。但我体验到的这种自由不是轻松的,而是困难的。"一言以蔽之,在别尔嘉耶夫和陀思妥耶夫斯基看来,尽管自由是沉重的负担,但这并不意味自由是可以舍弃的。

二、穿过黑暗后的曙光

人文主义是人类自由的价值。但现代人类为了恺撒王国的梦想而远离了上帝的王国,而更喜欢丰衣足食的梦想。人类不再创造有机文化,而是开始创造机械文明,其愿望本身就是反宗教和不人道的。人不再是上帝的形象和样式,而是成为一台没有灵魂的机器的形象和样式。人将离神人越来越远,离人神越来越近,资本主义文明已成为永恒精神的泯灭。别尔嘉耶夫认为青年马克思的思想来源是人道主义的,马克思为人类的解放而战。马克思对资本主义的反抗是基于这样一个事实:在资本主义社会中,工人的人性被异化了,这是一个去人性化的过程,把他变成了一个东西。别尔嘉耶夫认为马克思主义的全部伦理就是建立在反对这

---

① 别尔嘉耶夫.论人的奴役与自由[M].徐黎明,译.贵阳:贵州出版社,1994:129.

种异化和非人化的斗争之上的。他认为尽管马克思认为人是最高的价值，不隶属于任何更高的东西，但在最后的结果中，马克思还是把人完全看作是社会、阶级的产物，把整个人从属于新社会，从属于理想的社会体，而不是把社会从属于人，从而把人从社会阶级的范畴中解放出来。所以别尔嘉耶夫认为马克思提供的人类解放的理论也是有局限的。而陀思妥耶夫斯基是从人的精神生活中、从人的思想辩证法中揭示恶。别尔嘉耶夫认为陀思妥耶夫斯基的所有作品都是人类学的启示，是人类深度的启示，不仅是精神的深度，而且是精神的深度。陀思妥耶夫斯基没有停留在社会政治思想和建构的表面，而是深入深处并揭露了俄罗斯革命主义的形而上学。俄罗斯人对生命真理的追求总是带有末世主义或虚无主义的特征。这是根深蒂固的民族特质。对于陀思妥耶夫斯基来说，俄罗斯革命、俄罗斯虚无主义和社会主义的问题本质上是宗教问题，是上帝和永恒的问题。陀思妥耶夫斯基深入俄罗斯虚无主义的深处并揭示了俄罗斯虚无主义的危险。

　　在陀思妥耶夫斯基笔下由理性主义而产生的俄罗斯虚无主义者是《卡拉马佐夫兄弟》里的伊万·卡拉马佐夫。伊万·卡拉马佐夫认为，他接受上帝，却不能接受上帝创造的世界。因为在他看来，世界只要还存有一种生物的非公正的痛苦，或者说还存在有任何一个小孩的一滴饱含折磨的泪水，那么他都无法认可世界和谐和世界秩序，而那张进入世界和谐的门票都会被他退回来。假使世界的根基浸泡在不公正的痛苦之中，那这个世界一开始就不应该被造就出来。然而，这样的世界已经被造就出来了，世界确实充满了非公正的痛苦和眼泪，充满了不可救赎的恶。建立在孩子眼泪上的那个问题："最终的结果，我并不接受这个神世界，虽然我知道它存在，但我根本不允许它存在。并不是我不接受上帝，我不接受他创造的世界，上帝的世界，我也不能同意接受。"①伊万·卡拉马佐夫代表的俄罗斯的虚无主义的道德困境就是基于这个问题。

伊万·卡拉马佐夫给阿廖沙·卡拉马佐夫讲了一个八岁孩子在玩耍时，不小心扔石头打伤了将军其中一只爱犬的腿。然后将军抓走了男孩，扒掉了男孩所有的衣裳，当着男孩母亲的面，放出了一群猎狗，让猎狗将小男孩撕成了碎片。关于男孩母亲是否应该原谅将军，伊万·卡拉马佐夫和阿廖沙·卡拉马佐夫之间有以下一段对话：

> "当代价如此之大时，为什么要承认这种该死的善与恶呢？但整个知识世界都不值得一个孩子为上帝流下这些眼泪。""全世界有没有一个能够而且有权宽恕的人？我不要和谐，出于对人类的爱我不希望和谐。我情愿保留未经报复的痛苦，

---

① 陀思妥耶夫斯基.卡拉马佐夫兄弟[M].徐振亚，冯增义，译.北京：中国戏剧出版社，2006：293.

最好还是保留我那未经报复的痛苦和我那未经平抑的愤怒，哪怕我错了也心甘情愿。再说大家对和谐的价值估计得也太高了，我们完全支付不起这张过于昂贵的入场券。所以我要赶紧退还这张入场券，只要我是个诚实的人，那就应该尽快退还。我现在做的就是这件事。我不是不接受上帝，阿廖沙，我只是恭恭敬敬地把入场券还给他。"

"这是叛逆。"阿廖沙低着头轻声说道。"叛逆？我真不希望从你嘴里听到这句话。"伊凡异常真诚地说。"靠叛逆能活下去吗？可我想活下去。你直截了当地亲自告诉我，我要你回答：假如为了造福人类，为了给他们和平和安宁，你自己正在建造一座人类命运的大厦，但是为了这个目的，不可避免地要残害一个小生命，就是那个用拳头捶打自己胸脯的小女孩，用她未经报复的眼泪作为这座大厦的基石，根据这些条件，你能答应担任这座大厦的建筑师吗？"[①]

在理想主义的思想框架下是无法理解人类命运之谜。伊万·卡拉马佐夫的整个反叛思想是极端理性主义的表现，这是对人类命运之谜的否定。在尘世生活的经验中不可能

① 陀思妥耶夫斯基.卡拉马佐夫兄弟［M］.徐振亚，冯增义，译.北京：中国戏剧出版社，2006：294—295.

用理性去理解为什么一个无辜的孩子会受到折磨。擦去孩子的眼泪，减轻他的痛苦，是一种爱的劳动。但伊万的悲情不是爱，而是叛逆。他有虚假的敏感，但没有爱。他反抗是因为他缺乏对上帝和神圣世界秩序的信仰，就是对每个生物在尘世旅程中所遭受的所有苦难和考验的深刻而隐藏的意义的信仰。因为对他来说，一切都被这种毫无意义、充满痛苦和悲伤的经验生活耗尽了。他是一个典型的俄罗斯理性主义者，接受西方否定性假设为公理，信仰无神论。伊万·卡拉马佐夫问题的核心在于某种虚假的俄罗斯敏感和多愁善感，对人类的虚假同情，导致了对上帝和世界生活神圣意义的仇恨。俄罗斯理性主义者常常是虚假道德标榜下的虚无主义反叛者。

1866 年一位肄业的大学生向沙皇亚历山大二世开枪。刺杀虽然没有成功，但沙皇遇刺的消息震惊了整个俄罗斯。陀思妥耶夫斯基听到后陷入了悲痛欲绝的状态，他在当时的公开评论中表达了对沙皇的安危担心，而他心里更多的是为俄罗斯文化的未来担心。因为陀思妥耶夫斯基深知，即便刺杀沙皇成功，最终也无非换一个沙皇继位而已，这不仅无助于俄罗斯解决现有的社会矛盾和改善俄罗斯民族的精神状态，反而会进一步加深矛盾，甚至有走向毁灭的可能。俄国虚无主义也就成为沙俄政府的官方话语集中批判的对象。在屠格涅夫一章我们已经详细讨论了虚无主义的特征。在此需要指出的是，随着在宗教与道德领域的神圣价值的逐渐消解，虚无主义者为自己破除了各种源自道义与良知的束缚，他们可以灵活地利用各种或许并不为他们真心信奉的理想和信仰来操控他人，为自己攫取权力，无法无天的自由只会给予强者劫掠弱者的机会。在这种状态下，只须稍加利用民众中间久已存在的矛盾，煽风点火，就可以让他们陷入激烈的争斗之中。论述到此，就不得不提俄罗斯最著名的虚无主义者之一，革命的"禁欲主义者"谢尔盖·涅恰耶夫（1847—1882）。别尔嘉耶夫对涅恰耶夫进行了生动的描述。他具有影响力和魅力的个性，导致很多人不假思索地奉献自己给他。就连俄罗斯著名的无政府主义者巴枯宁也受到了涅恰耶夫的影响，但后来与他疏远了。涅恰耶夫创造了一个革命宣言，它不仅是禁欲主义的，而且要求完全放弃自我，完全献身于革命事业。这后者的主要口号是："为目的不择手段。"他的民意派圈子的成员之一大学生伊万诺夫拒绝盲目服从涅恰耶夫。涅恰耶夫策划了谋杀伊万诺夫的行动，谋杀的实施导致组织的崩溃。涅恰耶夫逃往国外，但谋杀伊万诺夫的其他同谋被捕、定罪并被判处监禁苦役。涅恰耶夫事件启发陀思妥耶夫斯基创作了《恶魔》。涅恰耶夫认为，为了革命的胜利做出的一切都是道德的，所有阻碍革命事业才是不道德和犯罪的。涅恰耶夫是极端的虚无主义者。俄国虚无主义者身上都有一种由于傲慢自大而脱离民众的病态现象：他们自认为是凌驾于民众之上的精英和强者，而民众只不过是一群软弱、愚昧、麻木不仁的人，因而不配拥有自由和尊严，只能沦为他们攫取权力的手段与工具的乌合之众。

陀思妥耶夫斯基早已揭示过一个错误的观念如何完全吞噬一个人并使他陷入疯狂，从而导致人格的瓦解。对错误观念的痴迷使《群魔》中彼得·韦尔霍文斯基成为道德败类。他痴迷于世界重建、世界革命的想法，他屈服于诱人的谎言，让恶魔占据了他的灵魂，失去了善恶的基本区别，失去了精神中心。在彼得·韦尔霍文斯基的形象中，我们看到了一个已经瓦解的人格，在他身上不再可能发现任何关于人美好本质的东西。他本人就是谎言和欺骗，他欺骗所有人，让所有人陷入谎言的王国。陀思妥耶夫斯基是一位伟大的大师，他发现错误观念完全占据一个人时会产生可怕的后果。到底是什么想法完全占据了彼得·韦尔霍文斯基的心，使他的人格崩溃，使他成为一个骗子？这与俄罗斯虚无主义、俄罗斯空想社会主义、俄罗斯极端主义的基本思想是一样的，同样是对普遍平等的地狱般的热情，同样是以人民普遍幸福的名义对上帝的反叛。陀思妥耶夫斯基揭示了革命的虚幻本质。没有真正的民主主义思想，只有残暴的少数人统治，将暴政建立在普遍强制平等的基础上。

别尔嘉耶夫把时间分为三种形式：宇宙时间、历史时间和生存时间。伊万·卡拉马佐夫把世界和谐的入场券退还给上帝的辩证法，是对客体化的反抗。这是在历史时间片段里思考只能在生存时间里思考的问题。① 而陀思妥耶夫斯基具有的是反抗历史时间的普遍精神。② 善恶的区分本身就是痛苦的。陀思妥耶夫斯基认为对善恶的区别需要很大的代价。③

　　陀思妥耶夫斯基通过揭露虚无主义同时认识到它对一个人和对一个人的影响力整个社会。但最终，虚无主义者道德沦丧，人性泯灭。他们最终也成为虚无主义的受害者。陀思妥耶夫斯基对虚无主义的描述应该是真实和彻底的，因为希望读者在他的小说中能认识到虚无主义的本质，并感到震惊和害怕，因此会尽其所能抵抗其毒害。伊万·卡拉马佐夫因为孩子的眼泪退回了世界和谐的门票，否认所有价值观，他无法忍受痛苦，他不希望受害者。但他不会真正通过做任何事情来减少眼泪的数量，他会增加流的眼泪的数量，他进行一场革命，这一切都是基于无数的眼泪和痛苦。俄罗斯虚无主义道德家认为他爱人、同情人胜过爱上帝，他会纠正上帝对人类和世界的计划。然而，他们自称不会爱关系亲近的人，只能爱关系疏远的人，对人类的爱也是虚假的。这种令人难以置信的自命不凡是这种精

① 别尔嘉耶夫. 美是自由的呼吸［M］. 方珊，何强，王利刚，选编. 济南：山东友谊出版社，2005：90.
② 别尔嘉耶夫. 美是自由的呼吸［M］. 方珊，何强，王利刚，选编. 济南：山东友谊出版社，2005：83.
③ 别尔嘉耶夫. 美是自由的呼吸［M］. 方珊，何强，王利刚，选编. 济南：山东友谊出版社，2005：123.

神类型的特征就是关于人民的苦难、关于基于这种苦难的国家和文化的邪恶的无休止的言论的根源。在陀思妥耶夫斯基看来，斯加尔佳科夫是伊凡·卡拉马佐夫的另一半，是他的反向肖像。伊万·卡拉马佐夫和斯加尔加科夫是俄罗斯虚无主义的两种现象，是同一本质的两面。伊万·卡拉马佐夫在诱惑中进行精神挣扎，而斯加尔加科夫却是一个卑鄙的走狗。伊万在思想上、精神上犯了罪，斯加尔加科夫在实践上犯了罪。伊万在心里犯下了弑父罪，斯加尔梅科夫在现实中犯下了弑父罪。陀思妥耶夫斯基预见以斯加尔梅科夫为代表领导的俄国革命将是可怕和残忍的，不会有民族复兴。

在陀思妥耶夫斯基那里，曾有过关于一个孩子的一滴泪和拒绝走入世界和谐的门票的辩证法，其主旨均在于抗击存在的观念，抗击普遍王国，抗击贬损个体人格生存的世界和谐。他们反抗显示永在的真理："独特的个体人格及其命运远比世界和谐、整体秩序和抽象的存在更有价值。"①陀思妥耶夫斯对个体人的命运的关怀，尼采的价值重估等思想都不断在影响别尔嘉耶夫。在别尔嘉耶夫哲学思想成熟的过程中，别尔嘉耶夫接受了陀思妥耶夫斯基塑造的宗教大法官的形象。自由本来是人的天性，人需要信仰自由和自由的信仰，但现实中人往往无力承担自由的馈赠，认

---

① 别尔嘉耶夫. 人的奴役与自由：人格主义哲学的体认 [M]. 徐黎明，译. 贵阳：贵州人民出版社，2007：62.

为精神的面包和物质的面包不可兼得，因此人类有了这样的宣言：先给面包，再谈道德，因此，对自由的需求转换成对权威的需求，其结果也变成了自由是最令人难以忍受甚至令人恐惧的事物。别尔嘉耶夫指出面包也是一枚双面硬币，一面能捍卫人的自由和独立，另一面也能使人沦为物质世界的奴隶。人的个体人格与世界和谐相抵触时别尔嘉耶夫认为，没有人能比陀思妥耶夫斯更敏感更深刻了解地对痛苦的体认。别尔嘉耶夫认为："世界和谐是一项奴役人的虚伪的观念。若要脱出它的束缚，必须凭借个体人格价值。"① 人的利益在社会利益和国家利益之上。整体的秩序不应为着整体自身而存在，应为着个体人格而存在，因为整体自身不是最高价值，个体人格才是最高价值。这是价值的重估。② 陀思妥耶夫斯基敏悟到人的悲剧源头和人的矛盾本性。揭示人堕落的内在的自发源头。别尔嘉耶夫认为陀思妥耶夫斯基肯定人对苦难的需求，证明了人的一种堕落的生存，是一种因堕落而蒙难和为克服堕落而忏悔的生存。

当非理性的自由由于人类精神的骄傲而想要将自己置于上帝的位置而导致远离上帝时，邪恶就出现了。当非理性自由占据主导地位时，现实开始瓦解并回归原始混乱。革命是社会回归混乱的一种极端形式：它们不能创造，而

① 别尔嘉耶夫. 人的奴役与自由：人格主义哲学的体认 [M]. 徐黎明，译. 贵阳：贵州人民出版社，2007：68.
② 别尔嘉耶夫. 人的奴役与自由：人格主义哲学的体认 [M]. 徐黎明，译. 贵阳：贵州人民出版社，2007：93.

只能破坏。但即使在历史上的创造性时代，通常是在革命之后，人们也从未实现他们为自己设定的目标，因为这些目标通常是为了实现物质福祉，而不是精神福祉。因此别尔嘉耶夫认为，对于人的观照不能立于柏拉图和德国唯心主义哲学的基础，也不能立于自然主义、进化论和生命哲学的基础，它们冰冷地将个体湮没在非个体性的自然宇宙和自然生命的进程中。所以别尔嘉耶夫明确声明道："我以为，一个人，即便是一个最无足轻重的小人物，他的死也比国家和帝国灭亡更重要，更具有悲剧性。"① 别尔嘉耶夫指出，《圣经》中提出这样的观点，即一个人为着全体人而死，总比全体人都要死去好得多。因此，这个观点便成为国家叙事的策略，至今国家都将这个观点视为道德的准信，而生活在这个国家的人民，也坚定不移地执行。于是，人类的悲剧在历史的车轮下不断地重演。"平等只有在专制下才是可能的。所以，当社会渴望平等的时候，它必然走向专制。渴望平等，渴望平等的幸福和平等的温饱，必定带来最大的不平等，带来少数人对多数人的专制统治。陀思妥耶夫斯基极其深刻地意识到并指出了这一点。"②

在肯定陀思妥耶夫斯基的同时，别尔嘉耶夫也指出了陀思妥耶夫斯基思想里的不足。别尔嘉耶夫认为，"陀思妥

① 别尔嘉耶夫.人的奴役与自由：人格主义哲学的体认 [M].徐黎明，译.贵阳：贵州人民出版社，2007：122.
② 别尔嘉耶夫.陀思妥耶夫斯基的世界观 [M].耿海英，译.桂林：广西师范大学出版社，2008：124.

耶夫斯基具有致命的双重性。一方面，他赋予个性原本以独特的意义……这是他最有利的一面。另一方面，'聚合性'与集体主义在他那里又起着巨大的作用。陀思妥耶夫斯基的宗教民粹主义是一种集体主义的诱惑，它与个人责任原则、个人精神原则背行。俄罗斯人精神中的'聚合性'思想常常是一种虚假的幻想、想象，它把俄罗斯人民理性化，把人民集体理想化为精神的载体。但俄罗斯人民最需要的是个人责任思想、自我约束的思想、个人精神自主的思想。只有在这方面进行精神革命才能使俄罗斯人民健康起来。陀思妥耶夫斯基只有一半是面向这一任务的，有助于它的实现；另一半，受惑于俄罗斯的民粹主义和俄罗斯集体主义，亦即妨碍着这一任务的实现。"[①]总而言之，别尔嘉耶夫对陀思妥耶夫有着十分深刻的理解，将他对"自由""个性""恶"的理解纳入了自己的思想领域，借此形成和表达了自己的思想观点。

别尔嘉耶夫认为19世纪的俄罗斯文学已经超越了古典主义和浪漫主义，从而进入了更深层次的现实主义。普希金诗歌里充满了对自由的呐喊。别尔嘉耶夫认为人是自由的属性，只有在自由的创造中人才能得以认识自己，并创造更美的世界。这是普希金作为俄罗斯精神现象的原因。

---

① 别尔嘉耶夫.陀思妥耶夫斯基的世界观［M］.耿海英，译.桂林：广西师范大学出版社,2008:141.（引用译文有所改掉，将译文中的"共同性"改为"聚合性"。）

善是自由的儿子，恶也是自由的儿子。自由与善恶同在，人如果要剔除恶，就会失去自由。当人作为人自由地生存时，就无法避免恶。尽管别尔嘉耶夫赞赏果戈理有发现恶的天赋，但他认为这是果戈理不幸的天赋。跳出别尔嘉耶夫对果戈理局限的认识，我们发现果戈理认为只有洞察了恶才能找到出路，纵使洞悉了人最深处的恶，果戈理仍不失对光明和善的向往。

屠格涅夫敏锐地察觉出了俄罗斯社会潜在的社会危机，是第一位将虚无主义概念引入俄罗斯的作家，对当时的俄罗斯知识分子进行了精确的描写。别尔嘉耶夫也对知识分子的虚无主义思想进行了深刻的剖析，指出俄罗斯的社会矛盾之下潜在的巨大精神危机。这体现出了俄罗斯文学家们和思想们的民族使命感。托尔斯泰一直期盼人摆脱社会生活的恐惧，他撕开文明的谎言，强调了个体内心深处的冲突和痛苦。别尔嘉耶夫认为这些作品以真实而深刻的方式描绘了人类内心的复杂性和矛盾，这对于哲学和文学都具有重要意义。从本质上讲，托尔斯泰的观点也不能被称为无为主义，尽管托尔斯泰的道德学说受到了来自别尔嘉耶夫的质疑，但托尔斯泰的学说始终以人的个体生活为主题，他并不是在谈论离开世界与上帝联合，而是在谈论改变世界存在的方式。

陀思妥耶夫斯基的小说常常涉及人性的复杂性、罪恶、信仰和良心的冲突，人是一种具有两重性的矛盾生存，既高贵又卑劣，既有神性又有兽性，既自由又受奴役，既可以超越升华又能堕落沉沦。陀思妥耶夫斯基揭开世间最深邃的谜——人。人是非理性的存在，这是人堕落的自发源头。其次，陀思妥耶夫斯基拆穿了伪装精致的恶。打着全人类幸福名义的人，背弃了最高价值，误以为自己具有与神等同的能力，欺骗人类获得虚假的幸福。19世纪俄罗斯文学的伟大便在于它关怀着人作为精神的主体对生命探求的漫漫长路，也探照人堕入客体化、奴役化的无底悲剧。最后用纳博科夫的话来总结别尔嘉耶夫与19世纪俄罗斯文学的关系再合适不过了，"自由的人写下真正的书，给自由的人读，这何其珍贵"。

第三章　别尔嘉耶夫与世纪之交的
俄罗斯文学

　　19 世纪末至 20 世纪初的俄国被认为是前后脱节的时期。这一时期是亚历山大三世和尼古拉二世相继执政的时期。亚历山大三世在父亲被暗杀后继承王位，其统治时期是危机不断深化和君主独裁不断强化的时期，"东正教—君主专制—民族主义"三位一体的大旗高高竖起。君主独裁统治的重新加剧与历史前进车轮背道而驰，政治高压使人民的社会生活愈加艰难，致使反抗行动频频发生。亚历山大三世认为，"国家最高的目标是在民众中维持法律、秩序、稳定和团结，而在俄国这一目标只有通过独裁统治和东正教才能实现"[①]。在文学出版方面，亚历山大三世颁布了临时性法令，这一法令使得政府官员拥有更加宽泛的权力监管出版物。任何激进的、扰乱社会秩序的言论予以禁止，在当时激进的刊物失去了生存空间。

---

① 梁赞诺夫斯基，斯坦伯格 . 俄罗斯史：第 7 版［M］. 杨烨，等译 . 上海：上海人民出版社，2007：360.

尼古拉二世与父亲的统治观念具有一致性，他坚信沙皇拥有不受限制的个人权力，这样至高无上的个人权力是提升国家实力、保障社会稳定及推进国家进步的重要基础。然而，尼古拉二世没有父亲所具备的坚强的意志，生性柔弱、优柔寡断的尼古拉二世没能挽救即将衰亡的王朝。尼古拉二世执政时期，罗曼诺夫王朝已经暮气沉沉。20世纪初期，这个国家经历严重的内忧外患。经历日俄战争和第一次世界大战的俄国遭遇重创，经济、政治、军事实力均被大幅削弱。君主立宪制政体也没能挽救这个矛盾重重的国家。然而，这一时期的文学作品展现出极强的凝聚力，并以强大的生命力快速生长着。

世纪之交是俄罗斯文学发展的一个极其重要的阶段，这一阶段被称为俄罗斯文学的白银时代。虽然白银时代的俄罗斯文学不足以与黄金时代争辉，但是在这一时期，俄罗斯文学对东西方国家的文学产生了极大的影响，两种文化之间的斗争也在这一时期急速加剧。白银时代的俄罗斯文学为未来的社会主义现实主义新文学奠定了基础。白银时代关注文学的实用性。读者期望在文学作品中找到解决社会问题的可行办法，解放的思想也在越来越多作家的作品中反映出来。俄罗斯作家保持着对公共生活问题的不懈关注并怀着高度的公民悲悯情怀进行创作。文学与大众生活的紧密联系成为白银时代俄罗斯文学创新的源泉，也是俄罗斯文学在世界文学中取得成功的关键。19世纪末的俄罗斯文学之所以具有世界历史意义，主要归功于列夫·托尔斯泰和费奥多尔·陀思妥耶夫斯基的作品。

19世纪末的托尔斯泰饱受社会和道德问题的折磨，在此之后他的思想观念发生了转变，他将全部思想汇聚于长篇小说《复活》之中。在这部作品中，主人公涅赫留多夫行走于专制制度下的俄国，观察并比较不同阶层的人民的生活，对封建的压迫体系发出强烈的批判。伟大的艺术家托尔斯泰突破了现实主义的限制，其作品中的心理分析法独树一帜。托尔斯泰深入走进个人的内心世界，他将人们最隐蔽的、外界无法察觉的思想过程、心理发展规律描绘出来，仿佛要把读者带入他笔下人物的意识深处。这种描写心理活动的方式被俄国著名评论家车尔尼雪夫斯基称为"心灵辩证法"，它成为托尔斯泰独具特色的艺术创作手法。与此同时，托尔斯泰还创作了空前广阔和规模宏大的史诗画卷。他既能描绘整个社会，塑造人民的总体形象，又能在艺术显微镜下追踪人物心理活动的细微变化。这样的结合不仅在俄罗斯文学史上是一种创新，还在整个世界文学史上也是一种突破。

多视角叙事是《复活》极具复杂性和艺术性的关键。《复活》这部小说采用第三人称叙事的方式，使叙事者通过全知视角描述情节发展。叙事者与小说中的人物是叙述与被叙述的关系，也就是看与被看的关系。然而，在阅读的过程中，叙事人的这种叙事并不是单向。也就是说，叙事人与小说中的人物关系不完全是叙述者与被叙述者的关系，或者看与被看的关系，其中有人物的回应。叙事者放弃了自己的主导权，让不同人物从自己的视角发声，实现了他们彼此间的对视。这不仅使读者除了能从上帝视角俯视全文，还能走进文本，从不同人物的视点看待世界。在小说开头，作家首先以叙事者的视角描绘了春意盎然、孩童玩乐的景象。接着，视角切换到成年人，在他们的眼中，神圣而重要的是他们自己想象出来的统治他人的种种手段。接下来视角又切换到监狱办公室的官吏，他们认为神圣而重要的是前一天收到的那份带有编号、盖有印章、写明案由的公文。叙事者使这三个视角并列展开，展现出不同人眼中不同的世界。在此之后，在叙事者的视角下，法庭庭长以私生活混乱的形象出场。视角紧接着又切换到另一个法官，在法官看来，这位庭长容光焕发，健康愉快，态度和善，总是那么心满意足，那么快乐。这两个视角相互补充，以此表现出人物的多面。而从聂赫留朵夫的视角来看，工人受到老板的剥削压迫，在他眼中，这些人离开自己快要饿死的家人，为愚蠢而又无用的人建造愚蠢而又无用的宫殿非常荒唐。视角很快又切换到马车夫那里，马车夫为建造大楼感到自豪，这是他们得以生存的门生。两个相互矛盾的视角揭开了不同身份的人对世界的不同认知。除了不同人物的不同视角切换，还有同一个人物处于不同状态下的不同视角。聂赫留朵夫在法庭上认出玛丝洛娃后，他意识到自己罪孽深重，于是在他看来身边的人同样令人厌恶。而当他经过一番心灵上的自我鞭挞之后，他又意识到他人的可贵之处。聂赫留朵夫的这种视角变化贯穿了全文，展现了他内心深处的挣扎与变化。叙事者将视角流动起来，通过不同人的不同视角，像多棱镜一样折射出世界的每一面。让读者循着不同的视角审视世界，看清世界。在托尔斯泰的作品中，流动的视角与流动的人物性格密切相关。对托尔斯泰来说，人的性格并不是永远固定的，而是在生活的影响下不断流动的。托尔斯泰在《复活》中这样写道："每个人都具有各种人性的胚胎，有时表现这一种人性，有时表现那一种人性，他常常变得面目全非，但其实还是他本人。"① 托尔斯泰在人物性格方面的发现与对人民生活、社会生活的发现是相辅相成的。托尔斯泰对每个人都表现出非同寻常的兴趣，他能够将个人的心理和命运有机地融入历史大事件和大进程中。托尔斯泰的作品对世界艺术的重要性是巨大的。

陀思妥耶夫斯基在这一时期写下了他最后一部伟大的小说——《卡拉马佐夫兄弟》（1879—1880 年），这部作品尖锐地讽刺了官僚主义和腐朽的自由主义者。这是陀思妥耶夫斯基的集大成之作，使其在世界文学之林占据了无法撼动的地位。在陀思妥耶夫斯基的艺术世界里，美与丑的悖论一直在以巨大的张力延伸作品的思想深度。经历过

---

① 托尔斯泰. 复活［M］. 草婴, 译. 北京: 现代出版社, 2011: 211.

死亡的陀思妥耶夫斯基是聆听俄罗斯大地呻吟的伟大作家。
他关注"穷人"的卑微处境和可怕命运；描绘"被侮辱的与
被损害"的人的悲惨遭遇；揭露错综复杂的家庭纷争。陀思
妥耶夫斯基无情地抨击矛盾重重的俄国社会、残暴凶狠的
沙皇专制和剥削压迫的资本主义。由此，他的创作饱含黑
暗压抑之感。透过痛苦无奈的小人物和肮脏污浊的贫民窟，
彰显人之不幸，生之艰难。在陀思妥耶夫斯基的创作中很
难读到明媚的阳光、绚烂的鲜花、洁净的街道……其笔落
之处尽是混乱、丑陋与肮脏。相比于读罢普希金作品后的
满怀希望，陀思妥耶夫斯基则背道而驰，他将读者引向沉
痛的哀思。因而，这位伟大的作家传达的不是"美"的明
朗，而是"丑"的阴暗。陀思妥耶夫斯基作品中的"丑"
跨越"美"的屏障，直击人的内心，带来更加深刻的审美
感受。

《罪与罚》是陀思妥耶夫斯基一部最深刻、最富于现
实意义的作品。在这部作品中，作家以犀利的笔触大力抨
击残酷的社会现实，揭开了俄国下层人员的遮羞布。如果
说"走投无路"是《罪与罚》的主旋律，那么"丑陋"就
是应和它的副旋律。作家在这部小说中将"丑"发挥到极
致，字里行间无不透露着压抑之情。这种压抑主要来源于
三个方面：第一是小说中大篇幅的矛盾的心理活动，这让读
者时刻处于高度的精神集中和思考状态；第二是作家隐晦的
表达方式，作品中频繁使用的省略符号让人稍有不慎就错

过了作者省略的内容，由此产生更多的疑问；第三是作品中频频出现的混乱、肮脏、污秽的画面，它们表现出的丑陋冲击着读者的内心。而这第三点就是小说中呈现的"丑"，它遍及全文，涵盖各个方面，奠定了小说压抑的基调。在《罪与罚》这部小说中，作家表现丑的方式是十分独特的。一方面，作家将"丑"无限地延展：整部小说几乎没有任何美的意象，自然丑与社会丑贯穿全文。正是这样的安排使得读者过度审丑，达到疲劳状态，自然而然地唤起了对美的向往与追求。另一方面，作家将"丑"极度地细化：作家给每个人一个放大镜，让人不仅细致入微地看到"带有血迹的布毛边和口袋衬布"，还深入主人公的内心，看到他"内心深处的阴暗"。这样近距离地走向文本，发掘到"丑"的实质。丑陋是不值得歌颂的。陀思妥耶夫斯基将俄国现实主义推向高峰的同时，也把丑陋现象恰如其分地描绘到极致，以丑衬美，由此唤起人类对真善美的追求。陀思妥耶夫斯基对现实主义做出了重大贡献，极大地拓展了艺术描写人物的界限，他的作品为白银时代的艺术家带来滋养。

安东·契诃夫在19世纪末俄罗斯现实主义发展史上占有重要地位，他的作品广泛反映了反动时期和全民主崛起前夕的俄罗斯社会生活。契诃夫最初是一位出色的幽默作家，后来开始以讽刺的手法批判沙皇俄国丑恶的社会现象。契诃夫的作品具有极强的简洁性，其思想价值却是纷繁复杂的，其作品中简与繁的悖论使其创作更具艺术价值和世界影响力。契诃夫的作品向来以简洁著称。简短的句子，简单的情节，简要的主题，都展现出作家天才的创作天赋。实际上，其小说中也不乏"赘述"的部分，只不过这些"赘述"最终呈现出来的表达效果并不是画蛇添足，他们与小说简洁的风格巧妙地实现了二元融合。

首先，惜字如金的契诃夫花相当多的笔墨在语句的重复上。在篇幅很短的小说中使用了大量的重复。例如，在《在流放地》这篇小说中，不断重复着"但愿人人都能过上这种生活"和"即使在西伯利亚，人们也照样能生活！在西伯利亚照样有幸福"。《带阁楼的房子》里不断重复着"您对此从来都毫无兴趣"和"我们丽达从来都是了不起的人"。在《跳来跳去的女人》这部小说中重复的语句更多，有"你们瞧他的脑门""这个人拿他的宽宏大量来压我""请吧，诸位先生，请吃点东西""我累了"等等。这些重复的表述，在文中反复出现，表面看来似乎是与契诃夫简洁的表达风格相矛盾。然而，这些重复恰恰是小说简洁的表现方式。重复与简洁在契诃夫的短篇小说中相互依存和转化。以《跳来跳去的女人》为例，小说讲述的是奥莉加、戴莫夫和里亚博夫斯基之间的爱情纠葛。追逐名流的奥莉加嫁给了平凡的戴莫夫之后，又爱上了画家里亚博夫斯基，后来被里亚博夫斯基抛弃，在丈夫去世时才发现原来一直爱着她的丈夫才是她应当追逐的英雄。二十几页作家便书写出情节跌宕的爱情故事，小说所传达的信息量远远超过其篇幅。这便得益于语句的重复。女主人公奥莉加重复说的话是"你们瞧他的脑门",这里的"他"指的是奥莉加的丈夫戴莫夫。奥莉加在自己的朋友面前重复这句话,体现出的是她从来没有看到丈夫的价值,没能平等地对待丈夫,而是一直把丈夫当作一个物品,在自己那些艺术家朋友面前打趣。这种重复体现了奥莉加的轻佻随意,对名人盲目崇拜,是一个在"爱情与背叛"之间跳来跳去的女人。戴莫夫常说的"请吧,诸位先生,请吃点东西"是对妻子的那些朋友说的。妻子和她的朋友们每周三来家里聚会,却一直忽视戴莫夫,戴莫夫似乎成了为他们服务的管家。然而,戴莫夫毫无怨言,虽然"请吧,诸位先生,请吃点东西"只在文本中重复了两次,但是读者却能想象到他在文本之外对妻子的无数次迁就。仅仅这两处重复便让戴莫夫善良温和的形象饱满了起来。画家里亚博夫斯基在文中三次重复道"我累了",每一次都表达着不同的意义,第一次是他的感情得到抒发、爱情得到回应的幸福,第二次是对奥莉加的厌倦,第三次是对奥莉加不屑一顾的嘲讽。三次重复传达出不同的信息,表现出里亚博夫斯基的情感变化,推动了情节的发展。可以说,作家的每次重复都别有用心。这些重复构成小说的骨架,推动情节的发展,也支撑起各个人物。同时,这些重复成为小说的题眼,均匀分布,不断呼应,时刻映射着小说主题。这些重复的语句,不仅仅是语句,还成为带有三位主人公记忆的符号。"你看他那脑门"指代着奥莉加的轻浮放荡，她对丈夫的忽视和对他人的推崇；"请吧，诸位先生，请吃点东西"代表戴莫夫对妻子无尽的爱，对妻子朋友的无限尊重，以及戴莫夫本人的善良、温和；"我累了"则指代着里亚博夫斯基的朝三暮四，虚情假意。作家将众多的信息压缩到这些重复的语句中，使得读者在阅读时领会到的不仅仅是这些重复的话语，还有其背后蕴含的丰富意义。除此之外，赘述还体现在这部小说的结尾设置上，小说结尾让人觉得画蛇添足，不符合作家的简洁风格。在结尾部分，奥莉加看到病死的丈夫痛哭流涕，后悔不已。读者沉浸在悲伤的氛围中，为戴莫夫感到可惜，对奥莉加感到痛恨，而小说也可以就此结尾，使读者的情感延续下去。但是，作家并没有这样做，而是接着写道："在客厅里，科罗斯捷列夫正在对女仆发话'干吗一个劲儿地死问？您上教堂看守人那儿去，问一声靠养老院养活的那些老太婆住在哪儿。她们自会擦洗尸身，装殓起来，该做的事都会做好'。"①作家以此结尾，像是赘述，阻断了读者的情感，使读者疑惑不解。实际上，这是结尾的目的所在——把读者从感性状态下拉回理性，走出文本，冷静思考。同时，这一结尾也表现出戴莫夫这一精神高尚的人在肉体上的死亡——他已经不再是戴莫夫了而是死者。这看似是赘述的结尾，却用短短三行字阐释出了丰富的意

---

① 契诃夫 . 契诃夫小说全集：第八卷［M］. 汝龙，译 . 北京：人民文学出版社，2016：328.

义，使小说不落俗套，饱含简洁之美。语句重复和结尾增叙看似是"赘述"实则是作家的独特创作手法，这一手法使丰富的信息凝练在有限的语句中，实现了繁与简的融合。应当说，契诃夫"为整个世界创造了全新的写作形式"。

19世纪末是托尔斯泰、陀思妥耶夫斯基和契诃夫闪耀余晖的时代，而20世纪初是众多流派诗人交相辉映的时代。这一时期，象征派、阿克梅派和未来派的艺术成果接续着俄罗斯文学的血脉。

19世纪90年代中期，随着巴尔蒙特诗集的问世和勃留索夫出版的三期《俄罗斯象征派》（1894—1895），象征主义成为俄罗斯文学中一个独特的流派。这一流派可以分为老一辈象征派和新一辈象征派。老一辈象征派的代表人物有巴尔蒙特、勃留索夫、吉皮乌斯等，他们的作品反映了一种"超越极限"的尝试，目的是寻找新的绘画艺术手段和理解存在"本质"的新形式。虽然象征派诗歌具备高超的创作技巧，但是其内在蕴藏的是哲学上的反动本质。20世纪初，象征派内部发生了变化，出现了新一辈的象征主义者——勃洛克、怀特、伊万诺夫、索洛维约夫等。与受到尼采、叔本华哲学和法国象征派诗人波德莱尔、魏尔伦、马拉美诗歌强烈影响的老一辈象征派不同，年轻的象征主义者主要通过哲学家索洛维约夫理解的斯拉夫主义思想为导向。因此，他们对俄罗斯历史充满兴趣，从宗教和神秘角度反映民族观念，相信俄罗斯肩负着特殊使命。

20世纪10年代初，象征主义被现代主义文学的新潮流——阿克梅派所取代。1913年，俄罗斯诗人古米廖夫在《阿波罗》杂志上发表了《象征主义的遗产与阿克梅主义》一文，宣告阿克梅派的诞生。古米廖夫、库兹明、阿赫玛托娃、曼德尔施塔姆、戈罗杰茨基等人是这一流派的代表人物，他们一起组成了"尖峰派"。阿克梅派的主张是反对含糊不清的非理性象征主义，力图创造一种清晰、和谐的艺术。这一流派提倡返回人世，返回物质世界，赋予诗歌语言明确的意义。阿克梅派的代表作品有：古米廖夫的《异国的天空》《箭筒》，阿赫玛托娃的《黄昏》《念珠》和曼德尔施塔姆的《岩石》等。加入阿克梅派的还有一群未来主义者，他们自称为"自我未来主义者"。

未来派是白银时代的第三大诗歌流派，其内部又分为自我未来主义和立体未来主义。1911年，诗人谢维里亚宁在圣彼得堡发表宣言《自我未来主义序幕》，其观点被称作"自我未来主义"。1912年，布尔柳克、卡缅斯基、赫列勃尼科夫、马雅可夫斯基等在莫斯科发表宣言《给社会趣味一记耳光》，其观点被称作"立体未来主义"。两者的区别在于自我未来派不满客观现实，宣扬个人至上。立体未来派则是现存秩序的叛逆者，否定文化遗产和资产阶级艺术。总的来看，未来派代表了俄罗斯艺术的真正未来主义方向。他们的作品反映了对资本主义世界的无政府主义的抗议，同时对过去的文化也表现出虚无主义的态度。未来派在诗歌创作上表现出极大的革新性，这一流派的代表作品是马雅可夫斯基的《穿裤子的云》。

白银时代的文学作品反映了当时的时代精神内涵。在动荡不安之下，诗人面对不知走向何处的国家，创作出的作品也充满不确定性和悲观的情绪。这一时期的文学作品的思想性更为复杂，是世纪之交人们价值求索的承载者。

生于 19 世纪 70 年代的尼古拉·别尔嘉耶夫是俄罗斯白银时代的亲历者，世纪之交的风云激荡孕育了其庞杂精深的思想。"白银时代"正是别尔嘉耶夫对世纪之交的俄罗斯文学做出的定义，他还将这一时代称为俄罗斯精神复兴、文化复兴和文艺复兴的时代。别尔嘉耶夫与白银时代的诗人们建立了深厚的友谊，并与他们进行着深刻的思想对话。在白银时代的三大流派——象征派、阿克梅派和未来派中，别尔嘉耶夫对象征派情有独钟。尤其引起别尔嘉耶夫关注的是：齐娜伊达·吉皮乌斯、安德烈·别雷、亚历山大·勃洛克。

第一节　别尔嘉耶夫与吉皮乌斯

齐娜伊达·吉皮乌斯（1869—1945）是 20 世纪初俄罗斯著名的象征主义诗人、作家、剧作家、文学评论家。因其奇特的美貌、犀利的语言和性格，被同时代人称为"女撒旦""女巫""颓废的圣母"。作为白银时代颇具影响力的人物，吉皮乌斯不仅创作诗歌、小说，还兴办杂志，并成为多个文学沙龙的创始人。

1869 年，齐娜伊达·吉皮乌斯出生在图拉省贝列夫镇，她的父亲尼古拉·吉皮乌斯是一名律师，当时正在图拉省工作。由于父亲的工作原因，一家人经常搬家，因此齐娜伊达和她的三个姐妹没有接受过系统的教育，主要依靠母亲的教导和自学。尼古拉·吉皮乌斯去世后，他的妻子和女儿们搬到了莫斯科。然而，不久之后这位未来的女诗人就因病搬到了雅尔塔休养身体。1885 年，齐娜伊达一家又搬到了梯弗里斯（今第比利斯）的亲戚家。就在那时，齐娜伊达·吉皮乌斯开始创作诗歌。

1888 年，吉皮乌斯在梯弗里斯附近的度假胜地博尔约米邂逅了诗人德米特里·梅列日科夫斯基。一年后，他们在大天使米迦勒教堂举行了婚礼。这段婚姻维持了 52 年，直至梅列日科夫斯基去世。婚后，这对夫妇搬到了圣彼得堡。在那里，吉皮乌斯结识了雅科夫·波隆斯基、阿波罗·梅科夫、德米特里·格里戈罗维奇、阿列克谢·普列谢耶夫、彼得·温伯格、弗拉基米尔·涅米罗维奇－丹钦科。她与年轻诗人尼古拉·明斯基和《塞维尼新闻报》的编辑安娜·叶夫列诺娃、米哈伊尔·阿尔博夫、柳博夫·古列维奇关系密切。在这一时期，她发表了自己早期的短篇小说，并在当时所有的大小杂志上发表过作品。

　　齐娜伊达·吉皮乌斯参加了弗拉基米尔·斯帕索维奇的莎士比亚圈子，并成为俄罗斯文学协会的准会员。在瓦尔瓦拉·伊克苏尔·吉尔男爵夫人的宅邸中，吉皮乌斯和梅列日科夫斯基结识了弗拉基米尔·索洛维耶夫，直到1900年这位哲学家去世，他们一直保持着联系。1901—1904年，齐娜伊达·吉皮乌斯参加并组织了宗教—哲学会议。吉皮乌斯在《新路》杂志上发表了这一时期的诗作，该杂志成为会议的印刷机关报。1905年的革命为齐娜伊达·吉皮乌斯的创作带来了新的主题：她开始关注社会和政治问题，她的诗歌和散文中出现了人民主题。女诗人和她的丈夫成为专制和保守主义的反对者。1906年2月，梅列日科夫斯基夫妇前往巴黎，在那里流亡了两年多。尽管这对夫妇身在法国，但他们与俄罗斯的出版商合作密切。在此期间，吉皮乌斯的短篇小说集《红剑》在俄罗斯出版。两年后，他们又与他们的朋友德米特里·菲洛索福夫共同创作了戏剧

《罂粟花》。

1908年，夫妇俩回到圣彼得堡。1908—1912年，齐娜伊达·吉皮乌斯出版了短篇小说集《白纸黑字》和《月球上的蚂蚁》——这些作品被作家认为是其作品中的佼佼者。1911年，吉皮乌斯在《俄罗斯思想》杂志上发表了长篇小说《鬼玩意》，成为未完成的三部曲中的一部。此时，作家以笔名安东·克莱尼出版了评论文章集《文学日记》。吉皮乌斯在文章中谈到了与马克西姆·高尔基领导的出版社以及古典现实主义传统文学。在吉皮乌斯的倡议下，巴黎于1927年成立了"绿灯星期天"文学和哲学协会，该协会一直存在到1940年。梅列日科夫斯基家聚集了来自国外的文学作家和思想家，其中有伊万·布宁和马克·阿尔达诺夫、尼古拉·别尔嘉耶夫和乔治·伊万诺夫、乔治·阿达莫维奇和弗拉季斯拉夫·霍达塞维奇。他们宣读了有关哲学、文学和社会主题的论文，讨论了流亡文学的使命，并讨论了梅列日科夫斯基在其诗歌中提出的哲学概念。

1939年，吉皮乌斯的诗集《光华》在巴黎出版。这是这位女诗人的最后一本诗集：在此之后，只出版了个别诗歌和诗集的介绍性文章。《光华》中的诗歌充满了怀旧和孤独之感。1941年，德米特里·梅列日科夫斯基去世。吉皮乌斯的丧夫之痛痛彻心扉，她在丈夫去世后感觉到自己已经随丈夫而去，只剩下尸体了。在生命的最后几年，这位作家创作了回忆录、亡夫传记以及大型诗歌《最后的圆圈》，该诗歌在 1972 年才出版。

齐娜伊达·吉皮乌斯只比德米特里·梅列日科夫斯基长寿 4 年。1945 年 9 月 9 日，齐娜伊达·吉皮乌斯与世长辞，享年 76 岁。这位女作家被安葬在巴黎的俄罗斯公墓，与她的丈夫葬在同一座墓穴中。

吉皮乌斯对诗歌的看法是与众不同的。在她看来，作诗是绝对私人的行为，诗歌是个人与上帝的交流，这使得她的诗歌具有鲜明的个人性和强烈的思想性。虽然被同时代人称为"颓废派的圣母"，但是其诗作具有超越颓废派的价值意义。总而言之，齐娜伊达·吉皮乌斯的作品具有时代意义，她在白银时代的影响力是毋庸置疑的。

思想家别尔嘉耶夫与诗人吉皮乌斯的交集始于 1901 年。这一年，思想家别尔嘉耶夫创建了宗教—哲学协会，而吉皮乌斯及其丈夫梅列日科夫斯基成为这一协会的首批参加者。这一协会创办了杂志《新路》及丰富多彩的沙龙，沙龙的举办地正是吉皮乌斯夫妇位于彼得堡的住宅"莫罗兹之家"。吉皮乌斯的家在当时被称为彼得堡的文化中心，被看作是俄国知识界的一块绿洲。作为沙龙的女主人，齐娜伊达·吉皮乌斯开始被称为"彼得堡的萨福""穿裙子的俄罗斯路德""绿眼美人鱼"和"俄罗斯的卡桑德拉"等。然而，这两位思想家与文学家的正式结识是在 1904 年。别尔嘉耶夫于 1904 年结束流放生活来到圣彼得堡，开始参与杂志《新路》的编辑工作。在这里，别尔嘉耶夫经朋友介绍，与梅列日科夫斯基和吉皮乌斯结识。得益于这次相识，别尔嘉耶夫开始了与俄罗斯文学的交往。别尔嘉耶夫接触到了聚集在彼得堡的几乎所有的俄罗斯文化精英，与他们共同探讨俄罗斯的未来出路，探讨俄罗斯人民的生活问题。别尔嘉耶夫与吉皮乌斯等文人的交流互动推动了俄罗斯白银时代文化的复兴。

别尔嘉耶夫在自己的回忆录中表示，自己在彼得堡最有意义的事情是与梅列日科夫斯基的相识。然而，令人出乎意料的是，别尔嘉耶夫与这对夫妇的友谊并不是始终友好的。事实上，别尔嘉耶夫与吉皮乌斯及梅列日科夫斯基进行频繁交往后确定了友谊，但是在这段关系中，他们大多数时间是相互敌视的，甚至到最后丧失了对话的可能性。在别尔嘉耶夫看来，他与这对夫妇拥有的精神类型是截然不同的，尽管别尔嘉耶夫对吉皮乌斯的诗才赞赏有加，但大多数情况下，这位思想家与这位文学家的想法是相左的。可以说，别尔嘉耶夫与吉皮乌斯是意见不合的朋友。关于别尔嘉耶夫对吉皮乌斯的评价主要在于三个方面，别尔嘉耶夫认为吉皮乌斯的作品充斥着过多的思想因而缺乏诗意；吉皮乌斯虽然属于颓废派，但是其作品中蕴藏的思想是积极的、具有斗争性的，因而其价值是超越颓废主义的；最让别尔嘉耶夫无法接纳的是吉皮乌斯的小圈子主义，这在很大程度上阻碍了两人友谊的进一步发展。

一、过多的思想与匮乏的诗意

齐娜伊达·吉皮乌斯的文学之路是丰富多元的。在吉皮乌斯正式登上文坛之前，也即 1888 年在《北方通报》期刊上发表作品之前，其诗歌是稚嫩天真的。这一时期，女诗人尚且年轻，诗歌中保留许多的天真。不过，尽管她早期的诗歌韵脚笨拙，词句冗长，情感不乏矫揉造作。但是深窥其本质，其早期诗歌"已经致力于建构诗学思想的哲学体系，定位于词语的抽象化、厘清口语体诗歌旋律方式的从属关系"[①]。可以看出，尝试诗歌创作的初期，吉皮乌斯的思想内涵是具备一定深度的，其创作态度是严肃认真的，对事物的观察是细致入微的。同其他初入诗坛的诗人们一样，这位在未来颇具影响力的女诗人起初也在模仿她的文坛前辈们。这使得她的诗歌逐渐褪去稚嫩，开始走向成熟。

1888 年对于齐娜伊达·吉皮乌斯来说是颇具意义的一年，这一年她结识了自己未来的丈夫梅列日科夫斯基，并正式踏入文坛，开始公开发表作品。与梅列日科夫斯基的结合对吉皮乌斯的影响是极大的，两位个性独特、思想尖锐的新人总是在日常的交流中激发出创作灵感。他们在文学创作上的关系是相互促进的，梅列日科夫斯基也总能对妻子的想法加以发展，从而建立起一种逻辑完备的学说。

[①] 俄罗斯科学院高尔基世界文学研究所 . 俄罗斯白银时代文学史：第二卷［M］. 谷羽，王亚民，等译 . 兰州：敦煌文艺出版社，2006：330.

吉皮乌斯在与丈夫结婚不久便迁居彼得堡，在那里二人进入了由众多知名前辈组成的协会，举办了丰富多彩的沙龙活动，探讨俄罗斯未来的发展之路，力图帮助人民走出困境。与众多思想家、文学家们的深入且频繁的交流帮助吉皮乌斯丰富了自己的学识，提升了自己的思想，并逐渐形成了自己的诗歌创作风格。

走向文坛的吉皮乌斯见证并经历了俄罗斯的白银时代。在这一时期，这位女诗人的诗歌才华得到充分展现，她创作爱情诗、宗教诗、政治诗。她的诗歌不仅有浪漫主义气息，还具备深刻的思想内涵，并且具有一定的现实意义。吉皮乌斯的诗歌韵律也是不同寻常的，诗人"在创作的起始阶段即自由运用三音节诗歌的变体，并且十分果断地打破音部的束缚，将多重音和反复的手法联系起来"①。除此之外，吉皮乌斯对词语的选择依照自己的一套章法。她的用词特点是——"一方面表现在内涵的缩小，几乎完全没有巴尔蒙特钟爱的无限扩展意义空间的名词词尾，但是另一方面又缺乏名词的任何具体说明。"②除了名词之外，其在定语的选择上也是缺乏个性的。实际上，词语的模糊性并没有导致意义的模糊。多个意义模糊的词语相互组合起来搭建出的是一个意义清晰的世界。"词语自身的结构致使吉皮

① 俄罗斯科学院高尔基世界文学研究所.俄罗斯白银时代文学史：第二卷［M］.谷羽，王亚民，等译.兰州：敦煌文艺出版社，2006：334.
② 俄罗斯科学院高尔基世界文学研究所.俄罗斯白银时代文学史：第二卷［M］.谷羽，王亚民，等译.兰州：敦煌文艺出版社，2006：335.

乌斯的诗歌世界浓缩起来，力求达到人们从未企及却永远期望的共同点。"①独具风格的创作形式和思想深邃的诗歌内涵让齐娜伊达·吉皮乌斯在白银时代闪耀出自己的光辉。

齐娜伊达·吉皮乌斯对诗歌极其珍视。这位诗人创作的频率极低，一年仅仅创作一首诗。写诗对于她来说是纯粹的情感抒发，是与上帝的交流。每每创作完一首诗，这位全情投入的女诗人都觉得酣畅淋漓。这位有才华的女诗人受到了同时代著名思想家别尔嘉耶夫的关注。这位思想家十分欣赏她的诗歌才华，却不承认她的诗歌具有诗意，甚至觉得它们是反诗意的存在。

别尔嘉耶夫认为吉皮乌斯总是不厌其烦地寻找意义，她对意义的热爱甚至超过了对生活的热爱。所以，在吉皮乌斯的诗歌中意义是冗杂的、是负载的，这便导致诗歌的诗意不足。吉皮乌斯过多地关注意义，过度地投入个人情感等多方面原因影响。在个人层面，齐娜伊达·吉皮乌斯是一个不幸福的人，甚至是一个痛苦的人。别尔嘉耶夫对她的印象便是如此，他从这位女诗人身上感受到的是蛇蝎一般的冷酷，没有人类的任何一丝温暖。这样的生活状态致使她情感充沛，思想敏锐。在团体层面，吉皮乌斯在彼得堡参加多个哲学协会和文化沙龙，并且是颓废派中的重要成员。在这一团体中助长了吉皮乌斯的极端情绪，他们

---

① 俄罗斯科学院高尔基世界文学研究所.俄罗斯白银时代文学史：第二卷［M］.谷羽，王亚民，等译.兰州：敦煌文艺出版社，2006：335.

的自我中心主义、封闭主义和小圈子倾向都要依托思想上的相互捆绑。在时代层面，吉皮乌斯所处的白银时代是精神错乱的时代，是多种问题悬而未决的时代，各种思想萌发着，充斥着，激荡着。

别尔嘉耶夫对这个时代的诗歌保留着某种程度的失望，他渴望在这个思想横流的时代可以萌生出一些富含诗意的作品。这位思想家没能在这位女诗人的诗歌中看到这一点，但是前者没有否定后者的诗才。正是这位独具慧眼的思想家让更多的人了解到这位富有独特魅力的俄罗斯的萨福。

二、超越颓废主义与斗争精神

齐娜伊达·吉皮乌斯拥有"颓废派的圣母"之称，她是极端颓废派的一员。而在别尔嘉耶夫看来，吉皮乌斯具有超越颓废主义的精神内涵。别尔嘉耶夫在 1901 年所写的文章《克服颓废主义：论齐娜伊达·吉皮乌斯》中详细表达了自己的看法。别尔嘉耶夫认为吉皮乌斯身上表现出其他颓废派成员所不具备的克服颓废主义的可能性。

在这篇文章中，别尔嘉耶夫首先赞扬了吉皮乌斯的诗歌才华。进而，这位思想家对这位女诗人表示惋惜。惋惜的原因在于，吉皮乌斯享有极端颓废者的名誉，她的著作被认为是任何人都无法理解的，也没有任何理解的必要。颓废派出身的吉皮乌斯只在自己的小圈子里受到欢迎，除此之外几乎没有人读过她的作品，当时也没有一家综合性刊物愿意刊登她的作品。不过，别尔嘉耶夫在这篇文章中坦言，任何人只要认真地、不带偏见地读过安东·克莱尼（齐娜伊达·吉皮乌斯的笔名）的《文学日记》，就不得不承认这是一位非常聪明的作家，她思维敏锐，对生命的更高意义充满信心，并且不懈地向上奋斗。在别尔嘉耶夫眼中，吉皮乌斯是一位才华横溢的女诗人，独一无二，但在当时鲜为人知。20世纪伟大的思想家别尔嘉耶夫慧眼识珠，发现了这位被尘灰遮掩的珍宝。在世纪之交，吉皮乌斯被认为是俄罗斯颓废运动的先驱之一，但这只是对吉皮乌斯不全面的介绍。虽然吉皮乌斯与颓废派有着不容置疑的关系，但是她在颓废派中具有非常特殊的地位，因为在她身上已经勾勒出了克服任何颓废派的可能性。别尔嘉耶夫认为，在吉皮乌斯的诗中有一些黑暗的东西，一些恶魔般的神秘主义及危险的双重性，但她从未失去希望，这正是吉皮乌斯克服颓废主义的地方。

在吉皮乌斯的颓废主义时期，她超越了人格的界限，超越了"我"与"非我"的区别，试图像爱上帝一样爱自己，她从未与颓废的印象主义、颓废的非个人主义混为一谈。吉皮乌斯不知疲倦地与自己内心的某些阴暗因素作斗争，不想摧毁自己的人格，反对严苛的黑暗势力。吉皮乌斯以救赎的名义与自己进行的这种内心斗争的意义，使她有别于那些颓废者。实际上，吉皮乌斯的颓废主义本身就与唯美的颓废主义有很大区别。在吉皮乌斯看来，生活是极端的复杂，而不是极端的简单。她不赞同唯美主义的颓废派观点，无法依赖虚假的幻想生活。反之，吉皮乌斯的颓废主义与陀思妥耶夫斯基的颓废主义有很多共同之处。他们试图在沉沦之中寻找生活的希望，寻求自我的精神救赎。诗人齐娜伊达·吉皮乌斯很少感受到幸福，生活对她来说是艰难的，但是她在争取进行自我拯救，她的生活态度是积极的，具有斗争性的。

此外，吉皮乌斯之所以具有克服颓废主义的潜质与其性格密不可分。在别尔嘉耶夫眼中，吉皮乌斯是一位渴望新生活的新时代女性，对这样的女性来说，琐碎的旧生活是她们所不能承受的，是极其无聊的。她们认为，只有事件才能带来新生活，于是她们欢欣地追逐飞奔向前的列车，疾驰的列车使人看到新的生活、新的天地。当时，许多人都在谈论日常生活的死亡，并对日常生活进行批判，其中就包括吉皮乌斯。这种对日常生活的批判实际上代表的是对精神生活的积极向往。别尔嘉耶夫清晰地发现，吉皮乌斯身上最为宝贵的品质正是同鄙俗、同平庸，同生活的庸常、同生活的单调的不懈斗争。"安东·克莱尼无法忍受庸常，无法忍受绝望，不愿多愁善感，她永远希望并给人以希望。她无法忍受与无意义的生活妥协，这一不妥协性就已经具有巨大的意义。"[1] 这是这位女诗人身上所具备的超越性。

---

① 耿海英. 一个反诗意的存在：别尔嘉耶夫论季·尼·吉皮乌斯［J］.
中州大学学报，2012（6）：53.

　　齐娜伊达·吉皮乌斯对颓废主义的超越具有极大的进步意义。她对颓废主义的克服直接给予思想性薄弱的、肤浅的唯美主义沉痛的一击，在别尔嘉耶夫看来这一打击是比他们这些保守派的冲击力强大的。别尔嘉耶夫认为，吉皮乌斯身处颓废派阵营，却没有被颓废主义思想淹没，而是对其进行超越，为艺术的自由发展做出了贡献。不过，吉皮乌斯对颓废主义的超越并不是绝对成功的，这一超越有其局限性。别尔嘉耶夫认为，安东·克莱尼战胜颓废，与颓废作斗争，但她是在一个封闭的圈子里进行战斗的，她与颓废的尖锐斗争只有接触过这个圈子的人才能理解，这就使得这一超越没能发挥其应有价值，没能实现吉皮乌斯想要实现的目标。除此之外，吉皮乌斯对颓废派的超越甚至可以说是一次失败的尝试。在别尔嘉耶夫撰写的这篇文章的结尾，这位思想家在读了这位女诗人的新作《白箭》时表露出极大的失望。这位思想家发现，安东·克莱尼还没有战胜颓废，还没有战胜颓废的自恋和颓废的蔑视世界的态度，还没有从颓废的怪圈中走出来，走向广阔的世界生活，这是令别尔嘉耶夫感到遗憾的。

　　总的看来，齐娜伊达·吉皮乌斯作为一位极端颓废者，其本身具有强大的保守性、顽固性，因而对其的抗争具有一定的困难性、挑战性。吉皮乌斯尝试超越颓废主义，追求新的生活和新的事物，尽管这一尝试的结果是失败的，但是其价值和进步性是毋庸置疑的。这一尝试不仅增添了吉皮乌斯诗作及其哲学思想的复杂性、深刻性，也为世纪之交的思想交流注入了生机与活力。吉皮乌斯个人的积极尝试反映出风云变幻的世纪之初各种思想萌发的生机勃勃之景。

三、小圈子倾向

别尔嘉耶夫与吉皮乌斯是意见不合的一对朋友，而别尔嘉耶夫与梅列日科夫斯基则连朋友的关系都没有建立。其中最为突出的原因当属前者对后者封闭主义的嗤之以鼻。梅列日科夫斯基思想的封闭性、宗派的排他性、观念的极端性，正是别尔嘉耶夫所避之不及的，甚至是大加批判的。相互矛盾的世界观导致二人无法维持友好的交往，更加阻碍了二人在思想上的交流和在文学工作上的互动。

别尔嘉耶夫明确表示："梅列日科夫斯们一直有构造自己的小王国的倾向，并且很难容忍脱离他们并批评他们文学思想的人，他们有宗派主义的权欲，周围的环境是神秘主义的小圈子。"① 也就是说梅列日科夫斯基所在的团体或组织更倾向于抒发自己的情感，传播自己的观念，而不是吸收来自各方的思想及意见。这就失去了对话的可能，进而搭建一个单一的、封闭的、绝对话语权的压制的王国。对于追求自由、多元、开放的别尔嘉耶夫来说，这是令人窒

① 别尔嘉耶夫.自我认识：思想自传［M］.雷永生，译.上海：上海三联书店，1997：134.

息的、退步性质的行为。两人的关系势必会走向敌对。对此，别尔嘉耶夫说："我与梅列日科夫斯基没有私人的交往，这种私人交往大概是不可能的，他不听任何人的话，也无视人们。在梅列日科夫斯基的沙龙环境中存在某种超个体的、弥漫于空气中的不健康的魅力……梅列日科夫斯基派一直自称'我们'，并希望吸引那些与他们接近的人加入这个'我们'。"① 显然，在别尔嘉耶夫看来，梅列日科夫斯基们与异己者划出了清晰的界线，并且不会尝试接受他人的观点和不同的声音。作为拥有绝对独立人格的别尔嘉耶夫，他认为梅列日科夫斯基的这种行为是倒退的，是不可取的，而自己是坚决反对这样的思想传播方式的，自然不会加入他们的"我们"。

作为梅列日科夫斯基的妻子，齐娜伊达·吉皮乌斯自然也属于这一小圈子的一员。虽然，在别尔嘉耶夫看来吉皮乌斯具有明确的、清晰的思维以及朴素的、通俗的语言，但是别尔嘉耶夫同样觉得吉皮乌斯具有某种视觉上的欺骗性。别尔嘉耶夫说道："看起来，安东·克莱尼的思路清晰、连贯，语言简洁、通俗。但这种清晰和简洁只是表面现象，其中还存在着某种视觉欺骗。安东·克莱尼的话往往只有极少数人能够理解。尽管安东·克莱尼的创作亲和，但是其仍然是一个圈子里的作家。她想走出封闭的亲

---

① 别尔嘉耶夫.自我认识：思想自传 [M].雷永生，译.上海：上海三联书店，1997：135.

密圈子，想对每个人说话，但她并不总是成功的，在最重要的事情上，她仍然只有少数人能够理解。安东·克莱尼战胜颓废，与颓废做斗争，但她是在一个封闭的圈子里战胜颓废的，她与颓废的尖锐斗争只有接触过这个圈子的人才能理解。这些特殊性使安东·克莱尼的作品尖锐而有趣，但同样这些特殊性也会引起困惑。安东·克莱尼过于确信自己的道路是唯一忠实的，而对其他通往罗马的道路缺乏足够的理解。"① 由这段话语可以看出，别尔嘉耶夫对齐娜伊达·吉皮乌斯的文学才华是充满肯定的。令别尔嘉耶夫感到遗憾的是这位天才女诗人思想的封闭性，这种封闭性会阻碍诗人的进步。因为吉皮乌斯持有的是一种圈子观点，而如果想扩大自己的思想影响，与其他不同的思想进行交流，就必须摆脱这种圈子观点。同样，这也阻碍了别尔嘉耶夫走近吉皮乌斯，欣赏这位作家的独特的艺术魅力。

别尔嘉耶夫还表示："我们的安东非常极端，她也有一种偏见，认为只有在最极端的情况下才是真善美。强加给自己的极端责任使她无法欣赏世界运动和发展中的保守因素。"② 可见，吉皮乌斯深知自己是极端的，并且赞成这样的极端。这一点不仅从别尔嘉耶夫的描述中可以窥见一斑，从吉皮乌斯的笔名也能有所理解。吉皮乌斯的笔名克莱尼，

① Бердяев Н. А. Духовный кризис интеллигенции[М]. СПб.: тип. т-ва "Обществ. польза", 1910: 157.

② Бердяев Н. А. Духовный кризис интеллигенции[М]. СПб.: тип. т-ва "Обществ. польза", 1910: 157.

其俄文是"Крайний",意思是"极端的"。可以看出,吉皮乌斯明白自身的极端性,赞成这种极端性,并且宣扬这种极端性。可以说,吉皮乌斯就是"极端"的代名词。别尔嘉耶夫对此发出了自己的忠告,他希望吉皮乌斯能够走出令人窒息的怪圈,更多地欣赏这个世界的价值。

别尔嘉耶夫之所以与吉皮乌斯所在的圈子格格不入,也有自身的性格原因。别尔嘉耶夫自身强烈的人格主义与梅列日科夫斯基的封闭主义针锋相对,自然不会融入他们所称之为的"我们"。别尔嘉耶夫坚持个性与自由。按别尔嘉耶夫的性格来说,他无限地热爱自由,并且一直争取个性的独立,不容许把个性的独立溶解到无个性的自发力量中。别尔嘉耶夫将自己精神上的自由与20世纪初占主导地位的思想氛围对立起来。别尔嘉耶夫表示:"我努力进行交往,努力结识新的人们,努力检验一切,努力拓宽知识,努力丰富自己。"[①]因为,别尔嘉耶夫本人是具有多层次和多结构的人。别尔嘉耶夫认为自己的本性是不属于任何组织的,他常常远离各种集团。别尔嘉耶夫的想法总是遭到大部分人的反对,甚至于与他人发生决裂不得不搬到其他城市的程度。这是因为别尔嘉耶夫崇尚自由,不喜欢约束。他在回忆录中明确说道:"我一直厌恶咬文嚼字、娇气十足的环境、小圈子里的封闭性、期待着赞扬自己诗作的

---

① 别尔嘉耶夫.自我认识:思想自传[M].雷永生,译.上海:上海三联书店,1997:136.

诗人的自我中心主义、被神秘主义学说所谬误的无意识的谎言。"①

　　别尔嘉耶夫与吉皮乌斯、梅列日科夫斯基是个性鲜明的两类人，前者代表开放性的话语，后者则代表封闭式的话语。兼收并蓄的思想家别尔嘉耶夫与特立独行的文学家吉皮乌斯之间的对话是无比奇妙的，引人深思的。

第二节　别尔嘉耶夫与勃洛克

　　20世纪初的俄罗斯是风云多变、激流丛生的年代。别尔嘉耶夫认为，"只有生活在这个时代的人才能了解：我们感受着怎样一种创作激情，怎样一种精神潮流充满了俄罗斯人的心灵"②。这样一个充满着无限危机，又充满着无限可能的时代孕育出众多有才华的人，亚历山大·亚历山大罗维奇·勃洛克就是其中之一。

　　亚历山大·亚历山大罗维奇·勃洛克（1880—1921）是象征派最具影响力的诗人之一，是俄罗斯白银时代的一颗璀璨明星。亚历山大·勃洛克在读中学之前就写下了自

---

① 别尔嘉耶夫.自我认识：思想自传［M］.雷永生，译.上海：上海三联书店，1997：137.

② 别尔嘉耶夫.俄罗斯思想［M］.雷永生，邱守娟，译.北京：生活·读书·新知三联书店，1995：215.

己的第一首诗。14 岁时，他便出版了手写刊物《公报》；17
岁时，他在家庭剧院的舞台上表演戏剧；22 岁时，他在瓦
列里·布留索夫的《北方之花》年鉴上发表了自己的诗作。
勃洛克创作了富有诗意和神秘色彩的"美妇人"形象，并
撰写了评论文章，成为白银时代最著名的诗人之一。

亚历山大·勃洛克于 1880 年 11 月 28 日出生于圣彼得
堡。他的父亲亚历山大·利沃维奇·勃洛克出身贵族，是
华沙大学法律系的教授。勃洛克的母亲是圣彼得堡大学校
长安德烈·别克托夫的女儿，名为亚历山德拉·安德烈耶
芙娜·别克托娃。勃洛克出生后，父母便分居生活。1883—
1884 年，亚历山大·勃洛克与母亲、姨妈和外祖母一起生
活在意大利。1889 年，勃洛克的父母正式解除婚姻关系。
此后不久，勃洛克的母亲再婚，嫁给了近卫军军官弗朗
茨·库布利茨基·皮奥图赫。

1891 年，亚历山大·勃洛克被送入维金斯基中学，就
读二年级。那时，他已经开始尝试创作小说和诗歌。1894
年，勃洛克开始出版杂志《公报》，全家都参与了他的文学
游戏。编辑部成员包括他的堂、表兄弟和他的母亲。外祖
母伊丽萨维塔·别克托娃编写故事，外祖父安德烈·别克
托夫绘制插图，《公报》共计出版了 37 期。除诗歌和文章外，
亚历山大·勃洛克还在《公报》上创作了小说，小说刊登
在期刊的前 8 期上。

1897 年，勃洛克随母亲前往德国的温泉小镇巴特诺格

海姆。在这里，他第一次坠入了爱河——与一位国务委员的妻子克休莎·萨多夫斯卡娅相爱。当时勃洛克17岁，他的爱人37岁。诗人献给萨多夫斯卡娅一首诗——《黑夜降临大地。你和我是孤独的……》，这首诗成为他的第一首自传体作品。他们的会面机会极少，因为勃洛克的母亲坚决反对儿子与成年已婚女士交往。然而，年轻诗人的热情并未消退，他在圣彼得堡与这位女子多次会面。

1898年，亚历山大·勃洛克高中毕业，同年8月进入圣彼得堡大学法律系学习。然而，法学并没有吸引这位年轻的诗人，他对戏剧产生了强烈的兴趣。勃洛克的每个假期几乎都是在祖父的庄园——沙赫马托沃度过的。1899年夏天，他在邻近的波布罗沃庄园上演了《鲍里斯·戈杜诺夫》《哈姆雷特》《石头客人》等剧目，并且亲自参加了演出。

三年后，勃洛克转入历史和语言学院。他开始结识彼得堡的文学精英。1902年，他与齐娜伊达·吉皮乌斯和德米特里·梅列日科夫斯基成为朋友。同年，瓦列里·布留索夫将亚历山大·勃洛克的诗作收入年鉴《北方之花》。

1903年，勃洛克与柳博芙·门捷列娃（著名化学家门捷列夫之女）结婚。当时他们已经相识八年，相恋五年。1904年，勃洛克在莫斯科结识了安德烈·别雷，两人成为挚交。1905年，俄国爆发了第一次革命，这反映在亚历山大·勃洛克的作品中，他的诗歌中出现了新的元素——暴风雪、自然现象。1907年，诗人完成了诗集《白雪假面》，诗剧《陌生女郎》和《滑稽草台戏》。勃洛克在象征派刊物《生活问题》《天秤座》《佩列瓦尔》上发表了作品。1907年，诗人开始在《金羊毛》杂志上领导一个文学批评部门。一年后，勃洛克的第三部诗集《诗歌中的土地》出版。

1909年，亚历山大·勃洛克的父亲和养子相继去世。为了从悲伤中恢复过来，诗人和妻子前往意大利和德国旅行。这次旅行给诗人留下深刻印象，亚历山大·勃洛克为此创作了诗集《意大利诗歌》。诗集出版后，勃洛克进入了"诗歌学院"，又名"艺术狂热者协会"。该协会由《阿波罗》杂志社的维亚切斯拉夫·伊万诺夫组织，成员还包括伊诺肯提·安年斯基、瓦列里·布鲁索夫。

1911年，勃洛克再次出国旅行——这次是法国、比利时和荷兰。同年，他的另一部诗集《夜晚时光》出版。一年后，亚历山大·勃洛克完成了剧本《玫瑰与十字架》，并将自己的五部诗集汇编成三卷本诗集。在诗人有生之年，这本诗集再版了两次。在此期间，勃洛克还撰写文学评论文章，发表演讲和讲座。

1912年底，亚历山大·勃洛克着手重写《玫瑰与十字架》。他于1913年1月完成了该剧，4月他在诗人协会朗读了该剧，并亲自与斯坦尼斯拉夫斯基会面。8月，该剧发表。然而，该剧几年后才在莫斯科艺术剧院上演。

1913年12月，勃洛克见到了安娜·阿赫玛托娃——她带着勃洛克的三卷本诗集来拜访他。前两卷诗人署名"阿赫玛托娃—勃洛克"，在第三卷中，他写了一首事先准备好的狂想曲。

1916年，勃洛克应召入伍，成为全俄联盟工程部的计时员，部队驻扎在白俄罗斯。1918年初，诗人创作了诗歌《十二人》和《斯基泰人》。勃洛克在自由哲学协会做了报告，准备重印他的三部曲。这一时期他还是戏剧和文学委员会以及"世界文学"出版社编辑委员会的成员。

1919年8月，新诗集《抑扬格》问世，勃洛克被任命为人民教育委员会文学部成员。这一阶段，诗人疲于工作。勃洛克曾在一封信中写道："几乎有一年的时间我不属于我自己，我忘记了写诗和构思诗……"[1]

勃洛克的健康状况每况愈下。然而，他仍坚持写作和演讲，1920年，他编写了诗集《灰色的早晨》。1921年2月5日出版了诗集《致普希金之家》，2月11日在普希金之家举行的纪念普希金晚会上，勃洛克发表了著名的演讲《论诗人的职能》。

1921年春，亚历山大·勃洛克申请出国治疗，但遭到拒绝。5月29日，马克西姆·高尔基写信给卢那察尔斯基，说有必要让勃洛克去芬兰治疗。6月18日，勃洛克销毁了他的部分手稿。7月3日，他又销毁了几本笔记本。8月7日上午，亚历山大·勃洛克在彼得格勒（今圣彼得堡）的公寓里病重离世，被安葬在斯摩棱斯克墓地。

---

① 勃洛克在1919年1月3日写给 H. A. 诺勒 – 科根的信。

　　思想家尼古拉·别尔嘉耶夫与诗人亚历山大·勃洛克是同时代的人，两人曾相识并一起共事。别尔嘉耶夫年长于勃洛克，又晚于后者数十载离世。可以说，别尔嘉耶夫见证了勃洛克的一生。这位思想家对这位才华横溢、英年早逝的诗人评价甚高。在别尔嘉耶夫心中，亚历山大·勃洛克是继费特之后俄罗斯最伟大的诗人。可以说，20 世纪初是象征主义的时代，亚历山大·勃洛克是 20 世纪初最伟大的诗人。

　　别尔嘉耶夫曾对勃洛克的《十二个》给予高度评价。他认为这是一部奇妙的、近乎天才的作品，是描写俄国革命的最好的作品。勃洛克的作品以犀利的眼光窥探可怕的现实，对动荡不安的未来做出准确的预言，尝试在神秘之中寻找前进的希望。亚历山大·勃洛克既是精神导师，又是预言家。别尔嘉耶夫认为，在勃洛克死后，人们称他为俄罗斯的第一诗人，这是无比正确的。

　　别尔嘉耶夫不仅是勃洛克的欣赏者，也是勃洛克的坚定捍卫者。1931 年，一位来自彼得格勒的牧师发表了对于诗人勃洛克的评论文章。这位牧师开篇便讲述了写作此篇文章的缘由——在诗人逝世五周年之际，作家联盟和莫斯科大剧院安排了一场缅怀勃洛克的晚会。由于剧院不满意有关于勃洛克的报道和演出，要求这位牧师以诗人的诗歌朗诵注释的形式介绍诗人的作品。文章中，牧师肯定了勃洛克诗歌的重要价值及意义，而文章的局限在于其视角较为单一，牧师主要从宗教层面评价勃洛克诗歌的意义。这位牧师认为，勃洛克的诗歌具有神秘主义的特征，诗歌中的幻觉是真实的，却也是匮乏的。这位牧师还发现，勃洛克诗歌中存在一种碰撞——高雅的诗歌与粗鲁的教派臆想的碰撞。勃洛克诗歌中的美丽女神总是容貌多变，由圣洁变为堕落。因而牧师认为"亵渎圣母"是勃洛克恶魔主题的重要表现。牧师极其看重勃洛克诗歌中的宗教内蕴，他甚至断言，只有在东正教的指引下才能理解勃洛克。

对此，别尔嘉耶夫发表了不同的看法。这位思想家认为牧师的上述评价有失公正，勃洛克作为一名伟大的诗人，其诗歌的价值是永恒的，内蕴是丰富的，是不会仅仅受限于某个单一层面的。别尔嘉耶夫感受到了勃洛克诗歌的丰富性，并站在客观公正的立场上为这位诗人辩驳。别尔嘉耶夫在同一年发表文章——《为亚历山大·勃洛克辩护》，思想家在文章中对诗人的创作风格、创作特色、创作思想进行了细致的分析。

一、抒情大师

亚历山大·勃洛克短暂的一生创作了大量的抒情诗，他的抒情诗真情流露、自然真诚，具有强烈的生命力和生活气息。思想家尼古拉·别尔嘉耶夫感叹，在勃洛克的诗歌中，抒情元素得到了最纯粹、最完美的表达，勃洛克是最伟大的抒情诗人之一。

在 19 世纪末 20 世纪初，俄罗斯处于即将发生大变革的风云激荡之中。世纪之交的知识分子为祖国和人民的未来感到烦忧，却苦于寻找不到出路，只能退居到个人的情感世界里，他们创作诗歌，抒发个人情感，借助各种朦胧的意象传达含混的意义。这样一批诗人创作出的诗歌被称为象征主义诗歌，这些诗人们也逐渐组成了白银时代最为耀眼的诗歌流派——象征派。勃洛克是新一辈象征派的代表人物，他的诗歌是象征主义诗歌中璀璨的瑰宝。勃洛克的象征主义诗歌创作主要集中在 1905 年之前，这一时期的诗歌抒情色彩十分浓厚。《我信任太阳的约言……》是诗人在 1902 年创作的诗歌：

　　　　　　我信任太阳的约言，
　　　　　　我看见远方的晨曦。
　　　　　　我期待全世界的光明，
　　　　　　从春色的大地上升起。

　　　　　　靠虚诳生活的一切，
　　　　　　它们颤抖着慌忙逃遁。
　　　　　　在我面前的一片泥泞，
　　　　　　闪出一条金色的小径。

　　　　　　我穿过森林，

百合花在那儿珍藏。

在我头顶的高空上，

遍布着天使的翅膀。[①]

　　诗人的这首诗是典型的象征主义诗歌。诗歌中出现了多个意象的叠加：太阳、晨曦、光明、春色、泥泞、金色的小径、百合花、天使。诗人以第一人称"我"为叙述者，借助一系列同类型的意象，表达自己渴望世界走向光明未来的美好期许。

　　同年，诗人创作了《天上是淡淡的云霓……》：

天上是淡淡的云霓，

远方是雄鸡的鸣啼。

谷物正在田野成熟，

萤火虫儿一亮一熄。

赤杨枝条渐渐转青，

一点火光在对岸眨着眼睛。

透过奇异迷蒙的云雾，

当是矫健的群马在奔腾。

---

① 勃洛克. 勃洛克诗歌精选［M］. 丁人，译. 太原：北岳文艺出版社，2010：61.

············

> 我自言自语，自编自唱——
> 我心中从未有过的乐章。
> 一些灰色的枯枝在摇晃。
> 仿佛那是它们的手臂和面庞。[①]

　　勃洛克以费特的一句诗句"又是一个不能实现的幻想"作为引文，传达出自己因幻想破灭招致的淡淡的忧愁。诗歌中描绘了冬日的萧条景象，通过添加大量的定语（淡淡的云霓、转青的赤杨枝条、奇异迷蒙的云雾、矫健的群马、灰色的枯枝）使得诗歌的节奏更加舒缓，似乎是将心中的忧愁像烟雾般渐渐叙说出来。诗人这一时期创作的另一首诗歌《只要她会到来……》同样运用了这样的手法，"蔚蓝的天空、碧绿的水面、平静的湖水"叙说着诗人漫漫的等待，传达诗人细腻的忧思。

　　勃洛克表示，他的某些诗歌沾染了颓废派的毒液。实际上，象征派与颓废派之间的关系是相互交织、无法厘清的。有学者将象征派称作颓废派，也有学者将二者分开讨论，认为不可将二者简单地混为一谈。颓废派与象征派的明显区别在于前者鲜明的负面情绪倾向。除此之外，颓废

---

① 勃洛克.勃洛克诗歌精选［M］.丁人，译.太原：北岳文艺出版社，2010：73.

派诗人尝试在道德规范之内寻求被禁止的欢愉，甚至追求超越自然的感受。

> 我在黑暗中寻求同情和欢乐，
> 看不见的神灵世界在夜空闪烁。
> 林中响彻着夜莺的歌声——
> 声声注进我的心窝。
>
> 忽然，一颗午夜的星星陨落，
> 蛇儿又在咬啮着我的心房……
> 我走在黑夜里，默默重复说，
> 我的奥菲利娅，这是为什么？ [①]

　　诗人于 1898 年在门捷列夫庄园演出后创作出这首诗歌，诗歌与莎士比亚的喜剧《哈姆雷特》相呼应。诗歌延续了《哈姆雷特》中的情节，寻求被压制的爱情，也代表了诗人对爱情的追求。除此之外，诗歌中还穿插着对超自然力的描写，颇具颓废派之风。

> 晴朗的蓝天上，
> 飘浮着悠悠的白云，

---

① 勃洛克.勃洛克诗歌精选［M］.丁人，译.太原:北岳文艺出版社，2010:8.

森林一片寂静，

我的道路遥远又艰辛。

疲惫的马儿喷着响鼻，

何时才能到达幽静的目的地？

在那儿，在森林后面，

传来了悦耳的歌声……

呵，假如歌声沉寂，

我将感到十分窒息，

马儿将会躺在地上，

我也没有说话的气力。

悠悠的白云在慢慢浮动，

周围的森林是一片静谧，

我的道路遥远又艰辛，

唯有歌声是我的伴侣！ ①

　　这是勃洛克在新世纪之初创作的诗歌，诗歌中明显的特征是语句的重复。"森林是一片寂静""我的道路遥远又艰辛"反复出现，加深了诗人孤独的情绪和迷茫的感受，

---

① 勃洛克. 勃洛克诗歌精选［M］. 丁人，译. 太原：北岳文艺出版社，2010：38.

使情感表达更加强烈。这种重复的手法是颓废派典型的创作方法，颓废派诗人以此表达浓厚的情感，这种情感通常是消极的。不过，勃洛克对自己的读者发出忠告，他劝告自己的读者不要陶醉于他诗歌中的忧郁情绪，他衷心希望读者能从他的诗歌中汲取"生活的力量"，读出关于未来的东西。

亚历山大·勃洛克与柳博芙·门捷列娃的爱情故事被称为一段佳话，虽然婚后两人也有不和的传言，但是勃洛克对爱情的追求是炽热的。勃洛克创作了许多爱情的诗歌，诗歌中饱含浪漫主义的抒情气息。

《我为你害了相思病》《我又梦见了你》《亲爱的朋友》等都是诗人早年创作的爱情诗歌。诗中既有痛苦的相思——"我为你害了相思病，你的倩影常常萦绕在我的梦境。但我屈从于不幸的命运，我不敢向你倾诉衷情。"① 又有爱而不得的痴狂——"可是我，我是一个被推翻的王子，现在，在你的面前，我跪着，我想：哪儿有我的幸福，我就会向哪儿屈服。"② 还有坚定自信的表白——"让严冬的风暴在周围咆哮吧，我将永远和你同在！我将用我整个的身心来

---

① 勃洛克．勃洛克诗歌精选［M］．丁人，译．太原：北岳文艺出版社，2010：14.

② 勃洛克．勃洛克诗歌精选［M］．丁人，译．太原：北岳文艺出版社，2010：16.

保护你，保护你不受严寒侵害。"①勃洛克是爱情的歌唱家，
是爱的使者。

勃洛克是白银时代的抒情大师，抒情是勃洛克诗歌的
重要特征。借助于多种意象的堆叠、语句的重复、韵律的
合理设置，亚历山大·勃洛克抒发出内心的细腻情感，使
语言具有情感和生命。可以说，勃洛克的诗歌是 20 世纪之
初罕见的具有诗意的诗歌。

二、与"逻各斯"格格不入的人

虽然，诗歌是诗人感性的结晶，诗人也通常是感性的，
但是亚历山大·勃洛克的感性程度超乎其他人。思想家别
尔嘉耶夫评价勃洛克是俄罗斯诗人中最不具理智的人。在
与勃洛克的交流中，思想家别尔嘉耶夫总是无法理解诗人
的话语，就像不能理解他的诗歌一样。在别尔嘉耶夫看来，
诗人勃洛克不是缺乏理智，而是超越了理智。与同时代具
有理性的诗人不同，如维亚切斯拉夫·伊万诺夫，勃洛克
是一位与"逻各斯"格格不入的人。

《儿子和母亲》是诗人勃洛克 1906 年为母亲写下的诗
歌，诗歌在叙述视角上不受拘束，总体运用第三人称的全
知视角，中间穿插第一人称口吻。

---

① 勃洛克.勃洛克诗歌精选［M］.丁人，译.太原：北岳文艺出版社，
2010：18.

儿子将离开自己的家园，

他画十字为自己祝愿。

母亲留在家乡，

但在母亲心中有金色欢乐的歌唱：

愿儿子四海名扬，

愿儿子幸福无量！

…………

呵，我的儿子，他头顶霞盔，

身披灿烂的霓衣云裳，

他把一根根闪光的利箭

射向黑压压的森林呵荒凉的牧场！ [①]

　　灵活自由的叙述并没有招致意义的混乱——第三人称将故事铺陈开来，第一人称则最大程度上促进了情感的抒发。这样，第一人称和第三人称的混合是相得益彰的，是对理性的超越。

　　《新的爱情也将成熟》是诗人的一首爱情诗。与诗人之前的爱情诗不同，诗歌中出现的意象并不是象征派诗人

---

① 勃洛克.勃洛克诗歌精选［M］.丁人，译.太原：北岳文艺出版社，2010：110—111.

常用的鲜花、迷雾、月亮等等，并且各个意象之间的关联性不强，意象的组合也不具有合理性：

> 喂，起来，燃烧吧，发出火光！
>
> 举起你忠实的铁锤，
>
> 让生命的闪电
>
> 劈开伸手不见指掌的黑暗！
>
> 挖掘吧，地下的田鼠，
>
> 我听到你艰难啃啮的声音……
>
> 不要延误，记住吧：孱弱的谷穗
>
> 将在刀下倾覆……①

火光、铁锤、闪电、田鼠、谷穗等意象与爱情没有直接的关联性，并且这些意象的结合也无法指向一个明确的主题，这是诗人超越理智的表达，是诗的语言。

这样不合理的搭配还在另外一首诗《勇敢些，亲爱的》中有所体现。诗歌中出现三处这样的表达——"我要让东方的星星，对你眨着蓝蓝的眼睛"；"呵，我们自由，我们痛苦，我们又是甜蜜的一双"；"在这宁静的夜里，让我们轻轻松松地死亡"。② 这里的星星的蓝色眼睛是与客观自然

---

① 勃洛克. 勃洛克诗歌精选［M］. 丁人，译. 太原：北岳文艺出版社，2010：116.

② 勃洛克. 勃洛克诗歌精选［M］. 丁人，译. 太原：北岳文艺出版社，2010：114.

界相违背的；形容情侣的三个定语：自由、痛苦、甜蜜也是具有矛盾含义的；最后，"轻松"与"死亡"的搭配也是对逻辑的突破。这样看似不合理的词语搭配实际上是对理性的超越，使诗歌更具张力，情感得到抒发。

亚历山大·勃洛克的诗歌中点缀的是诗人精神体验的碎片，这是勃洛克对混乱模糊的世界的克服，是诗人笔下灵动的生命力，也是其抒情元素的本质。

三、女性化精神

天才的思想家别尔嘉耶夫在这位天才的诗人亚历山大·勃洛克身上发现了一种独特的气质——女性化精神。别尔嘉耶夫注意到，这位敏感的诗人完全不具备男性精神，他是一个浪漫主义者，他的灵魂沉浸在宇宙之中。对此，别尔嘉耶夫的理由是勃洛克对女性的高度赞美、对宇宙之美的无限崇尚、对教条主义的坚决抵制。

首先，勃洛克的一生都在书写女性、讴歌女性。《美妇人集》是亚历山大·勃洛克自认为最优秀的作品。这部诗集首次发表于1904年，其创作和出版过程是较为顺利的。这部诗集的主人公是尘世中富于幻想的男子，其矢志不渝地爱着崇高的女主人，不断书写着自己内心体验的抒情日记。很明显，这部诗集具有自传性。诗人勃洛克将这部诗集献给自己的妻子门捷列娃和伟大的缪斯女神。整部诗集主题统一，表达了诗人对永恒女性的赞美之情。诗中描绘的女性既具有尘世的真实性又具有神秘的崇高性。

诗歌《她成长在遥远的群山之后》《难道不是你》《你在高山的上空闪亮》等等描绘了具有神秘性的崇高女性。勃洛克诗歌中的女性开放在遥远的群山之后,在星星的轨迹上流动。诗人赞扬她的圣洁与崇高,期待她的光辉现身:

> 我歌唱你,啊!可你的光明闪烁着,
>
> 又突然消失——在遥远的雾幔里。
>
> 我放眼探视那神秘的国度,——
>
> 我看不见你,上帝不在已有很久。
>
> 可我相信,你会显身,让黄昏迸发殷红,
>
> 合拢那秘密的圆圈,在迟到的运动里。①

勃洛克心中的美丽女子来自远方,他认为她比太阳还要耀眼:

> 你在高山的上空闪亮,
>
> 身居玉宇琼楼,高不可攀。
>
> 我将在黄昏时刻疾驰而来,
>
> 欣喜若狂地拥抱幻想。②

---

① 勃洛克.勃洛克抒情诗选 [M].汪剑钊,译.石家庄:河北教育出版社,2002:68—69.

② 勃洛克.勃洛克抒情诗选 [M].汪剑钊,译.石家庄:河北教育出版社,2002:78.

勃洛克对女性的赞美是诚挚甚至神圣的，他对永恒女性的崇拜受哲学家弗拉基米尔·索洛维约夫的影响，在他的整个创作生涯中"永恒女性"始终是他珍视的主题和讴歌的对象。

此外，亚历山大·勃洛克具有一种大宇宙观，他带着敬畏之心崇尚宇宙之美。这里的宇宙之美不仅仅是自然之美，而是对人类美好未来的期许，是对宇宙祥和的美好追求。在对"美"与"丑"的态度上，勃洛克的态度是坚定的。这位诗人厌恶并畏惧丑陋，他希望宇宙之美不带任何伪装地出现在他的面前。亚历山大·勃洛克身上具有深刻的道德主义，他渴望美丽渗透人们的生活，他甚至试图从革命中看到宇宙变革的开端。《十二个》是诗人1918年创作的革命诗歌，目的是献给十月的俄国。从《美妇人集》到《十二个》，勃洛克的创作发生了极大的转折。这位悬在空中讴歌美丽女性的超凡之人开始脚踩实地为生民呼告。诗歌一经发表，便激起强烈的争论。不同政治派别对此诗做出不同的阐释，为了避免激化矛盾，勃洛克及时做出解释，否定诗歌具有政治倾向。勃洛克并不想品评革命，而是想记录特殊时刻的俄罗斯。诗人勃洛克并不具备敏锐的政治嗅觉，他无法判断革命的对错，也不知道革命将把人民带领到何处，对勃洛克来说，革命的净化作用是极其重要的。他希望通过革命对旧的世界进行净化，将丑陋的东西破除。诗人对宇宙变革和宇宙之美的创造性憧憬，就是为新的天地做准备，即使诗人还没有看到新天地的出现。在被改造的世界中，新的天地将进入勃洛克的创造性想象和视野，将融入他创造的形象，成为一系列特殊的现实。总之，勃洛克遵从自己的情感和良心创作出《十二个》，从对崇高女性的关注转向对人民命运的同情，勃洛克走向了现实主义创作之路，他对宇宙之美的追求蕴藏着人文主义精神。

最后，别尔嘉耶夫觉得勃洛克缺乏阳刚之气的原因还有其对教条主义的抵制。勃洛克对一切理论或是宗教教条极其排斥。勃洛克不像同时代的别雷或是梅列日科夫斯基那样热衷于推理、思考、建立理论或哲学，他任自己的精神在宇宙中自由飘荡。因此，别尔嘉耶夫认为彼得格勒的牧师仅从宗教层面就对勃洛克做出判断是狭隘的，是有失公允的。

思想家别尔嘉耶夫对诗人勃洛克的辩护是细致且全面的。别尔嘉耶夫从多个角度诠释勃洛克诗歌的价值与意义，避免诗人的诗歌因单一的评价标准而被削弱生命力。这位思想家不仅走进诗人的内心深处发现一个天真的、理想主义的灵魂，还走入诗人的文字，在词语、意象、韵律之中欣赏诗人的耀眼才华。别尔嘉耶夫写下这篇文章时，伟大的诗人勃洛克已经逝世十年。这篇辩护文将读者的目光再次引到这位不朽的诗人身上。勃洛克诗歌的价值经久不衰，值得不断阐释。

第三节　别尔嘉耶夫与别雷

　　安德烈·别雷（1880—1934）是俄罗斯白银时代的诗人、作家、评论家和哲学家，是象征主义重要的代表人物之一。安德烈·别雷是诗人的笔名，他的真实姓名为鲍里斯·尼古拉耶维奇·布加耶夫。安德烈·别雷的作品中贯穿着一组悖论——秩序与混乱。别雷的代表作品是小说《银鸽》和《彼得堡》，他的作品对后世的作家和诗人产生了巨大影响。

　　1880 年 10 月 26 日，鲍里斯·尼古拉耶维奇·布加耶夫出生于莫斯科。他的父亲尼古拉·瓦西里耶维奇是莫斯科大学的数学教授，也是闻名欧洲的数学家。鲍里斯的母亲亚历山德拉·德米特里耶芙娜是一位颇具艺术才能的美丽女人。在儿子的成长过程中，父母都试图将自己的造诣传授给孩子。身为数学家的父亲灌输的是自然科学的理性主义精神，身为音乐家的母亲则力争用人文艺术的魅力对其理性进行消解。鲍里斯的童年正是在父母之间不断斗争中度过的，这样的家庭生活折磨着小男孩的幼小心灵，这样的矛盾与失衡也在他后来的作品中得到了生动的再现。

　　1891 年，鲍里斯进入波利瓦诺夫男子中学学习。在这里，他对文学产生了浓厚的兴趣。他如饥似渴地学习布鲁索夫、尼采和巴尔蒙特的作品。此外，在这一时期，他也开始对佛教和神学着迷。中学毕业后，布加耶夫遵照父亲的意愿进入莫斯科大学物理和数学系。学习自然科学并没有让布加耶夫放弃对文学的热爱。相比于理解达尔文的理论，他更喜欢阅读俄罗斯象征派的杂志《艺术世界》。他很快便意识到，文学才是他想终生从事的事业。

21 岁时，鲍里斯加入了象征主义作家的行列，与吉皮乌斯、梅列日科夫斯基、布留索夫过从甚密。也是在这一时期，他为自己取了一个响亮的笔名——安德烈·别雷。1903 年，已经大学毕业的别雷积极参加"阿戈尔英雄"社团的创建。该社团的主要成员是年轻一辈的象征主义作家。3 年后，该社团出版了文学和哲学作品集《自由的良知》。在此期间，安德烈·别雷出版了他自己的"交响曲"体裁作品——《北方交响曲》和《戏剧交响曲》。与此同时，还出版了诗集《呼吁》。

1904 年，安德烈开始与亚历山大·布洛克密切合作。同年，别雷再次回到莫斯科大学求学，不过这次进入的是历史和语言学系。学习两年后，安德烈毕业离开，从此开始全身心地投入文学创作中。

自 1906 年至 1907 年，安德烈·别雷一直在欧洲游历。他先后在慕尼黑和巴黎逗留了很长时间，并与吉皮乌斯及梅列日科夫斯基保持联系与合作。回到俄罗斯后，他撰写了关于象征主义的文章。

1909 年，别雷出版了两部诗集——《灰烬》和《乌尔纳》。他计划创作一套哲学史诗三部曲《东方或西方》，但这一计划并未完全实现，只出版了前两部小说——《银鸽》和《彼得堡》。同年，他遇到了他未来的妻子阿霞·屠格涅娃。他们一起前往巴勒斯坦、西西里岛和埃及。1912 年，这对年轻夫妇在德国遇到了著名的神秘主义者斯坦纳，斯坦纳宣扬的人类哲学深深地吸引了安德烈·别雷。

1913 年，别雷完成了小说《彼得堡》的创作。第一次世界大战爆发时，身在瑞士的别雷接到了前线的召唤。回到俄罗斯后，他获得了延期服役的许可。随后，二月革命爆发。

安德烈·别雷对这次革命和 1917 年的十月革命都寄予厚望。他相信，这些大事件将重振国家的精神，推动国家发展。对这一时期的记录是诗歌《基督复活了》。在这些年间，他开展教育工作，为民众讲课，出版杂志。

1921 年至 1923 年，别雷旅居德国，担任俄文年刊《史诗》编辑委员会的主席。在此期间，他出版了数十部作品。回到俄罗斯后，别雷萌生了根据小说《彼得堡》创作一部戏剧的想法。该剧于 1925 年在莫斯科艺术剧院首演。1926年出版了莫斯科三部曲的前两部——《莫斯科怪人》《危境中的莫斯科》，1932 年出版了第三部——《头面像》。

1927 年至 1929 年期间，安德烈·别雷在亚美尼亚和格鲁吉亚旅行。在他生命的最后几年，他出版了自传体三部曲——《世纪之交》《世纪之初》《两次革命之间》。

在诗人生命的最后几年，他一直在进行创作，并不断尝试新的流派、风格和形式。这一时期，他创作了随笔《高加索的风》以及一些哲学素描和剧本。

1933年，安德烈·别雷在南方中暑，从此一病不起。1934年1月8日，安德烈·别雷因中风去世。这位诗人被安葬在莫斯科的诺沃德维奇公墓。在同时代人看来，安德烈·别雷的去世代表这一文学时代的终结。

思想家尼古拉·别尔嘉耶夫对象征主义诗人青睐有加，其中最令他刮目相看的当属年轻有为的象征主义者安德烈·别雷。别尔嘉耶夫对别雷的评价很高，前者称后者为俄罗斯近几十年来最伟大的作家，是唯一的真正具有天才光芒的作家。别尔嘉耶夫甚至将别雷看作一种文学现象，一种比亚历山大·勃洛克更大、更重要的文学现象。这位思想家在多篇评论文章中提及安德烈·别雷，并针对他的作品做出针对性批评。相关的文章有：《昏暗的面容》①《俄罗斯的诱惑——评安德烈·别雷的〈银鸽〉》②《星体小说——

---

① Бердяев Н. А. Мутные лики：типы религиозной мысли в России［М］. М.：Канон+：ОИ "Реабилитация", 2004：445.

② Бердяев Н. А. Русский соблазн：По поводу《Серебряного голубя》А. Белого［J］. Русская мысль, 1910（11）：104—115.

对安德烈·别雷的〈彼得堡〉的思考》①。

《昏暗的面容》是别尔嘉耶夫在 1922 年发表的评论文章，谈论的对象是亚历山大·勃洛克。在这篇文章中别尔嘉耶夫多次提到安德烈·别雷，他倾向于将勃洛克和别雷这两位同龄人对照分析。别尔嘉耶夫在这里谈到了别雷对革命的态度和索菲亚主义带来的影响等，对这位诗人的思想发展做出了客观的分析。需要指出的是，这篇文章并不是对别雷具体作品的分析，而是将其作为评价勃洛克的一个参照。别尔嘉耶夫对别雷具体作品的分析主要集中在《银鸽》和《彼得堡》这两部长篇小说上。

一、《银鸽》：神秘主义的诱惑

安德烈·别雷的长篇小说《银鸽》于 1909 年在杂志《天秤座》上发表。别雷在创作这部小说时萌生了宏大的构想——创作《东方或西方》三部曲，《银鸽》作为三部曲的第一部。别雷的这一构想并未实现，三部曲的第三部没有创作完成。尽管如此，三部曲的前两部足以证明安德烈·别雷是伟大的象征主义作家之一。

小说的主人公是彼得·彼得罗维奇·达尔雅尔斯基，他是新的类型的人，在他身上可以看到作者的影子。达尔雅尔斯基从小沉迷阅读，他期望从文学和艺术中找到问题

---

① Бердяев Н. А. Астральный роман. Размышления по поводу романа А. Белого《Петербург》. Биржевые ведомости, 1916, 1 июля.

的答案和存在的意义。未能如愿的主人公转向人民,他向人民走去,结果仍以失败告终。《银鸽》作为俄罗斯知识分子在历史危机时代的道德追求的生动反映,具有重要的价值。尽管别雷对革命的认识尚不成熟,但是作家借《银鸽》传达的主题——革命不是一场社会政治灾难,而是一种超社会现象,是一种快速的、大规模的精神生活的更新,具有时代的进步性。

在《银鸽》问世的第二年,别尔嘉耶夫便发表了对这部作品的评论文章,文章题目为《俄罗斯的诱惑——评安德烈·别雷的〈银鸽〉》。这篇文章分为三个部分,对别雷的这部长篇小说发表了真知灼见。

首先,别尔嘉耶夫认为,安德烈·别雷的《银鸽》出人意料,它让人们有机会以新的方式探讨俄罗斯知识分子与人民之间关系的古老主题。值得一提的是,这一主题融入了俄罗斯的神秘元素,使得小说得到了深化,上升到更高的层面。谈到这部小说的风格,别尔嘉耶夫表示《银鸽》实现了象征主义与现实主义的巧妙结合。安德烈·别雷属于果戈理学派,是果戈理传统的真正继承者。别雷的小说以其艺术的真实性和对俄罗斯的深刻感受打动了读者。关于小说的主人公,别尔嘉耶夫认为不是达尔雅尔斯基,而是俄罗斯。别尔嘉耶夫坦言,《银鸽》的主人公是俄罗斯、俄罗斯的神秘元素、俄罗斯的自然、俄罗斯的灵魂。《银鸽》的深层次主题是:经历过从马克思主义到神秘主义等所有最新思潮的有教养的俄罗斯知识分子与伟大的俄罗斯神秘主义的碰撞。安德烈·别雷深入俄罗斯的神秘精神，令人惊叹地完成了这项艰巨的任务。达尔雅尔斯基与鸽子的相遇就像是文化神秘主义与人民神秘主义的相遇。达尔雅尔斯基与马特廖娜之间的联系就是知识分子与人民之间的联系，新俄罗斯必须从人民中诞生。但是，达尔雅尔斯基空手走向人民，被动地奉献自己，没有给人民的生活带来任何东西。在与人民的关系中，他没有光辉，没有阳光，没有勇气，他没有把理性带给人民。达尔雅尔斯基的死是他的被动、他的无意识的必然结果。被马特廖娜诱惑的达尔雅尔斯基实际上是被女性元素、俄罗斯元素、人民元素诱惑了。在达尔雅尔斯基身上没有任何的意志行为、自由选择的行为、男性的主宰和男性的理智的痕迹。他生活在一个被施了魔法的王国里，被动地臣服于各种天然力，神奇的力量穿过他，将他推向不同的方向。达尔雅尔斯基笼罩在梦魇般的鬼魅之中，这种鬼魅对他既有诱惑又有排斥。文化知识分子达尔雅尔斯基曾经是一位马克思主义者，后来成了颓废派，再后来又带有点神秘主义气质。达尔雅尔斯基的神秘主义倾向是消极的、超感觉的、无意识的、软弱的、阴柔的，它与民间的强大力量相对立。但民间的神秘主义，即库德亚罗夫和马特廖娜的神秘主义，是黑暗的、恶魔般的、令人毛骨悚然的。安德烈·别雷将民间神秘天然力的阴森感表现得异常强烈。别尔嘉耶夫认为，在俄罗斯的神秘主义宗派中存在着这些内容：可怕的不开化、理智的缺失、昏暗的个人主义和坠入深渊的崩溃。在别尔嘉耶夫看来，《银鸽》是一部阴郁的、令人难以平静的书。沉浸在神秘主义元素中的人民是强大的，但也是黑暗的，甚至是恶魔般的。俄罗斯文化知识分子的缺陷是明显的：意志薄弱、病态、被动。安德烈·别雷让读者们接近了神秘民族主义的问题。

　　接着，别尔嘉耶夫重点讨论了《银鸽》中的民粹主义与神秘主义。别尔嘉耶夫发觉，民粹主义精神是俄罗斯人与生俱来的。没有哪个国家像俄罗斯这样崇拜人民，希望从人民那里获得真理，渴望与人民融为一体。在俄罗斯，民粹主义披着不同的外衣相继出现在人们面前：先是以斯拉夫主义的形式出现，然后是以其本义的形式出现，接着是以托尔斯泰主义的形式出现，它甚至悄悄地进入了俄国的马克思主义，现在又以明显的神秘主义的形式出现。神秘主义深深植根于俄罗斯人的意识，甚至可能是俄罗斯人的无意识。在俄罗斯民粹主义的背后，隐藏着一种神秘主义，一种无意识的神秘主义。如今，民族带有明显的神秘主义色彩，正是揭示神秘主义的时代。新神秘主义模式的知识分子不是在人民中寻找真正的革命主义，而是寻找真正的神秘主义。他们希望从人民那里得到的不是社会真理，而是宗教光明。但是，俄罗斯知识分子在本质上一直是女性气质的，没有能力从事男性活动，他们没有内在的推动力，不是逻各斯的传承者。别尔嘉耶夫推测，这可能与俄罗斯历史上从未有过骑士精神有关。俄罗斯革命者、民粹主义者与俄罗斯颓废者、神秘主义者有着相似之处，前者是旧模式的代表，后者是新模式的代表。两者都受到阴性气质的摆布，无力将理性带入其中。并且，两者都准备向人民顶礼膜拜，有的以革命之光的名义，有的以神秘之光的名义。但是，两者都脱离人民，脱离人民的有机体，两手空空地走向人民。达尔雅尔斯基的死亡证实了这一尝试的失败。别尔嘉耶夫对民粹主义继续做出思考，试图找出民族发展的出路。这位思想家找出了问题的关键。他发现，对于俄罗斯神秘的民粹主义来说，人民高于信仰和真理。斯拉夫狂热者、陀思妥耶夫斯基以及其他许多人都没有完全摆脱这种对人民及其信仰的虚假崇拜。这削弱了俄罗斯民族的普遍主义意识。俄罗斯人特有的托尔斯泰主义也是基于此。同样的民族特色还以另一种形式表现在无神论的人民阵营中，他们从人民中寻求真理，把人民置于真理之上。别尔嘉耶夫认为，民粹主义是俄罗斯的一种痼疾，阻碍了俄罗斯创造性的复兴。对此他表示，俄罗斯的下一个历史任务是战胜一切形式的民粹主义，即彻底改变俄罗斯人对民间元素的态度。新的民族自我意识将是勇敢的、积极的、阳光的、光明的，是塑造和驾驭力量的理性的承载者。

　　最后，别尔嘉耶夫剖析了别雷的东方与西方的问题。别尔嘉耶夫认为，《银鸽》以一种新的方式讲述了"东方或西方"的古老问题。在别尔嘉耶夫看来，东西方问题是纯粹的俄罗斯问题，也是只有在俄罗斯才能解决的永恒纷争。这位思想家敏锐地发现，无论是西方主义还是东方主义、斯拉夫主义都存在着地方主义，缺乏普遍主义。而普遍的理性、普遍的真理才是真正的出路。新的创造性的民族意识既不可能是斯拉夫式的，也不可能是西方化的，它既不奴役于东方元素，也不奴役于西方意识。克服斯拉夫主义和西方主义将是俄罗斯民族成熟和民族自觉的标志。俄罗斯的使命是成为东西方之间的调停者和东西方真理的连接者。作为文学家的安德烈·别雷经历着东西方矛盾拉扯的痛苦。他既过于斯拉夫化，又过于西方化。他既被东方的神秘主义所吸引，又被西方模式的神秘主义所吸引。他连续不断地在东西方寻找理性的光辉。在他的身上，一切都被加剧到极致，一切都被引向终结。尽管在安德烈·别雷的身上出现了斯拉夫主义与西方主义的错误结合、东西方之间的错误联系，别尔嘉耶夫对这位年轻的作家依然表示真诚的赞美，赞扬他的作品将人们引向东方与西方的问题，赞扬他将俄罗斯文学从渺小引向伟大。

二、《彼得堡》：星体小说的实验

长篇小说《彼得堡》是安德烈·别雷的代表作，也是其《东方或西方》三部曲中的第二部。这部小说成书于1916年，是20世纪最伟大的文学之一。小说以首都圣彼得堡为背景，记录了 1905 年 10 月的九天中发生的故事，是作者对历史与未来、东方与西方问题的深刻思考。

小说中有三位主要人物，他们代表当时存在权力斗争的三股势力。这三位主人公分别是阿波罗·阿波罗诺维奇·阿勃列乌霍夫、杜德金、尼古拉·阿勃列乌霍夫。阿波罗是贵族参政员，代表国家；杜德金是恐怖政党，代表党派；尼古拉是知识分子，代表个人。尼古拉·阿勃列乌霍夫是阿波罗·阿勃列乌霍夫的儿子，父子二人虽表面和睦，内心却已决裂。尼古拉对官僚主义作风的父亲颇为不满，与来自恐怖党派的杜德金有了联系。杜德金接到指令将装有定时炸弹的沙丁鱼罐头偷偷交给尼古拉，要求他炸死自己的父亲。尼古拉不堪忍受弑父的道德谴责，打算将炸弹扔到涅瓦河里。然而，事与愿违，炸弹在阿勃列乌霍夫家里爆炸，阿勃列乌霍夫一家三口虽未丧命，但父子二人彻底决裂。从此父亲同母亲回到乡下生活，儿子周游世界直到父母过世才返回家乡。东西方的分裂所带来的问题已经渗透国家运转和人民的生活之中，导致国家悲剧和个人悲剧。安德烈·别雷旨在重建民族意识，恢复自我认知，从而在东西方的对立中找到生存之道。

在《彼得堡》出版的同一年，尼古拉·别尔嘉耶夫发表了评论文章，名为《星体小说——对安德烈·别雷的〈彼得堡〉的思考》。文章分为四个小节，逐一分析了彼得堡与俄罗斯文学的联系、作家对宇宙生命的特殊感受、作家的

未来主义创作风格、作家对祖国的奇异之爱。

关于第一部分，别尔嘉耶夫在这里谈到了旧的彼得堡的逝去，这代表官僚化的生活的终结。整个历史时期已经结束，俄罗斯正在进入一个未知的新时期。彼得堡这座年轻的城市与文学的关系是密切的，它多次出现在文学大师们的创作中。普希金在他的《青铜骑士》中展现了彼得堡的生活。陀思妥耶夫斯基与彼得堡的联系比与莫斯科的联系更加奇妙，他从前者那里看到了疯狂的俄罗斯元素。陀思妥耶夫斯基笔下的人物大多生活在彼得堡：拉斯柯尔尼科夫在萨多瓦亚和森纳亚市场徘徊，谋划他的犯罪；罗戈津在戈罗霍瓦亚犯下罪行。果戈理的彼得堡小说也很有特点，书中充斥着阴森恐怖。别尔嘉耶夫认为，彼得堡是俄罗斯人的想象力创造出来的幽灵，是俄罗斯历史的奇特产物。因此，在别尔嘉耶夫看来，关于彼得堡的小说只能由对宇宙生命、对转瞬即逝的存在有着特殊感受的作家来写，安德烈·别雷正是这样的作家。安德烈·别雷在俄罗斯历史上的圣彼得堡时期结束之前写下了小说《彼得堡》，仿佛是对这样一个奇特的首都及其奇特历史的总结。别尔嘉耶夫给予这部小说高度的评价，他认为这部小说应该是自陀思妥耶夫斯基和托尔斯泰以来最杰出的俄罗斯小说。在这部奇妙的小说中，一些具有圣彼得堡特色的东西得到了真正的认可和再现。凭借这部小说，安德烈·别雷获得了更多的认可。别尔嘉耶夫评价他是俄罗斯白银时代最重要的作家，也是最具独创性的作家。别雷创造了小说艺术的全新形式和全新节奏，小说具有令人震撼的崭新的生命力和音乐形式。这位思想家甚至断言，安德烈·别雷将跻身伟大的俄罗斯作家之列，成为果戈理和陀思妥耶夫斯基的真正继承者。

在第二部分，别尔嘉耶夫详细分析了别雷独特的艺术感受。别尔嘉耶夫觉得，对于宇宙的舒展和分散、世界万物的溶解、物体之间所有牢固界限的破坏，安德烈·别雷有着自己的艺术感受。他笔下的人物形象本身就是溶解和分散的，人与人、人与物之间的牢固界限消失了。一个人可以变成另一个人，一个物体可以变成另一个物体，物质层面转移到星体层面，大脑过程转换成存在过程。不同层级在变换、混合。在小说中存在着以下变换与混合。主人公尼古拉·阿波罗诺维奇锁上了自己的工作房间，然后他开始觉得，他和房间以及房间里的物体都瞬间从现实世界的物体转为纯粹逻辑结构的心智感知符号：房间与他失去知觉的身体融合成一个普遍存在的混沌，他称之为宇宙；尼古拉·阿波罗诺维奇的意识脱离了他的身体，直接与写字台上的电灯泡相连，他称之为"意识的太阳"。尼古拉·阿波罗诺维奇通过冥想将自己的存在分裂，这背后隐藏着安德烈·别雷本人的艺术沉思，在这种沉思中，作家本人和整个世界分裂了。除此之外，政府官员阿波罗·阿波罗诺维奇·阿勃留克霍夫和他的革命者儿子尼古拉·阿波罗诺维奇之间的关系也呼应着作家独特的艺术感受。这对父子的血脉联系和政治对立代表着官僚主义和革命交融在某种未结晶、未成形的整体中。这种相似性、混合性和界限的破坏性象征革命是来自官僚机构的血肉，因此它包含着腐朽和死亡的种子。别尔嘉耶夫感觉到，作为作家和艺术家的安德烈·别雷总是用词语掀起一阵旋风，在这种词语组合的旋风中，存在被分散，所有的界限都被扫除。他发觉，安德烈·别雷的风格最终总是变成一种激烈的循环运动，其风格中有一些鞭挞派的元素。安德烈·别雷感受到了宇宙生命中的这种旋风运动，并在文字组合的旋风中找到了适当的表达方式。这是宇宙旋风在文字中的直接表达。别尔嘉耶夫直言，安德烈·别雷作为艺术家的天才之处就在于将宇宙分散和宇宙旋风与语言的分散和词语组合的旋风相融合。在词语组合和谐音的旋风式积聚中可以看到逐渐增长的生命力和宇宙张力。安德烈·别雷消解了词语看似永恒的固定形式，并以此表现了全部事物。在别雷的笔下，宇宙旋风挣脱束缚，分解了固定的、坚硬的、晶体化的世界。

　　别尔嘉耶夫在这篇文章的第三小节指出，安德烈·别雷在文学上可以被称为立体派，可以与绘画界的毕加索相提并论。在绘画中，立体主义追求的是事物的几何骨架，它撕开肉体的欺骗性外衣，力图深入宇宙的内在结构。确切地说，文学中没有立体主义，但是有可能出现与绘画立体主义类似或平行的东西。在别尔嘉耶夫看来，安德烈·别雷的作品就是艺术散文中的立体主义，其力度与毕加索的绘画立体主义相当。同绘画立体主义类似，别雷将世界的外衣撕掉，有机的整体形象不再存在。立体主义对别雷的影响是毋庸置疑的，事实上，他对立体主义绘画知之甚少。安德烈·别雷的立体主义是作家本人对世界的原创性感知，是这一过渡时代的特征。从某种意义上说，安德烈·别雷是俄罗斯文学中唯一真正的、重要的未来主义作家。在他的作品中，陈旧的、水晶般美丽的具象世界消亡了，新的世界诞生了。别雷用自己的存在和创造力摧毁了所有旧形式，创造了新形式。其独创性在于，他将立体主义、未来主义与象征主义相结合，而不是像其他未来主义者那样将自己与象征主义者对立起来。因此，在《彼得堡》中，随处可见的红色多米诺骨牌是革命即将来临的一个极好的、内在的象征。在欧洲文学中，霍夫曼可以被看作别雷在创作方法上的前辈，在他才华横溢的小说中，所有的界限都被打破，所有的层面都是混合的，所有的东西都是二元的，都处于无限的变化之中。而在俄罗斯文学中，别雷是果戈理和陀思妥耶夫斯基的直接继承者。和果戈理一样，他在人类生活中看到的更多是丑恶和虚假，而不是美丽和真实。果戈理以一种分析性的、不连贯的方式感知着古老的有机世界。对他来说，人的形象是被消解的、分化的，他看到了生活深处那些丑陋的、畸形的东西。果戈理已经打破了普希金永恒的、美好的、和谐的世界观和人生观，安德烈·别雷也是如此。关于《彼得堡》这部小说，别尔嘉耶夫在此公正地指出，别雷在某些地方过于模仿陀思妥耶夫斯基。有些场景，如客栈的场景，直接照搬陀思妥耶夫斯基的手法。在这些地方，别雷违反了自己小说交响乐的节奏，走向了另一种风格。别尔嘉耶夫提出，别雷应当在艺术手法上更加自由，在风格上更加自成一体。实际上，别雷与陀思妥耶夫斯基有很大的不同，他们属于不同的时代。别雷的人生观更具宇宙性，陀思妥耶夫斯基则更偏重心理学和人类学。陀思妥耶夫斯基对人的认识是有机的、整体的，他总能在人身上看到上帝的形象。别雷属于一个新时代，对人的形象的整体感知发生动摇，思想经历着分裂。安德烈·别雷将人带入了浩瀚的宇宙中，让他感受宇宙旋涡的撕裂。别雷小说中构建的星体世界是介于精神和物质之间的世界，它消除了界限，使人和周围的世界相融合。《彼得堡》是一部星体小说，在这部小说中，一切都已经超越了世界和人类灵魂生活的界限。艺术家别雷在这里看到的是两个空间，而非一个。

在文章的最后一部分，别尔嘉耶夫谈到了别雷爱祖国的独特方式。别尔嘉耶夫认为，尽管别雷在自己的作品中描绘了祖国的丑陋与虚假，但是这并不意味着他是祖国的敌人。这位思想家指出，安德烈·别雷和果戈理一样，其艺术才能的本质并不要求他揭示和再现积极、光明和美好的事物。他以一种奇异的方式来爱自己的祖国。他相信俄罗斯只有通过死亡才能复兴。别雷既热爱俄罗斯，又否定俄罗斯，这是俄罗斯人特有的天性。关于《彼得堡》的美学缺陷，别尔嘉耶夫客观地提了出来。别尔嘉耶夫认为，《彼得堡》在艺术上存在很大缺陷，有很多美学上的瑕疵。小说的风格不连贯，结尾较为随意，有些地方过于模仿陀思妥耶夫斯基。别尔嘉耶夫还谈到，在别雷的艺术创作中，没有精神发泄，总是些过于痛苦的东西。在他的小说中，不仅没有自主的思想出口，也没有艺术的宣泄通道，他没有得到解脱，而是陷在沉重的梦魇中。不过，别尔嘉耶夫也觉得用旧有的批评方法评判这位作家是不公正的，因为他是过渡时期的作家，他在以一种新的方式处理俄罗斯文学中古老的主题。

思想家尼古拉·别尔嘉耶夫与世纪之交的重要诗人、作家完成了精彩绝伦的对话。对其意见不合的朋友吉皮乌斯，别尔嘉耶夫发现了她的诗歌中带有的超越性的内容以及封闭性的思想；对于他眼中真正的诗人勃洛克，别尔嘉耶夫详谈了其作品的抒情性、超理性、阴柔性；对于其最为赞叹的作家别雷，别尔嘉耶夫赞叹其创作形式上的革新、创作思想上的超越。可以说，这位思想家与白银时代三位文学家的对话是对文学遗产价值的再创造。

第四章　别尔嘉耶夫与 20 世纪上半叶俄罗斯文学

　　1917 年，别尔嘉耶夫在莫斯科发表题为《艺术危机》（*Кризис искусство*）的公开演讲："我们正面临着一场艺术危机，其千年历史的基础正经历着最深刻的剧变。"[①]1917年，十月革命对俄罗斯社会、政治和文化产生了深远的影响，迫使艺术家重新思考他们的创作方式和与社会互动的方式。文学家也不例外，他们纷纷采用新的写作风格和主题，以更好地反映社会的动荡和变革。"革命已经为文学建立了全新的生产条件，因此文学不能再保持原来的模样，革命改变了文学美学，艺术世界也被改变，艺术不得不适应完全不同的现实。"[②] 文学变革不仅仅是对社会变化的积极

---

① Бердяв Н. А. Кризис искусство.（Репринтное издание）[М].М.：СП Интерпринт，1990：3.

② 谢·伊·科尔米洛夫.二十世纪俄罗斯史：20—90 年代主要作家[М].赵丹，段丽君，胡学星，译.南京：南京大学出版社，2017：51—52.

回应，同时也为后来的文学和艺术潮流奠定了基础。

1917年后，俄罗斯文学在这个时期经历了独特的发展，既有经典作家如陀思妥耶夫斯基、托尔斯泰和果戈理的作品继续受到推崇，又有世纪之交涌现出的象征主义和未来主义，以及之后出现的新兴文学流派也继续以不同的方式探讨了社会和文化的变革，使得新的一批杰出作家崭露头角。以迪米特里·梅列日科夫斯基、马克西姆·高尔基和米哈伊尔·肖洛霍夫为例，这三位有着不同写作主题重心且贯穿20世纪上半叶不同年代的作家，为俄罗斯文学和艺术的未来发展提供了重要的启示。他们的文学探索与别尔嘉耶夫的艺术危机演讲形成了对话，共同塑造了20世纪俄罗斯文学的多样性和丰富性，为反映社会和文化变革提供了丰富的文学素材，并使俄罗斯文学在全球文学领域中继续占据重要地位。

迪米特里·梅列日科夫斯基（1865—1941）是俄国重要的作家和文学批评家，其作品中普遍存在宗教主题。他对基督教信仰和神秘主题的深刻思考在他的作品中得到了体现。他试图通过文学来探讨人类对神秘和信仰的追求，以及这些信仰在现代社会中的命运。他的作品也常常涉及历史叙事，将历史事件和人物融入小说情节中。他以史诗般的笔触写作，将历史与宗教、哲学相互交织，创造出深刻而富有内涵的作品。梅列日科夫斯基也是象征主义文学运动的重要代表之一。他的作品充满了象征、隐喻和宇宙的深层意义。通过象征主义的手法,他试图传达人类存在的深刻内涵和宇宙的秘密。总的来说,梅列日科夫斯基是一位思想深刻的作家和哲学家,他的作品融合了宗教、哲学、历史和文学,探讨了人类存在的重要问题。他的创作风格独特,充满了象征主义的意味,对俄罗斯文学和文化产生了深远的影响。

马克西姆·高尔基(1868—1936)被认为是社会主义现实主义文学的奠基人之一。高尔基的作品以其坚实的现实主义风格而闻名。他生动地描绘了社会底层人民的生活,展现了他们的苦难和抗争。他的文字通俗易懂,贴近人民,深刻反映了当时俄罗斯社会的真实面貌。他的作品经常涉及革命和社会变革的主题、对社会不平等和不公正的批判,以及对改变社会状况的渴望,在高尔基的作品中得到了充分体现。高尔基的著名作品包括自传三部曲(《童年》《在人间》《我的大学》),《母亲》,戏剧《在底层》,以及最重要的而又终未完成的书——史诗《克里姆·萨姆金的一生》。总的来说,高尔基是一位深具社会意识和人道关怀的作家,他的作品不仅在文学上具有重要地位,还对俄罗斯社会和文化产生了深刻影响。他的社会现实主义作品以其深刻的洞察力和感人的人物形象而著称,使他成为 20 世纪文学的杰出代表之一。

米哈伊尔·肖洛霍夫(1905—1984)以其描写内战和顿河地区哥萨克生活的史诗般作品而闻名于世。肖洛霍夫最著名的作品是《静静的顿河》（1928—1940），这部四卷本小说描写了第一次世界大战和俄国革命期间顿河哥萨克的命运。这部波澜壮阔的传奇小说探讨了历史事件对个人生活和家庭的影响。肖洛霍夫以其非凡的叙事能力和对俄罗斯生活的生动描绘，荣获 1965 年诺贝尔文学奖。

　　谈论别尔嘉耶夫对梅列日科夫斯基、高尔基和肖洛霍夫的文学评价以及他们之间的文学互动，可以帮助我们了解别尔嘉耶夫对这三位杰出文学家的态度以及对俄罗斯文学在历史剧变和社会挑战面前的重要作用的理解。这三位作家各自代表了不同的文学风格和思想流派，在 20 世纪俄罗斯文学的发展中发挥了关键作用。他们的作品丰富了俄罗斯文学的传统，同时也为俄罗斯文学的未来提供了多样性和创新性。别尔嘉耶夫的文学批评和对话为俄罗斯文学史上的这些重要文学家赋予了更多的意义和价值。

第一节　别尔嘉耶夫与梅列日科夫斯基

　　梅列日科夫斯基的作品是 20 世纪俄罗斯小说中伟大的现象之一。梅列日科夫斯基不仅是一位杰出的文学家，还是一个重要的宗教哲学思考者。他的作品不仅仅是文学的杰出代表，更是对人类灵魂和俄罗斯社会复杂性的深刻思考。梅列日科夫斯基的作品在20世纪初的俄罗斯文化背景下崛起，这个时期被称为俄罗斯的"白银时代"或"俄罗斯文艺复兴"。这是一个非常特殊的时期，文学和哲学相互交融，俄罗斯的思想生活焕发出强烈的活力。这个时代的文化复兴不仅仅是艺术的复苏，还带有社会和哲学的色彩。梅列日科夫斯基的文学世界是一个充满象征和隐喻的领域，他将宗教和哲学元素巧妙地融入小说中，探讨了人类存在的深层次问题。这一特点与别尔嘉耶夫的文学理念有许多共通之处，因为别尔嘉耶夫也坚信文学应该具有深刻的精神内涵，能够触及读者的灵魂。

别尔嘉耶夫和梅列日科夫斯基同为俄罗斯文学与哲学复兴的重要代表，他们的作品不仅丰富了俄罗斯文学传统，还为文学与哲学的融合提供了有力的范例。别尔嘉耶夫在自传中回忆道："对我来说，在彼得堡最有意义的是与梅列日科夫斯基的会晤。"[①] 这句话暗含了别尔嘉耶夫对梅列日科夫斯基的高度尊重和重视，以及梅列日科夫斯基对其的思想影响。这两位杰出的俄罗斯思想者在他们的文学互动中，分享了关于文学和宗教的思想，共同探索了灵魂的深层问题。探究别尔嘉耶夫与梅列日科夫斯基的互动，可以更清晰地理解他们之间的文学联系和相互影响。这两位杰出的俄罗斯作家在20世纪初的文学界交流和合作，为俄罗斯文

---

① 别尔嘉耶夫.自我认识：思想自传［M］.雷永生，译.桂林：广西师范大学出版社，2001：131.

学史留下了重要的一页。

一、对新宗教意识的共同追求

别尔嘉耶夫与同时代文学家的近距离会晤始于 1904 年。当时别尔嘉耶夫移居彼得堡，开始编辑新的杂志。他与当时的象征主义者（其中就有梅列日科夫斯基）建立了密切的联系。别尔嘉耶夫的回忆录记载："1904 年秋，为了编辑新杂志，我移居彼得堡……以前我只是从远处了解文学界，而到了彼得堡以后则与文学界会晤了。"[1] "对我来说，在彼得堡最有意义的是与梅列日科夫斯基的会晤。"[2] 来到彼得堡之后别尔嘉耶夫与梅列日科夫斯基来往频繁，但之后的大部分时间里，他们的关系变得紧张，"回忆这些在《生活问题》共同工作的人物时，我痛心地想到，现在我很少和谁在一起，与他们中的很多人在思想上是敌视的"[3]，最后甚至失去了会面与交谈的可能，甚至在巴黎流亡的时候也没有见面，"在巴黎我与他们中的任何人也没有会晤过。某些人很敌视我，比如梅列日科夫斯基和司徒卢威，他们认为我差

---

① 别尔嘉耶夫.自我认识：思想自传［M］.雷永生，译.桂林：广西师范大学出版社，2001：127—128.

② 别尔嘉耶夫.自我认识：思想自传［M］.雷永生，译.桂林：广西师范大学出版社，2001：131.

③ 别尔嘉耶夫.自我认识：思想自传［M］.雷永生，译.桂林：广西师范大学出版社，2001：131.

一点就是布尔什维克。"① 以至于别尔嘉耶夫在后来说："我与梅列日科夫斯基没有私人的交往，这种私人交往大概是不可能的，他不听任何人的话，也无视人们。"② 尽管按别尔嘉耶夫所说，两位思想家之间并没有建立良好的私人关系，但在思想的启发和相互影响方面，两者之间存在着密切的联系。别尔嘉耶夫对梅列日科夫斯基的个人生活、思想观念以及文学创作都表现出了极高的兴趣，这种兴趣在一定程度上推动了他们之间的思想交流和对话。

1905 年，别尔嘉耶夫在《生活问题》杂志上发表《新宗教意识》(*О новом религиозном сознании*) 一文，别尔嘉耶夫在这篇文章中大篇幅谈论了梅列日科夫斯基研究主题的天才性和其宗教意识的正确性与意义。别尔嘉耶夫在文章开头就表达了对梅列日科夫斯基才华的赞佩："罗扎诺夫有一句绝妙的格言：'我自己很平庸，但我的主题很有才华。'这句格言的作者非常有才华，梅列日科夫斯基也非常有才华，但他们的主题更加有才华。梅列日科夫斯基主题的这种天赋性和天才性是平庸的人无法消化的。"③ 别尔嘉耶

---

① 别尔嘉耶夫.自我认识：思想自传［M］.雷永生，译.桂林：广西师范大学出版社，2001：131.

② 别尔嘉耶夫.自我认识：思想自传［M］.雷永生，译.桂林：广西师范大学出版社，2001：132.

③ Бердяев Н. А. О новом религиозном сознании［EB/OL］.（2021—12—20）［2023—09—26］. http://az.lib.ru/b/berdjaew_n_a/text_1905_o_novom_soznanii.shtml.

夫认为，梅列日科夫斯基主题的才华性表现在其作品中对
基督教与异教之间的关系的探讨，梅列日科夫斯基通过希
腊悲剧、异教诸神的死亡与基督教上帝的诞生、文艺复兴、
古代诸神的复活等看到了"生命"及其意义。他关注的生命
的意义以及过去世界的伟大时代不同于当时俄罗斯社会和
知识分子中的政治争论、社会思潮以及现实生活。别尔嘉
耶夫阐释了对梅列日科夫斯基浪漫主义特质的理解和认同，
认为梅列日科夫斯基的浪漫主义特质体现在他对小规模的
现代性的厌恶和对过去世界的敬畏。他认同梅列日科夫斯
基之所以格格不入于时局，是因为当时的文化已经忘记了
普世观念，人们只关注个人、狭隘和地方性的利益，忽视
了更广泛的历史和文化传统。这与梅列日科夫斯基的强调
形成了鲜明对比，后者试图在精神层面上寻求答案，而不
仅仅追求现实的功利主义和无神论。

此时，别尔嘉耶夫赞同梅列日科夫斯基的精神追求，
因为在他看来，梅列日科夫斯基就是"新宗教意识"的代
表。别尔嘉耶夫指出："一个具有新宗教意识的人既不能完
全拥抱异教，也不能完全拥抱基督教……相反，新的宗教
意识渴望实现一种综合，克服二元对立，追求最高的完整
性。这一新宗教意识需要容纳之前未曾包含的元素，以连

接两个对立的极端，弥合两者之间的深渊。"① 理解别尔嘉耶夫的新宗教意识涉及以下几个关键点。一是宗教启示的持续性。别尔嘉耶夫认为，如果宗教启示没有在历史上出现，那么它将永远不会出现。宗教真理的完整性只能在整个历史过程中实现，这个过程必须具有神人性。他坚信，宗教启示将持续下去，并且在未来会继续出现。因为宗教经验和神秘知识必须与哲学知识相结合，以实现真正的灵知。二是超越历史局限性。别尔嘉耶夫强调，宗教哲学必须超越历史中宗教流派的局限性。外在的权威应该被内在的自由所取代，这意味着宗教经验和哲学思考的结合将打破传统的束缚，为通向上帝神秘知识的完善之路铺平。三是综合异教和基督教。别尔嘉耶夫认为新的宗教意识不应该放弃异教或基督教，而是试图将它们综合在一起。他坚信，过去的对立和敌意已经导致了现代灵魂的分裂，宗教的相对性被当作永恒的，这是不合理的。他寻求一种完整的启示，能够消除异教和基督教之间的对立，实现一种宽广的宗教综合。正如他所说："但我们应该认识到，斯拉夫的统一不可能建立在传统的斯拉夫派和传统的西欧派土壤上，而应该以新的意识、新的理念为前提。不能把东正教体认的土壤上的斯拉夫一统的理念确认为最高的精神文化

---

① Бердяев Н. А. О новом религиозном сознании［EB/OL］.（2021—12—20）［2023—09—26］. http://az.lib.ru/b/berdjaew_n_a/text_1905_o_novom_soznanii.shtml.

之唯一的和充盈的源泉，因为这么做将把波兰人和一切天主教一切斯拉夫人排除在外了。显然，斯拉夫理念的基础应该更宽广，可以容纳几种宗教类型。"① 别尔嘉耶夫认为，梅列日科夫斯基很好地做到了这一点："在俄罗斯和欧洲文学界，我不知道还有谁能像梅列日科夫斯基那样，如此深切地感受到双重宗教复兴，如此深入地了解其奥秘，如此深刻地认识到在新的宗教综合体中克服宗教二元性的必然性。"② 在梅列日科夫斯基的所有著作、思想和经历中，存在着多个层面的二元性，包括基督教与异教、灵性与肉体、天堂与人间、神与人，以及基督与反基督等。梅列日科夫斯基的作品和思想都围绕着这些永恒的主题展开，他探讨了这些主题在新的宗教综合体中如何相互关联，以及如何克服宗教的二元性。别尔嘉耶夫认为这些主题构成了宗教意识的核心，它们是最重要、最必要、最普遍的，而这些主题恰恰在梅列日科夫斯基的作品中得到了深刻而细致的探讨。

别尔嘉耶夫以梅列日科夫斯基的两部充满了亟须解决的二元性问题的重要著作为例，这两部著作分别是基督与反基督三部曲和《托尔斯泰与陀思妥耶夫斯基》两卷本，通

---

① 别尔嘉耶夫．俄罗斯的命运［M］．汪剑钊，译．昆明：云南人民出版社，1999：119.

② Бердяев Н. А. О новом религиозном сознании［EB/OL］.（2021—12—20）［2023—09—26］. http://az.lib.ru/b/berdjaew_n_a/text_1905_o_novom_soznanii.shtml.

过这些作品，他论证了梅列日科夫斯基的新宗教意识的正确性和伟大意义。别尔嘉耶夫指出，尽管这两部作品在艺术方面存在一些不足，但从概念角度来看，它们具有卓越的价值。梅列日科夫斯基的主要贡献在于他试图解决宗教和哲学领域的二元性主题，这是全球文化和人类宗教历史中的一个重要议题。别尔嘉耶夫认为，在《托尔斯泰与陀思妥耶夫斯基》这部著作中，梅列日科夫斯基勾画出了解决这一问题的路径。他清楚地认识到，不能简单地选择一个信仰并排斥另一个，而是需要通过融合和超越这些对立的方式，找到第三种可能性，实现对两个深渊的调和。然而，遗憾的是，梅列日科夫斯基的思想和作品虽然在解决宗教和哲学领域的二元性问题上取得了重要进展，但最终尚未达到从"二分"状态走向"三合"的完全、最终的和谐与统一状态，即更高级别的和谐和一致。

别尔嘉耶夫和梅列日科夫斯基都深入探讨了宗教观念中的二元性，并对新宗教意识的兴起提出了深刻见解。别尔嘉耶夫认为，在宗教领域存在两种根本不同的观点，分别是存在的宗教和虚无的宗教。存在的宗教肯定永恒和充实的生命，而虚无的宗教则接受最终的死亡。梅列日科夫斯基则强调历史上基督教的二元性观念，将天堂视为对大地的否定，将精神视为对肉体的否定，导致了对生活和世界的分割以及罪恶观念的根深蒂固。然而，新的宗教意识正在崭露头角，这种意识无法容忍这种对立和分裂，而是追求将生活神圣化、将世界文化神圣化的目标，渴望实现新的圣洁之爱、圣洁的社会、圣洁的肉体，以及对地球的转变和重塑。这个新的宗教意识旨在超越传统的二元对立，如天与地、灵与肉，力求实现统一与整合。它教导人们通过与上帝的融合来战胜死亡，超越对狭隘生活的渴望，以确立永恒和完整的存在。别尔嘉耶夫和梅列日科夫斯基的思想都反映了对传统宗教观念的批评，并提出了一种新的宗教意识。这种意识力求将天与地、精神与肉体统一起来，以实现生活的神圣化和文化的变革。这种思想具有深刻的哲学内涵，强调超越对立和分裂的重要性，以实现更加统一和完整的存在。这种对新宗教意识的追求让别尔嘉耶夫与梅列日科夫斯基在宗教哲学领域找到了共通之处。

二、肉体与精神问题的分歧

后来，别尔嘉耶夫回忆自己与梅列日科夫斯基私交不深的原因时，总结了几个因素。首先，他指出梅列日科夫斯基从来不愿意听取或重视他人的意见，倾向于构建自己的小圈子，难以容忍那些脱离他们并对他们的文学思想提出批评的人，这表现出一种宗派主义和权欲，周围的环境也被塑造成了神秘主义的小圈子。然而，更深层次的原因在于他们在宗教、哲学和文化观点上存在分歧，以及对一些概念和符号的不同理解。这些分歧在宗教和哲学问题上引发了冲突，使他们在思想层面产生了隔阂。其中，肉体和精神成为别尔嘉耶夫与梅列日科夫斯基争论的一大焦点。

梅列日科夫斯基的两部重要作品，《托尔斯泰与陀思妥耶夫斯基》和《基督与反基督三部曲》都共同探讨了灵与肉的关系这一核心主题。基督与反基督三部曲是梅列日科夫斯基的重要文学作品，是一部再现人们宗教生活的象征主义代表作。梅列日科夫斯基在三部曲探讨圣灵与人灵的对立和冲突，继续托尔斯泰和陀思妥耶夫斯基未尽的宗教事宜，探讨灵与肉的关系。《托尔斯泰与陀思妥耶夫斯基》是梅列日科夫斯基的文学批评作品，他在书中分析了托尔斯泰和陀思妥耶夫斯基两位伟大作家的作品，特别是他们关于宗教、道德和人性的思考。这本书不仅揭示了这两位作家的不同观点，还探讨了他们对灵与肉之间关系的看法，进一步强调了这一主题的复杂性。

然而，同样自视为"新的宗教意识"的体现者的别尔嘉耶夫对基督教历史中关于"肉体"的符号感到混淆和不满，认为梅列日科夫斯基过于强调肉体的意义，而没有足够强调精神的层面。这种哲学观点和宗教信仰的差异导致了他们之间的冲突。别尔嘉耶夫指出梅列日科夫斯基的概念混乱，特别是在涉及"肉体"的符号时。他认为这种混乱违背了基督教历史的真正内涵，并导致了理论上的不一致。"作为一个过去受过哲学训练的哲学家，这发现在这个非哲学的环境中所出现的概念的混乱，梅列日科夫斯基由于'肉体'的符号而导致可怕的混乱。我不止一次地对他讲过这一点，但他却体验着由词的组合而引起的狂喜。我认为，混乱之处在于，在现实的基督教历史上'肉体'不是不够，而是过多了，而精神则是不够的。新的宗教意识是精神宗教。"①

　　别尔嘉耶夫指出了梅列日科夫斯基在处理灵与肉的关系问题时存在的局限性。尽管梅列日科夫斯基以极为深刻和尖锐的方式提出了这一问题，通过对经文的深刻阐释、艺术的直觉和对未来宗教文化的神秘预见来解决它，但他并未从哲学的角度深入研究灵与肉的问题，这在别尔嘉耶夫看来是一个不足之处。具体来讲，梅列日科夫斯基虽然着重探讨了新宗教运动与宗教、"肉体"、"大地"的关系，以及文化、社会、性爱、生命之乐等新主题之间的联系，但却未从哲学的角度提出并解决灵与肉的问题。梅列日科夫斯基在处理灵与肉的关系问题时，主要受到了对历史上基督教的唯灵论形而上学的反感驱使。梅列日科夫斯基坚决反对将宗教问题局限于唯灵论，这成为他的主要动力。他虽然常常谈及历史上基督教的禁欲形而上学和异教的相反形而上学，但未尝试从哲学的视角深入研究这一问题。别尔嘉耶夫认为这是一种局限，因为完整的宗教观念需要具备自己的本体论，对世界存在的理解，并且不可避免地涉及形而上学的问题。梅列日科夫斯基在哲学领域受到康

① 别尔嘉耶夫.自我认识：思想自传［M］.雷永生，译.桂林：广西师范大学出版社，2001：133.

德思想的影响，但他并未意识到，在哲学上克服康德对宗教意识的限制是多么必要。这表明梅列日科夫斯基更多的是一个神秘主义者而不是哲学家。因此在哲学领域中存在一些局限，特别是在处理灵与肉的问题时。他的研究方法强调直觉和文化预见，但未对灵与肉的问题进行深刻的哲学探讨，这在别尔嘉耶夫看来是梅列日科夫斯基的一个不足之处。

"梅列日科夫斯基在哲学上不负责任地使用'肉体'这个词，并且严重滥用了它。对他来说，'肉体'既是注定要复活的人体，也是整个文化、社会和'历史性'基督教所否认的'世界'。对他来说，'肉体'一词是与禁欲主义、与否定世界作斗争的工具。梅列日科夫斯基的'肉体'与物质、物质世界是什么关系？他所说的'肉体'是什么样的'肉体'，是物质的、肉体的肉体，还是其他的、'精神的肉体'（圣保罗语）？肉体不是精神的对立面，而是精神的象征，是精神的一种状态。"[1] 在别尔嘉耶夫看来，灵与肉之间的宗教问题和哲学领域探讨的精神与物质、灵魂与肉体、肉体与精神等问题不完全一致，尽管它们之间存在联系。梅列日科夫斯基所称的"肉体"是一个象征性的概念，代表了整个地球、所有文化和社会（人类的"肉体"），以及所有感官和性爱。这种"肉体"不是由物理特性和化学

---

[1] Бердяев Н. А. О "двух тайнах" Мережковского［М］//Мутные лики. М.：Канон+, 2004：192.

成分所定义，也不受空间性和时间性的限制，它不同于传统的物质和精神的二元对立。所以，在别尔嘉耶夫看来，探讨灵与肉的宗教历史问题（包括对文化、社会、感性、性别等的肯定，即对具身精神的肯定）与探讨存在、存在的构成和存在的本质的本体论问题以及认识论问题不同。他认为认知理论是未来可能的、真实的、富有成果的理论，在经验的、时空的世界中所看到的只是有条件的、相对的、表象的存在，而真正的存在和世界形而上学的"精神"与"肉体"只能在原初的、非理性的、神秘的体验中被揭示出来。别尔嘉耶夫自述自己与梅列日科夫斯基的不同，他不将"肉体"作为研究课题，自由对于他而言才是一个重要的研究课题。"梅列日科夫斯基等人把'肉体'当作研究课题，对我来说，'自由'才是研究课题。我不能思考：'肉体'是有罪的，还是圣洁的？我只能思考：'肉体'否定了自由和压迫，还是没有？"①不同于梅列日科夫斯基考虑肉体是有罪的，还是圣洁的，别尔嘉耶夫只关注肉体是否否定了自由或导致压迫。对别尔嘉耶夫而言，肉体与精神的问题与自由的关系更为重要。

在别尔嘉耶夫的观点中，梅列日科夫斯基将尼采学说和性的酒神精神联系在一起，但他自己则与这种将"肉体"神圣化的观点保持距离。根据别尔嘉耶夫的看法，梅列日

---

① 别尔嘉耶夫. 自我认识：思想自传［M］. 雷永生，译. 桂林：广西师范大学出版社，2001：27.

科夫斯基对"肉体"持有一种带有心灵主义和美学性质的态度，尽管他偶尔提及"自由"这个词，但却未将自由问题作为突出的研究课题，而且在他的观点中似乎缺乏对自由的深入思考。在梅列日科夫斯基处，"肉体"几乎掩盖了自由，而自由被视为精神的体现。正因为他未充分关注自由问题，因此别尔嘉耶夫与他存在着重大分歧，并认为这涉及人的尊严问题。梅列日科夫斯基将"肉体"几乎神化为性的象征，别尔嘉耶夫认为，梅列日科夫斯基用安娜爱沃伦斯基之正义来反对严守法律的伪君子卡列宁的非正义这一举措是完全正确的，但这一命题应该更加强调为了人的自由和价值，以及反对法律和权威的非正义而进行的斗争。梅列日科夫斯基将这一观点融入了他有关肉体与灵魂的理论中，并将其溶解于神秘的性的唯物主义之中。但根据别尔嘉耶夫的观点，精神代表着自由，而不是僧侣禁欲主义的否定和肉体的消除。这一观点强调了自由与人的尊严的重要性。

别尔嘉耶夫批判了梅列日科夫斯基就肉体和精神在宗教和基督教观念方面的一些不足之处。"我们可以更合理地提出与梅列日科夫斯基相反的论点：在'历史的'基督教中，肉体太多而精神太少，基督教被物化了，适应了'世界'，它仍然被'世界'所支配，它是一种宗教。也可以说，在'历史的'基督教中，个性被有机的、一般的集体所压制，基督教本身不是隐藏的，而是历史地显现出来的，它仍然

处于自然主义阶段。新的宗教意识只能是基督教的非物质
化，是精神的展现，是'精神'从'世界'的力量中解放
出来，是个体从属概念中解放出来；然而，梅列日科夫斯基
却坚持宗教唯物主义，这是旧的宗教意识，是旧的对外在、
客观主体的奴役。他没有深入精神的个人方式，没有深入
精神的内在奥秘。对他来说，基督教的奥秘仍然是客观化
和物质化的。他的基督教不是亲密的，不是内在的。"① 别尔
嘉耶夫批评梅列日科夫斯基坚持宗教唯物主义，认为他仍
然停留在旧的宗教意识中。梅列日科夫斯基的基督教观念
被描述为客观化和物质化的，没有深入精神的个人体验和
内在的奥秘。别尔嘉耶夫提出了一个与梅列日科夫斯基相
反的论点，即在历史上的基督教中，肉体和物质层面的元
素过于突出，而精神和个性的内在体验相对较少。这种基
督教已经被物化，并且与世俗世界相融合，仍然受到世俗
世界的支配。这一观点认为，这种基督教是一种宗教形式。
新宗教意识应当是对基督教的非物质化，强调精神的展现，
以及个体从集体概念中的解放。这种新宗教意识将精神从
世俗世界的力量中解放出来，强调个体内在的精神体验。
这被视为一种更亲密和内在的宗教体验。可见，别尔嘉耶
夫主张一种更加亲密和精神化的宗教观念，将个体的精神
体验和解放作为重要元素。

---

① Бердяев Н. А. О "двух тайнах" Мережковского［М］//Мутные
лики. М.: Канон+, 2004: 193.

　　总的来说，别尔嘉耶夫似乎对梅列日科夫斯基有关灵与肉的观点提出了一些批评，认为他在处理肉体和精神的比重、性、自由和人的尊严等问题时存在一些混淆和不准确的哲学和宗教观念。中国学者刘小枫则对此提出了一个有趣的观点，试图解释梅列日科夫斯基对肉体和爱欲的强调。"别尔佳耶夫指责梅烈日柯夫斯基的'文化基督教'过于看重身体和爱欲，搞出了尼采式基督教，可见他并没有搞懂梅烈日柯夫斯基强调身体和爱欲的意思。梅烈日柯夫斯基提出所谓身体、灵魂、精神这'精神高贵'的三要素针对的恰恰是'未来的无赖'的三张面孔：活生生的肉体对抗大地和人民、活生生的灵魂对抗教会、活生生的精神对抗知识分子。"[①]刘小枫的观点为梅列日科夫斯基进行了辩护，认为梅列日科夫斯基旨在反对社会的不公和压迫，强调了身体、灵魂和精神在个体解放和抵抗中的重要性。这种解读强调了梅列日科夫斯基思想中的进步和反抗元素，反映了梅列日科夫斯基思想中的复杂性，与别尔嘉耶夫的批评形成了对比。

　　最后，可以发现，在对灵与肉的探讨基础上，对比梅列日科夫斯基的新宗教意识，别尔嘉耶夫的新宗教意识强调了宗教与哲学的融合，试图超越历史对立和宗教局限，追求一种更为完整和普世的宗教真理，同时将宗教经验与

---

① 刘小枫.象征与叙事：论梅烈日柯夫斯基的象征主义[J].浙江学刊，2002（01）：80.

哲学思考相结合，以寻求更高层次的灵知。这种新宗教意识具有宽广的视野，试图超越传统宗教观念的狭隘性。

三、别尔嘉耶夫和梅列日科夫斯基视野下的象征主义思潮

20世纪初期，俄罗斯文坛出现了多种引人注目的文学现象和流派，其中显著的现象和流派是宗教转向和象征主义。这一时期的文学变革与19世纪末的社会和政治动荡、民粹主义运动等因素密切相关。20世纪初，俄罗斯文学出现了明显的宗教转向。许多作家和诗人开始探讨基督教和宗教主题，这一现象与19世纪末的社会动荡和思想变革有关，作家希望通过宗教思想来回应道德和伦理的问题。同一时期，象征主义也成为俄罗斯文学中的一个重要流派，这一文学潮流强调象征、隐喻和意象的使用，与宗教和哲学领域的思想交流密切相关。毫无疑问，梅列日科夫斯基在这一时期具有独特地位。正如别尔嘉耶夫所言："对于20世纪初的俄罗斯文学思潮来说，十分特别的是，迅速地发生了向宗教和基督教的转向。俄国的诗人不可能坚持唯美主义，他们期望通过不同的道路克服个人主义，梅列日科夫斯基是这个方向上的第一人。"① 梅列日科夫斯基不仅是宗教转向的代表人物之一，将基督教精神引入文学，强调灵

---

① 别尔嘉耶夫. 自我认识：思想自传［M］. 雷永生，译. 桂林：广西师范大学出版社，2001：148.

性和道德，试图通过文学传达宗教的深刻内涵，还是俄罗斯象征主义美学的正式提出者。他对象征主义的原则进行了思考，在文学中引入了象征主义的元素，丰富了俄罗斯文学的表现形式和思想内涵。

象征主义兴起于19世纪末20世纪初，是对19世纪末俄罗斯文学中现实主义和自然主义的反映。象征主义作家试图超越表面现实，寻找更深层次的灵感和真理。象征主义也是西方文学潜移默化下影响下的产物。19世纪与20世纪之交，俄罗斯文化与西方文化的联系更趋紧密。"俄国的象征主义本来是工场手工业资本利益的产物。将乡野的俄国，将颓败的莫斯科的客厅和商人的别墅的俄国引入梅特林克和波德莱尔的神秘，引入西欧工业文化的精巧和精神的锻炼，这就是俄国的象征主义的根本意义。这可以说是俄国的一种精神上的'欧化'。"① 在俄罗斯象征主义发展过程中，特别是在19世纪90年代的形成时期，法国象征主义的影响至关重要，德国浪漫主义和象征主义的影响也不容忽视。如法国象征主义代表诗人波德莱尔就对俄国老一辈象征派影响深远，其"感应"[所谓"感应"（有人译作"通感""应和"）就是精神现象与自然现象之间、现实世界与诗人"我"的世界之间，甚至于人的不同感官之间存在的隐蔽的、通过诗歌才能认知的相似和相通。象征派诗人认

---

① 周扬.十五年来的苏联文学［M］// 周扬文集：第一卷.北京：人民文学出版社，1984：23—24.

为，诗歌的任务就是要探索认识人与自然的新的诗歌形式]
理论被象征派所借鉴。老一辈俄罗斯象征派诗人把波德莱
尔视作"象征主义宪章"。俄国象征主义接受了法国象征主
义的诸多美学观点，如采取唯心主义的世界观，视创作为
一种神秘仪式、宗教行为；艺术是对世界的直觉理解；音乐
的自然律动是生活和艺术的原始基础；偏爱诗歌和抒情体
裁；在寻找世界的统一性时注意类比和"感应"；在查明历
代文化沿革的血统关系方面注重古希腊罗马和中世纪的作
品。俄国象征主义的另一大影响源——德国浪漫主义。德
国文化对俄罗斯诗歌的影响在老一辈象征派向新一代象征
派过渡期间可以清楚地感觉到。诗歌是象征主义文学的核
心，诗人们通过象征、隐喻、比喻等修辞手法来传达抽象
的思想和情感。如德国浪漫派代表诺瓦利斯对梅列日科夫
斯基和伊万诺夫的影响。象征派一直致力于克服艺术创作
的局限，他们创造了新的处世态度。他们对自己的作用的
理解与浪漫主义，尤其是德国浪漫主义有着密切的联系。[①]
不管是法国象征主义，还是德国浪漫主义，两派都注重音
乐，俄国象征主义也就一脉相承，所以音乐性也就成为俄
国象征主义，尤其是象征主义诗歌的典型代表特征之一。

　　总的来说，20世纪初的俄罗斯文学象征主义强调个体
内在世界的表达，通过象征和音乐性的语言传达情感和思

---

① 郑体武.西风东渐：论法国象征主义和德国浪漫主义对俄国象征主
义的影响［J］.中国比较文学，2008（04）：76—84.

想。这一文学思潮为俄罗斯文学注入了新的艺术和哲学元素，对后来的文学发展产生了深远的影响。

梅列日科夫斯基是象征主义运动的杰出代表，他的文学作品和思想贡献为象征主义的确立和发展提供了坚实的基础。1892年问世的《论现代俄国文学衰落的原因及新流派》(*О причинах упадка и о новых течениях современной русской литературы*）是俄国象征主义和整个颓废主义文学最早的一篇宣言，这篇文章的问世标志着象征主义美学的第一次正式提出，是梅列日科夫斯基对象征主义原则的思考。文章的标题是对文章主导思想的精准概述。在分析俄罗斯文学的现状时，梅列日科夫斯基也考虑了文学衰落的原因。梅列日科夫斯基指出了文学衰落的主要原因是人们的神秘感的丧失，庸俗的教条唯物主义对宗教感的驯服，当下主导着文学的现实主义正是艺术上的庸俗的唯物主义，以及一些审查制度和稿费制度。梅列日科夫斯基为此要摒弃描写环境的现实主义，提出了"新流派"，即象征文学必须解决的任务：结束过渡时期和建立新的文化原则。他概述了这一任务的主要致力方向：神秘的内容、象征和艺术感受力的扩大。第一要素之"神秘的内容"即从宗教出发的反实证主义的理想主义；第三要素之"艺术感受力的扩大"即一种"对未曾体验过的东西的渴望，对难以捉摸的色调、对我们感受上的某种含糊不清的东西的追求，这就是未来理想的诗学的特征"；第二要素之"象征"是核心关键。梅列日科夫斯基首次对"象征"（Символ）进行了定义。梅列日科夫斯基认为，象征应当自然地、不知不觉地从现实深处涌现。如果作者为表达某种思想，人为地臆造一些象征，那么，这些象征就会变为死的比喻。它们就像一切僵死的东西一样，除厌恶而外，不能引起任何别的感觉。

在梅列日科夫斯基处，宗教、哲学、文学、艺术都可以囊括在文化范围之下，文学的衰落侧面反映了文化的衰落。梅列日科夫斯基认为，社会所经历的社会政治危机无疑是一场全面的文化灾难。他把这场文化灾难归咎于唯物主义和实证主义，认为它们破坏了信仰、精神和传统。梅列日科夫斯基将文化复兴与"新流派"相联系，即与颓废主义和象征主义联系起来。因此，新流派在俄罗斯的诞生，既是对文化衰落的一种克服，也是对在它之前文化所经历的快速繁荣阶段的认识。象征主义需要延续伟大的19世纪的传统。所以，俄国的象征主义不仅仅是俄国文学的一次流变，也是俄国文化和俄国社会思想的一次流变。

根据梅列日科夫斯基的说法，象征主义的重要意义在于它将在艺术描绘中将现象世界与神灵世界结合起来，因此，战胜了颓废及其天真平庸的幻想和恶魔般的空谈，象征主义诗歌恢复与宗教意识的联系，在现象世界中发现永恒。象征主义的这一重要功能，"寻求上帝的文化"，对梅列日科夫斯基来说具有特殊意义，因为他一生都在追寻宗教信仰和神秘主义。自19世纪60年代以来，俄国思想界和文化界有三种相当活跃的思潮，并分别影响文学创作和文学活动，甚至主要通过文学创作和文学活动而体现，第一种是革命民主主义，主要是以别林斯基、车尔尼雪夫斯基、杜勃罗留波夫等为代表的革命民主主义激进分子的文学写作，同时也是政治写作，尤以车尔尼雪夫斯基文学创作中的功利主义为代表。另一种是民粹主义，赞美农民的德性、村社组织和土地的道德传统。在梅列日科夫斯基那里，革命民主主义和民粹主义的文学创作充斥着实证的、唯物的、功利主义，是一种脱离了精神生活的无宗教社会小说。至于以屠格涅夫、契诃夫和高尔基等人为代表的市民小说则以冷眼旁观的小说叙事和贵族式的市侩气对抗着民粹激情，日常无聊的生活叙事代表了小市民式知识分子的"没有上帝"的文学。所以他选择了托尔斯泰和陀思妥耶夫斯基的小说叙事，在他看来，这两位作家所创作的小说类型称得上宗教小说，正是区别于那些携带现代实证主义和功利主义精神的社会小说和市民小说。"这并非单纯的文学趣味或偏好问题，正如已经看到的，小说感觉或小说类型就是宗教精神乃至社会思想的表达。"① 可见，梅列日科夫斯基发出的不仅是文学宣言，也是思想宣言，即俄国象征主义运动与19世纪末复杂、剧烈的思想冲突中出现的宗教精神更新运动叠合。正如别尔嘉耶夫的评价一样："俄罗斯象征主

① 刘小枫.象征与叙事：论梅烈日柯夫斯基的象征主义[J].浙江学刊，2002（01）：73.

义没有止步于审美艺术的世界，它迅速地迈向宗教神秘的范畴。"①

　　"别尔嘉耶夫虽攻击梅烈日柯夫斯基的象征主义圈子，但他们也被某些文化思想史家称为象征主义者。"②研究别尔嘉耶夫哲学语言特点的当代专家戈·季亚琴科就曾评价："别尔嘉耶夫的哲学是一种象征主义哲学。"③象征主义是别尔嘉耶夫思想中的重要组成部分。别尔嘉耶夫"一贯推崇象征主义，在象征主义文学中浸润颇深，这既指与象征主义文学代表人物有着千丝万缕的联系，也指在精神脉络上与象征主义文学具有的契合。他对陀思妥耶夫斯基精神的解读，以及对整个 19 世纪文学的思考，都是从象征主义文学立场出发做出判别"④。别尔嘉耶夫对同时代的俄国象征主义文学流派最重要的代表都有过论述，如《评罗赞诺夫的〈宗教大法官〉一书》《新宗教意识——论梅列日科夫斯基》《论维·伊万诺夫》《星际小说——关于别雷的彼得堡的沉

---

① Бердяев Н. А. Истоки и смысл русского коммунизма［M］. M.：Наука，1990：91.

② 刘小枫. 象征与叙事：论梅烈日柯夫斯基的象征主义［J］. 浙江学刊，2002（01）：75.

③ Дьяченко Г. В. Символ в философском дискурсе Н. Бердяева：лингво-когнитивный аспект：диссертация канд. филол. наук. Луганск，2008：131［2023-09-26］. https：//search.rsl.ru/ru/record/01003445711□ysclid=lnob710lzr938603812］

④ 耿海英. 两种"当代文学衰落"论的论争：别尔嘉耶夫论当代文学［J］. 俄罗斯文艺，2020（01）：62.

思》《为勃洛克辩护》等等。

别尔嘉耶夫将象征或符号（Символ）定义为"两个世界之间的联系，是另一个世界在这个世界上的标记"①。"在我们的生活中，一切具有意义和重要性的事物都只是一个符号，即另一个世界的象征。有意义的东西就是一个符号，即另一个世界的符号，它本身就具有意义。我们生活中一切有意义的东西都是符号，都是象征。"②阿·哈米杜林认为，别尔嘉耶夫在此得出了一个本体论结论。"存在着几种秩序，符号必须将它们结合起来。在这方面，符号充当了两种存在秩序——精神世界和自然、尘世世界——之间的真正纽带。借助符号，认知主体可以从经验世界进入精神世界，历史存在的深邃也就展现在人类面前。思想家甚至谈到了一种特殊的象征世界观，通过这种世界观，人们可以在周围的有限世界中看到神圣世界的前景。对于具有这种符号意识的人来说，历史上的一切对象和事件都变得仿佛是的，因为它们作为符号，是通向精神领域的向导。"③符号被看作是连接不同存在秩序的真正纽带，尤其是连接精神世界和

---

① 别尔嘉耶夫.俄罗斯思想［M］.雷永生，邱守娟，译.北京：生活·读书·新知三联书店，1995：224.

② Бердяев Н. А. Философия свободного духа［M］. М.: Республика，1994: 50.

③ Хамидулин А. М. Роль символизма в философии истории Н. А. Бердяева［J］. Вестн.Том.гос.ун-та.Философия.Социология. Политология，2020（57）：172.

自然世界，或者说连接灵性和物质性。符号在这一过程中充当了知识的渠道，允许认知主体从经验世界进入精神世界，从而揭示历史存在的深层次。别尔嘉耶夫提到了一种特殊的象征主义世界观，通过它，人们可以在周围的有限世界中看到神圣世界的展望。这种世界观使所有历史事件和对象变得透明，因为它们作为象征物，充当通向精神领域的向导。根据别尔嘉耶夫的观点，只有在精神领域中才可能实现对历史的超越性理解，而符号和象征则在这一过程中起着关键作用。此外，别尔嘉耶夫将象征本体化，认为人类历史本身也是象征。象征不仅连接物质世界与精神世界两种存在方式，还连接着人类的精神经验与更高精神世界的联系。历史的象征性意味着历史事件和发展可以被解释为指向更深层次的精神现实的象征。

分析别尔嘉耶夫对历史的象征性解读，我们可以去探讨别尔嘉耶夫的象征与现实和创造的联系。他认为，在象征中展示了创造性的现象，通过充满意义的象征，人们可以理解历史，将历史视为充满意义和价值的空间。这种理解打开了历史的象征性和文化价值的维度。别尔嘉耶夫在《新中世纪》（*Новое средневековье*）一文中强调了象征对新中世纪时代文化创造的重要性："我把新中世纪称为时代的节奏变化，从新历史的理性主义向中世纪类型的非理性主义或超理性主义的转变。"① 别尔嘉耶夫认为,新型中世纪应该成为一种普遍的统一时代,回归神秘的神圣性、社会的自发性和象征主义。别尔嘉耶夫认为象征主义具有一种符号性的世界观,这意味着人们可以通过赋予周围事物和现象符号性的含义来创造新的现实。象征主义在新中世纪的文化中扮演了重要角色,人们能够赋予周围的现实符号性意义,从而创造出新的现实。

"创造"是别尔嘉耶夫思想中的一大重要元素:"自由、个性、创造是我的世界感和世界观的基础。"② "关于创造、关于人的创造的使命——这是我的生活的基本课题。提出这一课题并不是我哲学思维的结果,这是内在经验的体验,是内在的领悟。人们常常对我所提出的创造问题做不正确的理解,他们在通常的意义上把它理解为文化创造、'科学与艺术'创造、艺术作品的创造、写书等等。这种理解就把它变成一个完全陈旧的问题……我根本不提出创造的辩护问题,我提出的是用创造来辩护的问题。创造不需要辩护,它要为人类的正确辩护,它是人类学。这是人对上帝的关系问题,是人对上帝的应答。"③ 别尔嘉耶夫所说的创造

① Бердяев Н. А. Новое средневековье［М］//Смысл истории. Новое средневековье. М.: Канон+, 2002: 226.

② 别尔嘉耶夫. 自我认识:思想自传［М］.雷永生, 译.桂林:广西师范大学出版社, 2001: 51.

③ 别尔嘉耶夫. 自我认识:思想自传［М］.雷永生, 译.桂林:广西师范大学出版社, 2001: 195.

不仅仅是一种行为，更是一种哲学和宗教思考的核心、一种本体论意义上的创造，是指作为人之本性的创造。创造所牵涉的不仅有与文化关系的问题，更有人与神关系的问题。别尔嘉耶夫在《自我认识》中指出，创造本质上是指引向新的生活、新的存在、新的天空和新的大地的行为，以及改变世界的行为。创造的初衷是改变现实，创造新的生命和新的存在。然而，在当前的世界条件下，创造的性质发生了变化。它变得更加沉重，吸引力下降，变得更加受限于文化和文明的成果。创造不再是改变现实的强烈追求，而更多地表现为文化成果的创作。在这种演变中，创造的成果具有象征性质，而不再具有直接的现实性质。人们开始创造书籍、音乐、绘画、诗歌以及社会观点等，这些创造具有象征性，表达了某种内在的思想和价值观。现实主义的创造是改变世界的行为，它是世界的终结，是新的天地的产生。创造的目的在于实现现实的改变，而不仅仅是象征性的创造。别尔嘉耶夫认为古典主义虽然在创造的完美性方面达到了高度，但它限制了对世界的改变，因为它容许在现有的世界条件下实现内在完善。相反，浪漫主义更注重越过限制，但也存在虚伪性。别尔嘉耶夫认为真正的道路是从朴素的现实主义开始，经过象征主义，最终达到真正的现实主义，即改变世界的现实创造。别尔嘉耶夫认为创造的演变是从直接改变现实到象征性创造的转变。

　　根据别尔嘉耶夫的思考和表述，我们可以进一步探讨象征主义与创造之间的关系。象征主义在别尔嘉耶夫处被视为一种思想形式，它突出了符号、象征和隐喻的使用。这种思想形式可以帮助人们超越表面的现实，进入更深层次的思考和理解。在创造过程中，象征主义可以用来传达内在的精神、思想和情感，而不仅仅是表现表面现实。像文学、音乐、绘画和诗歌等艺术形式常常使用象征主义元素，通过象征性的创造来传达复杂的思想和情感。这种象征性创造不仅仅是为了艺术本身，而且是为了启发观众或读者的深思和反思。象征主义暗示创造本身也可以具有象征性质。创作者的作品可以被视为象征性的行为，通过这些行为，他们试图改变或超越现实。这种创造性行为不仅仅局限于文化成果，还可以包括对社会、伦理和道德等方面的象征性贡献。象征主义的思维方式可以启发创造性思维，但同时也可能导致对现实与象征之间关系的错觉。这种复杂性体现在如何将创造的成果与现实性相对应，以及如何将象征转化为实际的改变。别尔嘉耶夫提出了一个深刻的问题，即创造是否仅仅是文化成果的创作，还是可以通过象征主义的思考方式来实现对世界的真正改变。这强调了创造的象征性和现实性之间的关系，以及如何将象征主义的思维应用于创造中，以实现对现实的深刻影响。

梅列日科夫斯基和别尔嘉耶夫的象征主义思想在文学和哲学领域都具有重要影响。他们的象征主义思想都强调了象征对现实生活的重要性，以及在文化、信仰和历史理解中的作用。他们的思想启发了对文学、艺术和哲学的深刻反思，强调了超越表面现实的内在含义和价值。

第二节 别尔嘉耶夫与高尔基

别尔嘉耶夫和高尔基是两位重要的人物，两人在社会背景、职业领域、政治追求和宗教信仰，以及对待政权的经验和实践方面存在很大的差异。尽管存在种种差异，但他们都是自由的文学家，通过哲学性和文学性的写作方式，深刻地关注了俄罗斯的命运，在他们的思想中都强调了个体的自由、尊严和人性。无论如何，两者都是深思熟虑的观察家，两人都积极在期刊上发表自己的观察、想法和预测，反映了不断变化的俄罗斯社会现实。

一、文学之评

1905 年，俄国爆发资产阶级民主革命，俄国工人、农民、士兵、部分知识分子和资产阶级通过罢工、起义等方式表达对沙皇专制的不满，寻求建立新的民主政权。面对复杂多变的社会现实和国内思想的激荡，别尔嘉耶夫发表了《革命与文化》（*Революция и культура*）一文，深入探讨了民主革命的双重性以及它与文化之间的相互关系。在这篇文章中，别尔嘉耶夫指出了民主革命的复杂性，它既承载着社会正义的真理，也承载着对崇高价值观的否定和敌视的虚假。别尔嘉耶夫认识到革命可以带来政治上的变革，但同时也可能导致社会动荡和暴力冲突；革命可以促进社会的进步，但也可能导致混乱和人性的堕落。别尔嘉耶夫进一步探讨了文化在革命过程中的作用。他认为文化在革命中具有重要的双重性。一方面，文化可以启发人们追求更高尚的目标，推动革命朝着正义和自由的方向发展。另一方面，文化也可能被滥用，用来煽动仇恨和激化冲突。别尔嘉耶夫讨论了文化知识分子在解放运动中的作用，认为文化知识分子应该继续在艺术、文学、哲学和宗教领域开展工作，保护和弘扬文化价值观，抵制任何破坏文化遗产的企图。文化知识分子可以利用自己的创造力和权威来引起人们对保护文化财产和反对文化与政治欺凌的重要性的关注。其中，别尔嘉耶夫主要提到了高尔基及其文学活动。

别尔嘉耶夫首先赞赏高尔基早期作品中所展现的坚韧、独创和才华横溢，"高尔基以其令人耳目一新的文字在文学界崭露头角，在他的第一部小说中，高尔基是坚强的、独创的和才华横溢的"①。高尔基的早期作品充满了对社会不公的强烈反感和对底层人民的同情。这些作品捕捉到了当时

---

① Бердяев Н. А. Sub specie aeternitatis. Опыты философские, социальные и литературные（1900—1906гг.）[М]. М.: Канон+, 2002: 421.

俄罗斯社会的苦难和不平等，并以鲜明的笔触呈现在读者面前。别尔嘉耶夫认为，高尔基通过这些作品成功地传达了社会的严酷现实，引起了人们的共鸣，"有必要向世人讲述流浪汉[①]和他们的反抗。这股新的流浪者力量在现代社会中产生了令人眼花缭乱的影响，并在最资产阶级的圈子里取得了成功……所有人都认识到，高尔基笔下的流浪者是一股反叛和革命的力量"[②]。

　　然而，正是因为革命具有双重性，俄国革命不仅代表了对社会不公的正义起义，还包含了一种对文化的不公正义的愤怒。在某些方面，俄国革命中的运动已经演变成一种对高尚价值观和永恒价值观的攻击，甚至是一种粗鲁和反文化的力量。为此，别尔嘉耶夫认为，在高尔基文学中存在着流氓主义和反文化元素。他指出，高尔基的作品反映了对社会不公的正义反叛，但也包含了对文化、高尚价值观和永恒事物的不满和愤怒。高尔基的流浪汉形象被赋予了一种反叛的革命力量，但这也导致了粗鲁的情感在社会反抗中的表现。"高尔基本人很有趣。然而，高尔基的个性似乎代表了俄国革命中一切反文化的东西。在这里，人们已经感受到的不仅是对社会不公的正义反叛，而且是对

---

① 流浪汉，原文为 босяки，指的是俄罗斯的工人和贫苦人民，他们经常参与社会抗议和暴动。

② Бердяев Н. А. Sub specie aeternitatis. Опыты философские, социальные и литературные（1900—1906гг.）［М］. М.: Канон+, 2002: 421.

文化、对一切高尚和永恒有价值的事物的不义愤怒。在这里，粗鲁的感情被编织成社会的反叛。我不能把高尔基的文章称为最真实和最深刻意义上的流氓行为。这不是托尔斯泰对文化的否定，对文化如此富有成效，需要重新评估价值观，而是粗鲁、侮辱永恒美学和永恒伦理的崛起力量。"① 别尔嘉耶夫质疑高尔基的流氓主义是否真正代表了革命的力量，还是可能演变成反动的暴行。以至于别尔嘉耶夫直言，"高尔基的名声一直在不断增长，但他的作品却一直在变得越来越差：他的小说比最初的故事弱，他的戏剧比小说差，他的文章甚至变得非常糟糕"②。

别尔嘉耶夫还关注了高尔基对庸俗主义和宗教观念的探讨。他指出，高尔基将庸俗主义视为对宗教、哲学和美学的一种贬低，认为庸俗主义体现在市侩主义中，即对个人主义、自由和文化的轻视。别尔嘉耶夫强调了庸俗主义与宗教观念的冲突，宗教观念将永恒价值视为绝对，而庸俗主义则崇尚现实和个人舒适。这一冲突在高尔基文学中得到体现，引发了别尔嘉耶夫的关注。

别尔嘉耶夫对高尔基文学中对无产阶级奴性的描写表

① Бердеяв Н. А. Sub specie aeternitatis. Опыты философские, социальные и литературные（1900—1906гг.）[M]．М.：Канон+，2002：421.

② Бердеяв Н. А. Sub specie aeternitatis. Опыты философские, социальные и литературные（1900—1906гг.）[M]．М.：Канон+，2002：421.

示担忧。他认为，将无产阶级描绘为奴性的可能性会对工人阶级自身产生负面影响，削弱他们的意识和自由。他强调了知识分子对解放运动的贡献，将个人创造力和思想的重要性置于高度，认为工人阶级需要光明和意识来摆脱奴性。毕竟当时的社会环境令人担忧，人们在面对诸如"无产阶级""人民""革命""起义"等一些有着重大社会或政治含义的词语过于盲目崇拜，将其视为绝对真理，表现出一种奴性而不去深入思考或保持批判性的立场。这可能导致人们在面对这些词语所代表的运动或理念时失去了个人自由和独立思考的能力。别尔嘉耶夫对这种趋势表示担忧，认为应该更加理性和审慎地对待这些词语和相关的议题。

别尔嘉耶夫对高尔基的文学评价充满了复杂性。他既赞赏高尔基早期作品中的坚韧和才华，又担忧其中可能存在的流氓主义和庸俗主义元素。他强调了文化、价值观和个人自由在革命中的重要性，以及对无产阶级奴性的担忧。别尔嘉耶夫的评价反映了他对高尔基文学活动的深刻思考和对俄罗斯社会和文化发展的关切。这一复杂的评价为我们理解高尔基作为作家和思想家的复杂性提供了重要线索。

二、灵魂之论

两人之间最具代表性和影响力的隔空对话，是有关"俄罗斯灵魂"的探讨，这个话题不可避免地与战争和革命等当时备受关注的时事和现实主题相联系。20 世纪前 20 年代，第一次世界大战与 1917 年的革命事件紧密相连，深刻地塑造了俄罗斯社会和文化的面貌。在这两次重大历史事件之间，1915 年，别尔嘉耶夫发表《俄罗斯灵魂》(Душа России)，同年，高尔基在杂志《年鉴》杂志创刊号发表了《两种灵魂》(Две души)一文。次年，即 1916 年，别尔嘉耶夫以《亚细亚的和欧罗巴的灵魂》(Азиатская и европейская душа)的文章对高尔基的《两个灵魂》做出回应。在两人的探讨中，在 20 世纪，随着社会背景的变化，具有历史悠久背景的"俄罗斯灵魂"这一主题在俄罗斯思想史上再次引发了强烈的关注，为后世留下了深刻的文学遗产。"俄罗斯灵魂"这一主题贯穿于两人的思想和作品中，反映了两人对俄罗斯民族特性和文化身份的深刻思考。别尔嘉耶夫和高尔基都试图理解俄罗斯人的心灵和情感，以及俄罗斯社会的特殊性。

三、东西方之论

俄国东西方之论问题源于 19 世纪，它反映了俄国社会和文化中的两种对立观点，涉及西方文明与俄罗斯传统价值观之间的关系。俄国东西方之论问题可以追溯到 19 世纪初，当时俄国社会和文化受到西方思想的强烈影响，特别是在彼得大帝改革期间。彼得大帝试图通过西化改革来现代化俄国，引入了西方文化、政治制度和技术。这导致了一场文化和哲学上的争论，涉及俄国的传统、民族认同和宗教信仰。斯拉夫派强调俄罗斯的独特性和自身文化的价值。他们认为俄国应该保持传统的俄罗斯价值观，如东正教信仰和村社，而不是放弃它们而盲目模仿西方。西欧派则强调西方文明的进步和现代化，认为俄罗斯需要采纳西方的政治、经济和文化模式以跟上世界的发展潮流。东西方之论问题一直持续到 20 世纪初，甚至更迟。这一争论在不同历史时期对俄国社会和政治产生了不同的影响，是俄国社会和文化中的重要因素。别尔嘉耶夫的《亚细亚的和欧罗巴的灵魂》是对高尔基《两个灵魂》的回应，正是这一问题的重要体现。两人的观点彼此针锋相对，但两者都是紧密联系民族性格的独特性和动荡的时势进行探讨的，共同显示出这一争论的现实针对性。①

　　争论始于 1915 年，当时别尔嘉耶夫发表了《俄罗斯灵魂》一文。在这篇文章中，别尔嘉耶夫深入探讨了俄罗斯民族内部存在的各种矛盾，他认为这些矛盾的根源在于民族性格中女性特质和男性特质的冲突。他认为俄罗斯人的天性更倾向于"女性化"。别尔嘉耶夫进一步将第一次世界大战解释为斯拉夫人种和日耳曼人种（代表了"男性化"种族）之间早已酝酿的全球性冲突的爆发。他坚持认为日耳曼文化已经深刻影响了俄罗斯，控制了俄罗斯的身体和精神。面对这一现实，别尔嘉耶夫强调了一个观点：俄罗斯

---

① 汪介之.东西方问题的考量在 20 世纪俄罗斯文学中的延伸与影响［J］.外国文学评论，2009（02）：215—227.

不能像东方一样局限自己，与西方对抗，而应该充当"东方—西方"的连接器，而非分离者。这意味着俄罗斯应该拥抱自身的多样性，并促使东西方之间建立更为紧密的联系，以推动文化和社会的发展。

之后高尔基发表《两种灵魂》。高尔基在文章中基于各种概念的对立和平行原则，将世界分为东方（亚洲）和西方（欧洲）两个类别。在高尔基看来，"东方是情感、感情因素对智力、理性占优势的地方"①。根据高尔基的说法，东方"爱思辨胜过研究，爱形而上学的教条胜过科学的假设。……东方人是自己幻想的奴隶和仆人"②。"东方为了限制无限度发展的感情，创立了禁欲主义、僧侣主义、隐居修行和一切其他的逃避生活、阴郁地否定生活的形式。……否定一切形式的社会和政治组织……宗教的不宽容性、狂热主义、狂信——这也是东方情感的产物。"③高尔基将东方归咎于对理性的近乎形而上学的恐惧，这自然阻碍了文明的进步和进一步发展。

在高尔基看来，长期受苦的俄国几乎所有的麻烦都源于在俄国生活中起着最严厉、最有害作用的"衰弱的东方

① 马克西姆·高尔基.两个灵魂［M］//高尔基集.余一中，编选.上海：上海远东出版社，1997：289.
② 马克西姆·高尔基.两个灵魂［M］//高尔基集.余一中，编选.上海：上海远东出版社，1997：289.
③ 马克西姆·高尔基.两个灵魂［M］//高尔基集.余一中，编选.上海：上海远东出版社，1997：290.

的智慧"①。"我们作为亚洲居民,是一些说漂亮话,干不理智的行动的人;我们说的话多得要命,但干得既少又糟……西方的人们在创造历史,可我们却还在编下流的笑话。"②在此基础上,高尔基认为,俄国人拥有两种不同的灵魂。这两种灵魂是指俄罗斯人内心深处的两种不同的文化和哲学传统,一种是来自蒙古游牧民族的灵魂,这种灵魂是懒惰的、宿命论者和梦想家;另一种是来自斯拉夫民族的灵魂,这种灵魂有时会闪现出天才的耀眼光芒,但很快就会熄灭。这两种灵魂在俄罗斯文化中长期共存,相互影响,形成了独特的俄罗斯文化和民族性格。在高尔基看来,这两种灵魂都没有任何用处,结果为零,不像西欧人的灵魂是积极的、有目的的。高尔基再次转向"奥勃洛莫夫气质"的问题,这个问题一再成为俄罗斯思想,特别是俄罗斯古典文学关注的焦点,以奥涅金、奥勃洛莫夫为代表的一系列多余人都来自东方。

《两个灵魂》引发了俄罗斯知识分子的反响,别尔嘉耶夫以《亚细亚的和欧罗巴的灵魂》对高尔基的观点进行了回应和反驳。别尔嘉耶夫首先赞同了高尔基文章中"俄罗斯灵魂"主题的重要性。别尔嘉耶夫指出,高尔基的文章"围绕着俄罗斯思想的永恒主题——东方与西方的问题而

① 马克西姆·高尔基. 两个灵魂 [M] // 高尔基集. 余一中,编选. 上海:上海远东出版社,1997:298.
② 马克西姆·高尔基. 两个灵魂 [M] // 高尔基集. 余一中,编选. 上海:上海远东出版社,1997:299.

展开。对我们的民族而言，这个主题是基本的和极为重要的"①。由于高尔基对俄罗斯民族负面特质的激烈批判，别尔嘉耶夫将其视为一个激进的西欧派分子，可见，别尔嘉耶夫并不赞同高尔基对俄罗斯民族的判断。别尔嘉耶夫甚至直言："马克西姆·高尔基把一切都混淆和简单化了。有关东方的消极和西方的积极性之古老而原本准确的思想被他们庸俗化和肤浅化了。这个课题需要相当的哲学深度。而高尔基具有的只是一直在知识分子圈内生活的闭塞感觉和看不到世纪思想之广度的地方主义。"②

在别尔嘉耶夫看来，以高尔基为代表的激进西欧派知识分子囿于东方与西方的旧有独立状态中，过度崇拜欧洲思想，"欧洲思想在俄罗斯知识分子那里，被歪曲到了无法辨认的程度。西方的科学，西方的理性获得了某种不知道批判的欧洲神祇的特征"③。"高尔基，作为一名典型的俄罗斯知识分子，过于俄罗斯式地理解了欧洲科学，过于东方式地崇拜它，而非欧洲式地，如同那个创造科学而从不膜拜的人一样。"④西欧派对欧洲文化的过度崇拜导致他们忽略

① 别尔嘉耶夫.俄罗斯的命运［M］.汪剑钊，译.昆明：云南人民出版社，1999：49.
② 别尔嘉耶夫.俄罗斯的命运［M］.汪剑钊，译.昆明：云南人民出版社，1999：51—52.
③ 别尔嘉耶夫.俄罗斯的命运［M］.汪剑钊，译.昆明：云南人民出版社，1999：51.
④ 别尔嘉耶夫.俄罗斯的命运［M］.汪剑钊，译.昆明：云南人民出版社，1999：52.

了俄罗斯民族与欧洲所有其他民族一样都具有创作的独特性。"西方人在自己的文化价值面前不会顶礼膜拜，因为是他创造了它们。而我们也应该从纵深地带创造文化的价值，创造的独特性属于欧洲人。在这一点上，俄罗斯人也应该与欧洲人相类似。"① 在此基础上，别尔嘉耶夫提出了"真正的民族意识仅仅是创造性的，它向前进，而非向后退……在俄罗斯，对人的主动性，人的创造活动，人的责任感的提高之呼吁是真正必不可少和刻不容缓的"②。这一呼吁是迫切的，因为只有通过积极的创造性行动，俄罗斯才能发展出属于自己的独特文化和价值观，而不仅仅是盲目模仿西欧文化。这也意味着俄罗斯人应该担起自己文化的塑造责任，在俄罗斯内部培养自己的文化认同，为自己的民族作出积极的贡献。

针对以高尔基为代表的西欧派主张和国内另一主流之斯拉夫主义主张，别尔嘉耶夫超越了狭隘的斯拉夫主义和狭隘的西化派立场，站在世界历史的高度，提出。"我们已经进入我们生活的那个年龄，已经到了从幼稚的斯拉夫派中间走出来的时候，我们应该转向民族意识更为成熟的形式。伟大的世界性事件把我们带到了世界的旷野，迎向世界的前景。世界大战的震荡把欧洲也带出了它封闭的界域，

① 别尔嘉耶夫. 俄罗斯的命运［M］. 汪剑钊，译. 昆明：云南人民出版社，1999：51.
② 别尔嘉耶夫. 俄罗斯的命运［M］. 汪剑钊，译. 昆明：云南人民出版社，1999：51—54.

引起了欧洲内部的根本矛盾，打碎了西欧派的偶像。俄罗斯进入世界循环意味着它封闭的地方主义存在，它的斯拉夫主义自我满足和西欧派的奴颜婢膝之终结。"① 可见，别尔嘉耶夫认为，俄罗斯社会已经进入了需要更为成熟的民族意识的时代。一方面，斯拉夫主义在某种程度上曾经是一种自我满足的民族意识。过于强调斯拉夫文化和传统的民族主义往往是浅薄的，没有适应现代世界的需求。在过去的斯拉夫派的幼稚阶段之后，俄罗斯需要发展更为深刻和自主的民族认同。他呼吁超越这种自满情感，追求更为深刻和全面的民族认同。另一方面，世界大战打碎了西欧派的偶像。西欧派知识分子过度崇拜西欧文化和思想，将其视为不可动摇的权威。世界大战打碎了西欧派的偶像，偶像的破碎意味着俄罗斯需要更加自主地思考和制定自己的道路，而不是盲目追随西方。总的来说，别尔嘉耶夫的观点强调了在全球化和世界变革的背景下，俄罗斯需要培养更为深刻、自主和成熟的民族意识，超越过去的幼稚和表面的民族主义。同时也需要摒弃对西方的盲目崇拜，成熟的民族意识应该包括对俄罗斯历史、文化和价值观更为深刻的理解，以及对自身在全球舞台上的地位有更清晰的认识。

---

① 别尔嘉耶夫.俄罗斯的命运［M］.汪剑钊，译.昆明：云南人民出版社，1999：54.

四、人的个性与自由之论

高尔基在《两种灵魂》中强调了东西方文化之间的差异，其中一个核心差异是个性被压抑。他认为这一差异可以解释东西方文化和社会发展轨迹上的不同。"东方政治与经济生活黑暗而混乱，可以用个性受压抑，个性的恐惧及其对理智与意志力量的不信任来解释……不可辩驳的是，东方生活的外部条件自古以来影响了，并还在继续影响着人，压制着他的个性、他的意志。人对行动的态度，正是这决定了他的文化意义，他在人世间的价值。"① 高尔基特别强调了个性在个体生活中的关键作用。他认为，东方社会历史上一直存在着对个性的严重压抑，这导致人们感到害怕，并对自身的理性和意志力量产生不信任。这种对个性的压抑影响了人们对待行动的态度，也塑造了他们在社会中的文化价值和个人价值。高尔基接着引用了埃及作家卡希姆·阿明的观点，指出东方人和西方人之间产生分歧的原因在于西方文化懂得尊重人的本性，重视个性。这种对个性的尊重和鼓励使得西方社会更容易实现进步，因为个人的自我创造力发挥和独立思考能力不会受到严格的压制。相较而言，东方社会长期的专制主义是导致东方文明停滞不前的原因之一，因为这种制度限制了个体的自由和个性

---

① 马克西姆·高尔基.两个灵魂［M］//高尔基集.余一中，编选.上海：上海远东出版社，1997：292.

的发展。

"对我来说，最伟大、最精彩的艺术作品是非常简洁的……"高尔基写道。作品的标题是《人》（Человек）。这部作品写于1903年。主要角色是一个被称为"人"的人物。这个人具有一种全面的、可以说是普遍的性格，他象征着太阳，周围围绕着"他创造性精神的意识"。根据高尔基的说法，真正的个性，大写的"人"能与这个天上的光源相媲美。他走过艰难、孤独、骄傲的道路，而他的指南针就是他忠实的朋友"思想"。"一切在于人，一切为了人"的思想，在高尔基一生的社会活动和创作活动中都有所表现。

在俄罗斯思想史和文学史的发展过程中，不乏对"人"和"个性"的讨论，反映了人性的不同方面、精神斗争和对生命意义的探求。俄文"личность"，这个词含义很宽泛，在中文中通常译作"个性"，但却与中文的"个性"不同，它在俄罗斯思想史和文学中的含义比中文的"个性"更为丰富和复杂。这个词涵盖了人性的不同方面，包括个体的思想、情感、灵魂、道德和精神等，与个体的神性和人的独特性密切相关。在不同的历史时期和文学时代，对"личность"的理解和强调可以有所不同，反映了俄罗斯文化和哲学的演变。

神性灵魂层面，在俄罗斯文化中，个体的"личность"常常与灵魂和神性相关联。这反映了俄罗斯东正教的影响，认为人是上帝创造的，灵魂是不可分割的一部分，与个体的"个性"密切相关。道德伦理层面，俄罗斯文学和哲学中经常探讨个体的道德和伦理责任，强调了"个性"的道德维度。这包括了对善恶、正义和良知等道德价值观的思考。个体的独特性层面，俄罗斯文学中常常强调个体的独特性和不可替代性，认为每个人都有自己独特的特质和使命。这一概念在俄罗斯思想史和文学史中扮演了重要的角色，反映了对生命的意义、伦理道德和个体自由的不断探求。不同的时期和文学作品可能对这一概念有不同的强调和解读。如 19 世纪的俄罗斯文学，尤其是浪漫主义时期，强调的是个人主义和个人情感的满足，如普希金和莱蒙托夫等作家的思想反映了对自由的渴求和对自我发现的渴望。陀思妥耶夫斯基在其作品中深入探讨了人的内心世界及其道德冲突。他的个性思想涉及罪恶、救赎和自由意志等问题。列夫·托尔斯泰提出了社会正义、为真理而斗争以及对社会的责任等主题。他鼓励个人为更高的价值做出牺牲和奋斗。19 纪世至 20 世纪之交，俄罗斯文学经历了象征主义时期，个性成为精神诉求的象征。在 20 世纪的苏联文学中，个性往往被置于社会主义意识形态的背景下进行审视。如我们的高尔基强调个性在个体生活中的关键作用，强调个人在建设社会主义社会中的作用。

高尔基认为，解决东西方文化之间的差异，促使东方社会实现进步，需要解放个性，因为个性的自由和独立思考是社会进步的推动力。"正是这些欧洲民族的精神力量始终最为卓有成效地追求着个性解放，即将个性从古老东方过时的压迫理智和意志的幻想的阴暗遗产中——从对生活毫无希望的态度的土壤上必然产生的神秘主义、迷信、悲观主义和无政府主义中解放出来。"① 高尔基崇拜西方文化，因为它最大限度地追求个性解放，将个性从古老东方过时的压迫理念中解放出来。在他的文学作品中，个性被塑造为社会变革的引擎，一个可以实现自由和个性解放的力量。

为了获得真正的自由和个性解放，高尔基的观点与传统的人道主义有所不同。他完全摒弃了陀思妥耶夫斯基等人在宗教的精神世界中寻求理想归宿的设想。相反，他强调将人的命运置于个体自己的手中，将信仰和希望回归到人类自身。他明确强调了在社会中的个体主体地位，并反对了忍受和顺从的悲观思想。在他的作品中，他将"个性"的最重要标准界定为社会主义革命思想。高尔基认为，社会主义革命思想的实践是获得真正自由和个性解放的关键。他坚信，通过积极参与社会主义革命，个体可以成为社会变革的推动者，改变他们自己的命运和社会的面貌，获得真正的自由和个性解放。其中，他的作品《母亲》就生动地展示了这一思想。这部小说讲述了一个普通俄罗斯农村妇女如何从被动的生活中觉醒，逐渐成为坚定的革命者的

---

① 马克西姆·高尔基.两个灵魂［M］//高尔基集.余一中，编选.上海：上海远东出版社，1997：289.

故事。母亲尼洛夫娜，是一个受压迫的家庭主妇，但在儿子走上革命的道路后，母亲也在儿子以及他的同志们的启发、帮助下，逐渐接受革命思想，她的信仰和希望重新回到了社会的变革上。高尔基通过母亲的角色强调了个体的责任和能力，她不再被动地忍受社会不公，而是积极地投身于改变社会的行动中。这表现出了高尔基对社会主义革命的支持，认为只有通过集体努力，人们才能实现真正的自由和个性解放。母亲的转变也代表了个体的觉醒和主体地位的确立。高尔基坚信，个体不应被动地接受命运，而应积极参与社会变革，塑造自己的命运。这一观点在作品中得到了生动的展示，特别是通过母亲的坚定决心和行动。作为一名社会主义者，高尔基认为社会主义革命是改变不平等和剥削的唯一途径。他的作品强调了革命者、建设者的重要性，他们通过自己的努力和牺牲来创造一个更公平、更平等的社会。这一思想在母亲和其他革命者的行动中得到了生动的描绘。

个性问题和个体的命运问题对别尔嘉耶夫来说一直是其哲学思想的核心议题。别尔嘉耶夫坚定表示自己是个人格主义者，正如他自己所说："人、自由及创造是我的哲学的基本主题。"① 别尔嘉耶夫赞同高尔基倡导的人的个性和自由解放，同高尔基一样重视和关注"人"，视人类作为独特

---

① 别尔嘉耶夫.人的奴役与自由：人格主义哲学的体认［M］.徐黎明，译.贵阳：贵州人民出版社，2007：7.

的存在。别尔嘉耶夫认为，"世间最幽邃的谜，也许是人。究其原因，并非在于人是社会或动物的生存，也并非在于人是社会或自然的一个部分，而在于人是个体人格。个体人格铸成人这一个谜"①。在这一背景下，别尔嘉耶夫强调了人的个性是解开人类存在之谜的关键，个性使每个人都成为独特的存在，与众不同，而不仅仅是社会或自然的一部分；对俄罗斯民族而言，个性因素没有得到充分的发展，是俄罗斯生活的一个重要特点，也是造成俄罗斯灵魂不完善的根本原因之一。别尔嘉耶夫注意到了高尔基对人性的重视，也看到了他与其前辈作家的不同："马克西姆·高尔基作品中的人性同样众所周知，但他那儿的人性紧连着革命的世界观。"②别尔嘉耶夫的核心关注点在于个性的存在。他坚信，俄罗斯社会的一个重要特点，也是导致俄罗斯灵魂不完善的根本原因之一，就是个性元素没有得到充分的培育和发展。他观察到，俄罗斯人民永远喜欢生活在集体的温暖之中，生活在与大自然的亲密无间之中，生活在母亲的怀抱之中，而没有像西欧的骑士阶层那样培养坚毅的个性、塑造个性的荣誉感和尊严感的特殊社会群体。在俄罗斯历史中，没有出现过像西欧骑士那样的个性发展的传统。相反，俄罗斯的庞大国家机器通常对个性产生抑制作用，

---

① 别尔嘉耶夫.人的奴役与自由：人格主义哲学的体认[M].徐黎明，译.贵阳：贵州人民出版社，2007：3.

② 别尔嘉耶夫.俄罗斯意识中的个性与村社性[M]//俄罗斯灵魂：别尔嘉耶夫文选.陆肇明，东方钰，译.上海：学林出版社，1999：193.

将个体人格淹没在机械的集体中，使个体失去了对自身权利的认知，不懂得捍卫个体的尊严。即使在俄罗斯开始进入现代化的过程中，个性仍然没有真正觉醒，俄罗斯仍然是一个缺乏个性、强调集体主义的国家。因此，别尔嘉耶夫坚定主张个性主义，鼓励个体增强个性意识，不断完善自己的个性。

　　然而，就如何实现人的自由和个性解放，别尔嘉耶夫与高尔基存在一些不同的观点。别尔嘉耶夫指出："在俄罗斯，对人的主动性，人的创造活动，人的责任感的提高之呼吁是真正必不可少和刻不容缓的。但这必须是在与高尔基所站立的土壤完全不同的土壤上才是可能的。歪曲和奴性地接受了西方丰富复杂的生活的俄罗斯激进的西欧派，是东方消极性的一种形式。在东方应该激发一种创造新文化的独特的创造积极性，而这唯有在宗教的土壤上才是可能的。"① 别尔嘉耶夫对于西方文化对俄罗斯的影响持有一定的批评态度，他认为那些盲目接受西方生活方式和思维方式的人是东方消极性的一种表现。他强调，在俄罗斯，应该激发一种创造新文化的独特的积极性，而这种积极性只有在宗教的土壤上才可能实现。在此，我们不得不考虑别尔嘉耶夫思想中的宗教情感。别尔嘉耶夫的哲学思想带有明显的本国特色，与俄罗斯文化和历史紧密相连。他的哲

---

① 别尔嘉耶夫．俄罗斯的命运［M］．汪剑钊，译．昆明：云南人民出版社，1999：54.

学不仅仅是一种思想体系，还包含了深刻的宗教情感和信仰。

别尔嘉耶夫的哲学思想深受宗教的影响，他将宗教元素融入自己的哲学体系中。这种宗教情结赋予了他的哲学更多的灵性和超验的特征。如果说，高尔基认为人的命运置于个体自己的手中，将信仰和希望回归到人类自身，别尔嘉耶夫则是认为："人的危机及其相关的人道主义问题，只有立足于新的基督教人道主义才能得以解决……人的尊严要以上帝的存在为前提……只有在人是反映哲学意义上最高存在的自由精神这个条件下，人才是个性。"①

别尔嘉耶夫的这段话深刻地反映了他对人性和自由精神的哲学思考。他指出，人只有通过前所未有的努力，才能真正认识到自己是自由精神，而不是仅仅受到自然和社会力量的塑造和支配。这意味着人不是被被动塑造的、受自然和社会支配的生物。相反，人具有自主思考、选择和行动的能力。这种自由精神使人能够摆脱被动，成为自己生命的创造者和主人。自由精神的重要性不仅在于它使个体能够自主地塑造自己的生命，还在于它使个体能够掌握自然和社会。这种掌握不是一种权力的追求，而是对自身和周围世界的更深层次的理解和互动。通过自由精神，人们能够积极参与社会、改善环境，而不仅仅是受制于外部

---

① 别尔嘉耶夫. 人道主义之路[M]//俄罗斯灵魂：别尔嘉耶夫文选. 陆肇明，东方钰，译. 上海：学林出版社，1999：167.

力量。这种掌握自然和社会的能力是实现自由和个性解放的重要前提。

　　然而，别尔嘉耶夫指出，要实现这一切，人的尊严必须与上帝的存在紧密相连。他认为，人的尊严和价值不仅仅是因为他们拥有自由精神，还因为他们是上帝创造的存在。这种观点赋予了人的尊严更为深刻的意义，将人的存在与宇宙的神性联系在一起。在这一理解下，人的生命变得更为神圣，个体的自由精神成为与上帝共同创造的一部分。最后，别尔嘉耶夫强调了人道主义整个生命辩证法的实质。别尔嘉耶夫认为，只有通过自由精神的实现，人才能够达到哲学意义上的最高存在。这意味着个体在探索自我、掌握命运和实现尊严的过程中，发挥着至关重要的角色。人道主义哲学鼓励个体追求内在的成长和精神的提升，同时也强调了对他人的尊重和关爱。

　　高尔基和别尔嘉耶夫都认为个性与自由是重要的，但他们在解放个性的方式和哲学背景上存在明显差异。高尔基更加强调独立思考和行动，鼓励个体在社会中追求自己的独特观点和价值观，而别尔嘉耶夫将这些观点与上帝的存在和宗教影响相结合，强调了个体的神性和独特性。这两位思想家的观点都反映了俄罗斯文学和哲学中对人的自由和个性解放的持续关注，但它们在理论和方法上的不同之处丰富了这一主题的多维度探讨。这种多样性使我们更深入地理解了人的自由和个性解放的复杂性和深刻性。

第三节　别尔嘉耶夫与肖洛霍夫

一、战争观与战争文学

"由于这位作家在那部关于顿河流域农村之史诗作品中所流露的活力与艺术热忱——他借这两者在那部小说里描绘了俄罗斯民族生活之某一历史层面。"1965 年，肖洛霍夫凭借作品《静静的顿河》获得当年的诺贝尔文学奖。《静静的顿河》是肖洛霍夫最具影响力的作品之一，也是俄罗斯文学对世界文学的重要贡献之一。这部小说深刻反映了20 世纪人类社会发展与个人命运的相互关系，强调了生命战胜死亡的主题。它还生动展示了从第一次世界大战到国内战争时期的重大历史事件，以及哥萨克人在这一动荡时代中经历的曲折命运。肖洛霍夫以卓越的语言描写技巧，全面而深刻地呈现了这一时期的生活过程，使这部小说成为一部公认的、杰出的史诗性长篇小说。除此之外，《被开垦的处女地》《一个人的遭遇》和《他们为祖国而战》也是肖洛霍夫艺术世界中熠熠生辉的瑰宝。

肖洛霍夫认为 20 世纪是人类历史上最具悲剧性的。20世纪孕育了一系列危机，它们打破了人民生活的和谐，最典型的危机代表就是战争。在《静静的顿河》中肖洛霍夫描绘了数不清的"台前幕后"的、被推进战争历史磨盘的悲剧人物。在肖洛霍夫的优秀作品中，展现了两次世界大战和国内战争的惨无人道，谴责了屠杀，歌颂了全人类共同的价值。肖洛霍夫直接而清晰地表露了对战争的反感，如他讲征兵的不安消息是如何打断收获时的和平场景，讲妻子、母亲是如何为战场上的死者哭泣，讲战争是如何贬值人的生命和尊严、泯灭人的心灵和人性。肖洛霍夫在《致英国读者》中写道："如果英国读者透过欧洲人陌生的顿河哥萨克生活的描写，能看到另一个方面，看到由于战争和革命，在人们生活中和在人的心理上发生了巨大的变革，那么，我将十分荣幸。"①肖洛霍夫的这段话映出了其作品的主要主题，革命和战争对个体生活和心灵的重大影响。

　　"战争永远是一场悲剧。"肖洛霍夫如是说。肖洛霍夫选择了内战这个复杂的主题来创作。尽管这位作家支持苏联政权并以社会主义现实主义的风格创作，但他仍然能够展现出顿河地区局势的复杂性和不确定性。他将哥萨克人的生活与顿河的流动进行了比喻：河水宁静，但在某一刻，一切都发生了巨大的改变，恶劣的天气开始肆虐。就像河水可以摧毁那些在暴风雨中在顿河上航行的人一样，革命和内战也能摧毁那些因为天翻地覆的变化而感到不安和脆

---

① 肖洛霍夫.肖洛霍夫文集：第八卷 // 随笔文论书信［M］.孙美玲，译.北京：人民文学出版社，2000：44.

弱的人们。故事的中心是麦列霍夫家族。他们过着平静幸
福的生活，但革命爆发后一切都变得扭曲和混乱，家庭成
员发现自己被卷入了内战的两端，彼此之间感到脆弱和不
稳定。家庭破裂这在内战时期是一个典型的情况。在《静
静的顿河》中，肖洛霍夫清晰地表达了他的立场。作为一
个支持苏联政权的作家，他坚定地支持苏联政权在顿河地
区的建立。然而，与此同时，他也展现了对那些因内战而
受苦受难的人们的深切同情。小说的结尾部分，特别是葛
利高里·麦列霍夫回到家中的场景，极为感人。肖洛霍夫
通过生动的描写，强调了家庭和亲情的重要性。战争最可
怕的后果甚至不是人的死亡，而是正常人际关系的彻底消
灭，亲情的破坏，意识的巨大转变。因此，这个场景传达
了主人公的核心价值观，即在一切动荡和困难中，家庭和
亲情是最重要的支撑。"葛利高里在多少不眠之夜幻想的那
点儿心愿终于实现了。他站在自家的大门口，手里抱着儿
子……这就是他生活中剩下的一切，这就是暂时还使他和
大地，和整个这个在太阳的寒光照耀下，光辉灿烂的大千
世界相联系的一切。"① 这可以被解释为肖洛霍夫的立场，即
支持人性的价值观和强调家庭关系的重要性。肖洛霍夫在
小说中以情感丰富的笔触传达了这一立场，展示了在苏联
时代的历史背景下，个体与家庭的联系在人们生活中的特

———————

① 肖洛霍夫.静静的顿河［M］.金人，译.北京：人民文学出版社，
2003：1696.

殊重要性。这种表达方式使得小说更加深刻和感人，同时反映了肖洛霍夫对复杂社会问题的细腻思考。

肖洛霍夫在《静静的顿河》中揭示了内战的真实面目。内战的意义是什么？人们不为救国救民而战。前线被描绘成完全的地狱，人们不关心他们的祖国，也不关心那些对祖国造成巨大损害的士兵的行为，"大道上走着一群群被剥得光光的、满脸尘土、像死尸一样黑的俘虏。连队在前进，马蹄踏烂了道路，铁马掌践踏着庄稼"①，"田野上，绵延数俄里，黑斑似的横着些被机枪打死的水兵尸体"②，"老头子、婆娘和半大孩子全都动手打……这二十五个注定要死亡的人走过残暴的人群。到最后他们已经被折磨得无法辨认了，完全不像人样了，——他们的身体和脸全都变得简直目不忍睹，浑身青里透红，红里透黑，肿胀变形，遍体鳞伤，血肉污泥，一片模糊"③。人们互相厮杀，忘记了道义，杀死了战友，忘记了亲情。对许多人来说，很难决定自己应该站在哪一边。没有人明白真相在哪里？为了什么而战？

肖洛霍夫在《静静的顿河》中通过描绘战争的残酷场景表达了对战争的深刻反感。他生动地展示了战争的毁灭

---

① 肖洛霍夫.静静的顿河［M］.金人，译.北京：人民文学出版社，2003：899.

② 肖洛霍夫.静静的顿河［M］.金人，译.北京：人民文学出版社，2003：903.

③ 肖洛霍夫.静静的顿河［M］.金人，译.北京：人民文学出版社，2003：1151—1152.

性影响不仅局限于战斗前线，还触及了人们内心的道德和情感。然而，战争远非一个简单的局部事件，而是一个复杂的社会历史现象。战争作为解决社会冲突的最尖锐形式，其现象的持续存在引起了社会和人道主义知识领域的广泛关注。别尔嘉耶夫等20世纪俄罗斯思想家为研究战争这一复杂的社会历史现象做出了巨大贡献。

不同于肖洛霍夫从个体家庭的现实生活层面去看待战争对人性道德的拷问和对日常生活的摧毁，别尔嘉耶夫更多是从宗教象征主义的角度去认识战争。"作为一名宗教思想家，别尔嘉耶夫在对战争本质的认识中依赖于宗教象征主义的假设，其主要内容是对历史过程的复杂性的认识，其中存在的经验层面是通过元历史层面的多线程……象征主义认知的本质在于对自然和历史现实的宗教解释。别尔嘉耶夫在1914年8月17日发表的本质上是纲领性的文章《战争与复兴》中肯定了宗教象征主义作为一种认知方法的启发潜力，阐述了他基于对战争的反思的方法论原则：'纯粹以物质手段运作并以物质力量为前提的战争，可以而且必须被视为一种精神现象，并被评价为精神现实的事实'。"①别尔嘉耶夫相信宗教象征主义具有深刻的启发力，可以帮助人们更好地理解战争的本质。他将战争视为一种超越日常生活的现象，将其置于精神语境中来考察。这种

---

① Гаман Л. Н. А. А. Бердяев о войне［J］. Вестник Томского государственного университета. История，2014（03）：41.

认知方法强调了战争的深层宗教和精神维度，超越了纯粹的物质军事和政治层面。

别尔嘉耶夫将第一次世界大战视为世界不同精神统治地位的斗争，他认为这场战争不仅仅是关于武装力量在阵地上的冲突，并且更深刻地体现为一场精神之战。这是"为尘世间不同的精神而进行的斗争，是东西方基督教世界的冲突和融合"①。别尔嘉耶夫将一战视为俄罗斯在20世纪走向国际舞台的契机。他在战争初期就明白到这场战争的规模和对世界及俄罗斯命运的重要性。"1914年是意义重大的一年"，他在战争爆发的头几个月里预言道，"开启了世界历史的新时代，也开启了俄罗斯历史的新时代"②。"俄罗斯还不能在国际生活中起决定性作用，它甚至还没有真正进入欧洲人的生活。在国际和欧洲的生活中，伟大的俄罗斯仍然还是一个边远的省份，它的精神生活是隔绝而闭塞的……这场战争是东方人和西方人前所未有的接近与融合。伟大的战争将导致东西方的大联合。俄罗斯的创造精神终究会在世界精神舞台上赢得伟大强国的地位。"③别尔嘉耶夫认为这场伟大的战争将会使俄罗斯在全球精神舞台上崭露

---

① 别尔嘉耶夫. 俄罗斯的命运［M］. 汪剑钊，译. 昆明：云南人民出版社，1999：16.

② Бердяев Н. А. Футуризм на войне（Публицистика времен Первой мировой войны）［М］. М.：Канон+，2004：16.

③ 别尔嘉耶夫. 俄罗斯的命运［M］. 汪剑钊，译. 昆明：云南人民出版社，1999：2.

头角，最终走向伟大强国的地位。

随着别尔嘉耶夫个人主义哲学的发展，他对战争精神意义的论点进行了重大修正。在《战争与末世论》（*Война и эсхатология*）一文中，他明确表示："提出战争意义的问题在术语上是错误的。战争没有意义，不能成为意义的表现，战争毫无意义，是对意义的亵渎，其中作用着非理性和宿命的力量。战争的唯一目标就是战胜敌人。但也可以以不同方式提出问题。人们可以质疑战争的起因以及战争给人民和国家带来的挑战。"[①] 所以我们可以认为，当别尔嘉耶夫提出战争可能有助于提升俄国精神地位的观点时，他并不是盲目崇拜战争，即使他被自己的一个资深研究者，如俄国学者沃尔科戈诺娃，视为"至死不渝"的战争支持者。[②]

别尔嘉耶夫早就指出过："战争的本性是否定的，而非肯定的。"[③] 别尔嘉耶夫将战争视为"伟大的表现者和揭露者"，认为战争"是伟大的显示者和揭发者。可是，战争就其自身而言，不创造新的生命，它——只是旧的生命之终结，是恶的反射"[④]。别尔嘉耶夫战争观点的流动性强

---

① Бердяев Н. А. Война и эсхатология［J］. Путь，1939—1940（61）：14.

② Волкогонова О. Д. Бердяев［M］. М.：Молодая гвардия，2010：187-188.

③ 别尔嘉耶夫. 俄罗斯的命运［M］. 汪剑钊，译. 昆明：云南人民出版社，1999：36.

④ 别尔嘉耶夫. 俄罗斯的命运［M］. 汪剑钊，译. 昆明：云南人民出版社，1999：36.

调了战争的复杂性，极端形式的民族主义（主要是沙文主义）的破坏性潜力在战争期间暴露无遗。"战争揭示了困扰世俗化欧洲文化的人类学危机的深度，在战时条件下，这种危机体现为残忍、暴力和卑劣本能的大规模显现……别尔嘉耶夫强调，从战争中产生了一种新的人类学类型，一种'军事化'的人，他失去了福音派的道德观念。"① 别尔嘉耶夫也看到了战争对道德的破坏，以及战争所带来的悲剧困境。这与以肖洛霍夫为代表的俄罗斯国内战争时期文学创作者们所面临的历史思考趋同，即"国内战争带来了道德执着和历史郁结以及两者的永恒矛盾，家庭内部的流血斗争、两个阵营的殊死搏斗、敌对双方不人道的残暴行为及其所带来的严重后果，这些对于人，究竟意味着什么；第二，'人的命运，我们这个时代人的命运、未来的人的命运，永远使我不安'"②。（肖洛霍夫语）

　　别尔嘉耶夫批判罗扎诺夫的战争描写，评他"过于轻松、过于乐观地坐在自己的办公室里体验着来自战争的春天"③，他"笔下描述着英雄主义的热情"④ 而忽略了战争对

---

① Гаман Л. Н. А. А. Бердяев о войне［J］. Вестник Томского государственного университета.История，2014（03）：42—43.

② 冯玉芝，杨淑华.从全景史诗到生命图腾：论俄罗斯战争文学流变［J］.外语研究，2018，35（05）：100.

③ 别尔嘉耶夫.俄罗斯的命运［M］.汪剑钊，译.昆明：云南人民出版社，1999：35.

④ 别尔嘉耶夫.俄罗斯的命运［M］.汪剑钊，译.昆明：云南人民出版社，1999：36.

于个体的悲剧性和严肃性。别尔嘉耶夫指出："过于轻松、悠闲、文学—意识形态地对待战争的态度，是令人不快和痛苦的。梅列日柯夫斯基正确地反对过'飞翔在鲜血之上的夜莺'。……可战争——是更为悲剧性的、二律背反的、恐怖的现象，而今天的战争要比以往世界历史上的战争更甚。……把战争的自然力不切实际地、概念化地加以神化和以文学手段赞美战争，将它看作消除一切灾难和邪恶的救星，在道德上是可恶的，在宗教上是不允许的。"[①] 别尔嘉耶夫与肖洛霍夫在战争对人性道德的破坏观点上实现了趋同，思想家和作家在文学表达战争的艺术选择上形成了共鸣。别尔嘉耶夫的观点对于评价肖洛霍夫的《静静的顿河》的创造艺术具有重要的参考意义。当探讨肖洛霍夫的《静静的顿河》时，不难发现其作品如何通过文学艺术的方式表达了别尔嘉耶夫所强调的战争的复杂性和对人性的破坏。

战争对个体的道德和心灵造成的影响是肖洛霍夫在小说中所探讨的主题之一。肖洛霍夫在整部作品中强调，白哥萨克和红哥萨克都对战争怀有深刻的仇恨。除了个别怪物可能会因暴力和流血感到愉悦，大多数普通人的愿望只是恢复正常的生活和农业。对于他们来说，战争只是带来痛苦、死亡和分离的源头，没有任何光彩可言，伟大的专制统治和共产主义理想似乎仍然遥不可及，难以理解。人

---

① 别尔嘉耶夫.俄罗斯的命运［M］.汪剑钊，译.昆明：云南人民出版社，1999：35.

们似乎仍然只是在沙皇、将军和革命狂热分子这场血腥的博弈中的棋子，而自己的命运往往不受他们控制。这一观点突显了战争中普通人的无助和被动性，他们常常成为大权力和意识形态冲突的牺牲品，而他们对于政治理念的追求往往似乎遥远而虚无缥缈。葛利高里这个人物形象生动地揭示了人类意识在战争中的痛苦分裂。他在第一次世界大战爆发后应征入伍，在第一次世界大战期间，葛利高里犯下了自己的第一个"合法"的、受到鼓励的杀戮，但这个经历却让他长时间难以忘怀。这表明他对杀戮的后果和自己的行为感到内疚和困扰。他的内心痛苦和矛盾情感清晰地展示了战争对人类心灵的摧残和折磨。与葛利高里相反，一个绰号叫"锅圈儿"的卡赞斯克镇的哥萨克角色则展现了一种完全不同的态度。他认为，作为一个哥萨克，他的责任就是无条件地执行命令，砍杀敌人，而不去纠结于道德和后果。"你不要去想这想那。你是哥萨克，你的天职——就是砍杀，别的全不用问，打仗杀敌，这是神圣的功业。你每杀一个人，上帝就宽恕你的一桩罪过，就像杀死一条毒蛇一样。至于牲口——牛啦，或者别的什么啦，——没有必要是不能宰的，可是人，你就只管杀吧。"[①] 不同的人表现出了不同的反应和态度，这突显了战争是一种极端情境，对人性和道德产生深远的影响，使人们不得不面对自己内

① 肖洛霍夫．静静的顿河［M］．金人，译．北京：人民文学出版社，2003：342.

心的困境和道德选择。第一次世界大战结束，回到家乡的哥萨克们梦想着生活会逐渐恢复正常。然而，他们的希望注定无法实现。世界的形势在急剧地变化。战争不仅降临在平静的顿河土地，而且实实在在地闯入了每一个家庭。人们相互间的暴力和犯罪像滚雪球一样越滚越大，越来越多的新参与者被同样的复仇欲望所驱使。与此同时，被卷入血腥旋涡的反对者们，痛苦地继续特别关注残余的和平生活。葛利高里作为一个摇摆于革命与反革命之间的复杂人物，时而认为应该建立人民政权，时而又认为顿河哥萨克应自治，在短短四五年间，葛利高里两次参加红军，三次投身反革命叛乱，这种不稳定处境最终使他沦为普通的强盗土匪。葛利高里所有麻烦和动荡的核心只有一个原因：战争。这场可怕的灾难毁掉了几代人的命运。两次战争的后果长期影响了全国人民的生活。

《静静的顿河》深刻展现了战争的复杂性，战争不仅是战场上的冲突，更是涉及个体内心挣扎、道德决策和人性考验的复杂现象。肖洛霍夫的战争描写在某种程度上与别尔嘉耶夫的认为战争是更为悲剧性的、二律背反的、恐怖的现象相契合。同时，小说通过文学艺术的表达，以深刻的方式呈现了战争对人性道德观念的挑战，引导读者深刻思考战争的本质。这与别尔嘉耶夫所谈及的战争影响相契合。肖洛霍夫和别尔嘉耶夫以不同的方式呈现了战争对人性和道德的复杂影响，有助于引导读者和后人以更谨慎的态度对待战争，推动人道主义的发展。

二、知识分子的不同革命精神追求

别尔嘉耶夫既把战争定性为一种社会现象，也把革命定性为一种社会现象，从而强调了它们之间深刻的内在联系和类型上的接近性。"对战争进行神化是不允许的，正如对革命和国家性的神化是不允许的一样。"[①] 别尔嘉耶夫与同时代的其他知识分子一样，都思考过战争及当时的革命运动。别尔嘉耶夫是革命事件的直接参与者，"我经历了俄国革命，这是我命中注定的，而不是从外边硬塞给我的。这次革命就在我身边产生"[②] 他的大部分创作生涯都在关注俄国革命现象。从 1905 年俄国革命诞生之初就开始将其作为历史事实进行研究，并于 1917 年 2 月继续研究，对整个二月和十月革命阶段进行了分析、评估和预测，随后几年又在俄罗斯和世界历史的背景下重新回到这一主题上来。别尔嘉耶夫以激情澎湃的斗志在各种临时出版物上发表了几十篇时事文章来回应 1917 年的俄国革命事件，这些文章后被编入《俄国革命的精神基础》（*Духовные основы русской революции*）一书。

1918 年初，别尔嘉耶夫以《不平等的哲学》（*Философия*

---

① 别尔嘉耶夫. 俄罗斯的命运［M］. 汪剑钊，译. 昆明：云南人民出版社，1999：36.

② 别尔嘉耶夫. 自我认识：思想自传［M］. 雷永生，译. 桂林：广西师范大学出版社，2001：211.

неравенства）首次对革命做出详细回应。别尔嘉耶夫在这本以书信形式写成的激烈的反革命小册子中指出，革命知识分子应对发生的可怕灾难负责。他强烈谴责一切革命，因为革命带有上帝遗弃或诅咒的印记。他明确谴责俄国革命，认为革命摧毁了伟大的国家，革命是世界大战的衍生品和插曲，革命首先给俄罗斯人民带来的是悲哀和屈辱：俄罗斯人民没有经受住伟大的考验。但这的罪魁祸首不是群众，而是激进的知识分子。别尔嘉耶夫批评了知识分子将革命梦想视为最高幸福，批判了他们对国家、民族、历史的否定，批判了他们对农民的无知。别尔嘉耶夫认为，启蒙阶级之所以犯下种种错误，是因为他们缺乏风度，用宗派教义取代了整体思维和精神，用愤怒和仇恨感染了人民，挑起了阶级斗争，把俄罗斯人的生活变成了地狱。同年，别尔嘉耶夫发表《俄国革命的精神》一文，对革命主题进行进一步思考。虽然这篇文章与《不平等的哲学》一样坚决反对革命，但它强调了对革命历史根源的识别，而这正是俄罗斯民族特性的体现。别尔嘉耶夫写道："漫长的历史道路通向革命，即使革命对国家力量和民族尊严造成沉重打击，革命中仍暴露出民族特征在这方面，每个民族都有自己的革命风格……每个民族都带着过去积累的精神包袱进行革命，它把自己的罪恶和恶习带到革命中，但也把自己

的牺牲精神和热情带到革命中。"①1937年，别尔嘉耶夫在
《俄国共产主义的起源和意义》（*Истоки и смысл русского*
коммунизма）中，再次讨论了民族意识作为俄国革命因素
的特殊性问题，他在其中详细地阐述了革命是整个俄国历
史有机产物的概念。

　　随后的日子里，别尔嘉耶夫发现，将俄国革命视作世
界大战的一个插曲的定义并不完全正确，他试图发现俄罗
斯历史发展的长期趋势。这种趋势主要体现在民族自觉的
环境中，这使得革命不可避免。别尔嘉耶夫意识到，俄国
革命在政治意义上是不可避免的和正义的，俄国人民通往
"更高的生活"②的道路需要经历这一历史阶段。"我产生了
大的深化过程，我体验的事件更加是精神性的。我意识到，
俄罗斯正通过布尔什维克的经验来进行体验，这是不可避
免的。这是俄罗斯民族的内在命运的因素，是它的存在主
义辩证法。"③在这一背景下，别尔嘉耶夫对俄国革命的所有
思考和总体评价做出了重大调整。

　　如果说在20世纪80年代，别尔嘉耶夫尚与俄罗斯

---

① Бердяев Н. А. Духи русской революции［M］//Из глубины.
Сборник статей о русской революции. М.：Издательство Московского
университета，1990：55.

② Бердяев Н. А. Свободный народ［M］//Падение священного
русского царства. Публицистика 1914–1922. М.：Астрель，2004：512.

③ 别尔嘉耶夫. 自我认识：思想自传［M］. 雷永生，译. 桂林：广西
师范大学出版社，2001：213.

马克思主义的其他先驱一样，将革命理解为政治和社会革命，那么在 1907 年之后，"革命"一词在别尔嘉耶夫处已具备了双重性质意义。别尔嘉耶夫不单将革命视为一场社会政治运动，还将革命视作俄罗斯精神史上的一个重要事件。正如他在自传中所言："我的革命性大概有和俄国大多数革命知识分子不同的另一种性质，它首先是精神的革命性，是精神的起义，也就是自由和反对奴役，反对世界的荒谬的意思……在我们的政治革命中我是很不积极的，我甚至用精神上的革命起义来反对这种政治革命有时，我觉得这些政治革命是精神上的反动，我在这种革命中发现了对自由的厌恶，对个人价值的否定。"[①] "在革命中自由将被消灭，极端的仇视文化、仇视'精神'的因素将在革命中获胜。"[②] "我认为革命是不可避免的，我支持革命，但是，它所具有的特征和它的道德后果引起我的厌恶，并使我产生精神上的反动。"[③] 可见，当别尔嘉耶夫从精神维度去看待革命时，他并不认为革命是非常美好的。

作为一个思想家而非政治家的别尔嘉耶夫，更看重从民族生活、历史、精神和文化价值等的精神原则以及宗教

---

① 别尔嘉耶夫 . 自我认识：思想自传［M］. 雷永生，译 . 桂林：广西师范大学出版社，2001：101—102.

② 别尔嘉耶夫 . 自我认识：思想自传［M］. 雷永生，译 . 桂林：广西师范大学出版社，2001：211.

③ 别尔嘉耶夫 . 自我认识：思想自传［M］. 雷永生，译 . 桂林：广西师范大学出版社，2001：124.

角度来思考革命的具体事件、思想和理想，而不是从实用意义和阶级利益的角度。别尔嘉耶夫对革命胜利原因的总结可以论证这一点。俄罗斯学者莫吉利尼茨基在《别尔嘉耶夫与俄罗斯革命》一文中指出，别尔嘉耶夫将列宁革命取得胜利的原因归结于列宁这一"典型的俄罗斯人"的独特思维方式，这一思维方式根植于俄罗斯历史文化的特殊性，这使得列宁能够在革命中取得领导地位并实现其目标。① 别尔嘉耶夫"强调了俄罗斯革命的精神实质。然而，他的革命总体概念要广泛得多——它涵盖了俄罗斯社会生活的最多样化的方面。这是一个源于哲学家关于历史意义的一般观念的宗教概念。别尔嘉耶夫宗教史学的出发点是坚信世界以及历史中存在着不可根除的罪恶，邪恶和谎言在其中占主导地位：'因此，历史必须终结，必须接受上帝的审判，因为基督的真理还没有实现。'因此，革命的历史地位被定义为'是历史的一个小启示，就像历史中的一个判断'"②。相比革命和反革命的、客观历史和科学的革命观点，别尔嘉耶夫在此提出了宗教末日论和历史哲学的革命观点，从宗教层面解释了革命的必然性。别尔嘉耶夫借助"启示录"这一概念，指出它不仅仅是关于世界末日和可怕审判的揭示，也涵盖了有关历史本身、历史的时间维度、对历史的

① Могильницкий Б. Г. Н. А. Бердяев о русской революции [J].
Новая и новейшая история，1995（06）：54—67.
② Могильницкий Б. Г. Н. А. Бердяев о русской революции [J].
Новая и новейшая история，1995（06）：57—58.

审判以及对历史失败的谴责等最重要的与末日接近相关的因素。在别尔嘉耶夫的观点中，持续的进步和发展在这个充满罪恶和邪恶的世界中是不可能的。社会中存在大量的毒害和邪恶，历史中出现了分解和腐化的过程。而与此同时，社会中缺乏积极、创造性、重振的力量。因此，他认为社会的审判是不可避免的，而革命的来临是上天注定的。随着社会审判的来临，时间似乎发生了断裂，历史的连续性中断，而不连续性开始显现，历史中似乎涌现出了不合乎理性的力量。从上帝的角度来看，这些力量代表了理性对于混乱和无意义的审判。因此，别尔嘉耶夫从宗教的角度认为，革命是一种历史中不可避免的现象，是对历史失败的审判，是上帝的计划在历史中的介入。这个观点突出了他的宗教信仰对于对历史和革命的理解的影响，将其视为更高层次的意义的一部分，而不仅仅是政治和社会变革的事件。

只有摆脱罪恶、认识到传统的连续性、统一国家的伟大过去和伟大未来，才能对国家进行有价值的管理。在此基础上，别尔嘉耶夫认为，内战时白军的失败正是源自他们的革命虚无主义精神。别尔嘉耶夫认为将军们的权力不可能从革命虚无主义中解放出来，这也是他们无法以爱国和民族的方式统治国家的原因。别尔嘉耶夫将这种虚无主义与灵魂的疾病联系在一起，认为当人们失去信仰之光后，他们只能继续接受本能的奴役。在他看来，只有那些拥有

精神中心、道德核心且不被动摇或削弱的人，才是自由和
受到保护的。所以革命的真正目标应当是人类精神的解放，
而非简单的政治权力交替和阶级斗争。真正的革命是精神
革命，"只有精神改造一新的人才能'精神地、社会地、自
由地'在人间和天国找到安身之所。人面临着完成精神革
命的任务"①。别尔嘉耶夫在革命中看到了一种更高层次的
文化和精神觉醒的机会。革命的精神意义在于超越权力和
政府，探寻人类内心的更高价值，唤起人们内心的自由意
志和创造力。革命可以促使个体与集体价值观的重新审视，
启发人们去探求更高层次的精神和道德原则。

　　作为苏维埃的杰出作家，在苏联政权生活下的肖洛霍
夫对革命也有自己的看法。俄罗斯学者古拉在《革命的艺
术》一文中指出，肖洛霍夫勇敢地描绘了俄国革命这一历
史上异常突然的转折，他没有简化革命的过程本身，也没
有简化参与其中的人们的命运。肖洛霍夫的世界观表明，
革命是一种创造生命的力量，它承诺以人类的名义实现世
界的复兴和人类一切的胜利。肖洛霍夫揭示了人民在革命
中的巨大创造性作用，他们肩负着一切艰难困苦。肖洛霍
夫认为，人们在革命中所经历的煎熬、苦难和死亡是与旧
世界的残酷冲突相关的，而这种残酷并非由革命本身引起，
而是由反对革命的力量造成的。他还描述了这些反对革命

---

① 郑体武.中译本序［M］//俄罗斯灵魂：别尔嘉耶夫文选.陆肇明，
东方钰，译.上海：学林出版社，1999：7.

的力量如何试图煽动阶级情绪，使人们远离革命，暗示了革命的浮躁性和不可战胜性，以及革命与人类生命本身的紧密联系。①

　　不同于别尔嘉耶夫这种知识分子对革命的思考，肖洛霍夫用文笔描绘了大多数普通民众眼中的革命：一种绝对自发的现象，它只会摧毁人们的命运。抢劫、暴力、谋杀普通人——这就是那个时代的特征。作品每翻过一页，主人公们就会遇到更大的麻烦和不幸。人物的数量呈几何级数减少，无法无天和违法行为的终结还遥遥无期。大多数普通人不知道自己该选择什么道路。在肖洛霍夫的笔下，革命是一个完全无法控制且常常漫无目的的过程，主人公葛利高里的悲剧以及其毁誉参半的形象就是革命对普通人影响的缩影。

　　不同阶层的代表有着对待革命的不同方式，任何革命都意味着社会的分裂，这就是肖洛霍夫小说中发生的情况。《静静的顿河》中施托克曼扮演了一个特殊的角色，他组织了一个圈子，其中包括那些想要革命的人，如米什卡·科舍沃伊等人立即坚定了自己的立场。其他哥萨克人则不接受革命，他们试图恢复旧秩序，被称为反革命分子，如尊重沙皇权威的叶甫盖尼·利斯特尼茨基。科尔舒诺夫一家也不明白为什么他们要与其他人分享他们和他们的祖

① Гура В. Художник революции[J]. Вопросы литературы, 1980(05): 56—101.

先的积累。革命带来的最大分裂就是人民被分为白军和红军两个对立的群体，就像阿塔尔希科夫发出的疑问，"我不知道……但是他们为什么都这样自发地在离开我们呢？革命好像把我们和他们分成了绵羊和山羊，我们和他们的利益好像是不同的"①。每一派都确信为了自己的真理，他们应该战斗甚至杀戮。人们对自己行为的正确性毫不怀疑，他们都只是在捍卫自己的观点。如果说革命之初还比较人道，反对者只是被俘虏，那么一段时间之后，对抗就变成了血腥屠杀。没有人明白他们为何而战、为何而杀，他们在捍卫什么意识形态。显然，革命的悲剧在于，它在以让所有人幸福为目标的同时，却破坏了个人和家庭的幸福。内战使原本亲密无间的人们面对面，迫使他们互相争斗，从而加剧了局势的悲剧。主人公葛利高里和小说中的其他人物都必须充分经历这场悲剧。

作为一个典型的普通俄罗斯哥萨克青年，葛利高里本是一个忠诚于自己家园和价值观念的年轻人。他怀揣着对顿河家园的热爱和保护愿望，是一个善战、充满勇气的年轻战士。然而，他被卷入革命的浪潮，这个过程完全出乎他的控制，他开始变得极度矛盾。随着革命的蔓延，葛利高里逐渐意识到，革命并非如他所想象的那样是为了改善人民的生活，而是充斥着暴力、混乱和复仇。葛利高里的

---

① 肖洛霍夫.静静的顿河［M］.金人，译.北京：人民文学出版社，2003：526.

转变是革命的无情现实所迫使的，他深陷在革命的暴力旋涡中，无法逃脱。肖洛霍夫通过葛利高里的经历，生动地呈现出革命对普通人的冲击，以及这一过程中个体的内在冲突。葛利高里一会投奔红军，一会又反叛红军成为白军，这种频繁的转变和内外矛盾正是肖洛霍夫有意识地描绘了葛利高里身上这种极易转变为反革命叛乱的那种自发的革命性。葛利高里的经历展示了革命对普通民众而言是一个难以控制和常常具有毁灭性的现象，深刻反映了肖洛霍夫的独特革命观。

革命虽然有时是改变社会的必要手段，但也常常伴随着无尽的牺牲和道德挣扎，葛利高里在这个过程中成为道德挣扎的悲剧象征，他一直试图寻找一条道德的出路，但最终陷入了矛盾和失望之中。在白军中，他目睹"锅圈儿"杀俘虏的残暴行径，这引发了他内心的不满和愤怒。他对白军中的暴力、抢劫和强奸妇女等丑恶行径感到震惊，白军的行为与他心中的道德观念背道而驰，使他感到道德和伦理价值受到了侵犯。波得捷尔科夫的宣传使他看到了一些希望，葛利高里认为自己能在红军中找到一些与"真理"相匹配的光明和优秀的品质。他对红军寄予了期望，希望他们能代表着一种不同的道德和伦理观念。然而，当葛利高里看见波得捷尔科夫不经审判枪杀俘虏的行为时，他的失望再次达到了巅峰。这一幕让他明白，红军也不是他所想象的那个伟大的革命力量，而是同样充斥着暴力和混乱的组织。这一情节深刻地反映了革命时期普通个体所面临的道德挣扎，以及在极权社会中保持原则和伦理价值的困难。葛利高里的内在挣扎和道德选择最终导致了他的誉毁参半。他不被红军完全接受，也不被白军原谅。他的形象在众人眼中变得模糊不清，充满矛盾。肖洛霍夫通过这个角色深刻地探讨了革命对个体命运和道德观念的冲击，以及革命如何将普通人推向不可逆转的道德抉择。

《静静的顿河》之所以被称为史诗，与其宏大的社会历史视角相关。除了从个体层面强调革命带来的道德挣扎和选择困境，肖洛霍夫从历史视角出发，看到了革命作为一种改变社会的必要手段，它也是社会变迁的引擎。革命催生了新的政治秩序，重塑了社会结构，带来了经济、文化和政治领域的重大变革。这些变化虽然伴随着牺牲和困难，但也为社会带来了机会。虽然很难窥探肖洛霍夫本人对革命的态度，但他显然是革命胜利者的支持者。从革命初期起，肖洛霍夫就支持布尔什维克，1932 年加入共产党，随后担任苏联布尔什维克共产党中央委员会委员和苏联最高苏维埃代表。肖洛霍夫自言："在国内战争年代，我曾经为苏维埃政权的胜利而斗争。苏维埃和布尔什维克党养育了我、教育了我。我是苏联人民的儿子。苏维埃政权对我的关怀，就如同慈祥的母亲对儿子的关怀一样，我不可能做别的比喻。"① 这表明肖洛霍夫对革命取得的胜利和社会变革所带来的改善的认可。在谈到对西班牙人民反对法西斯主义和反动势力的英雄斗争的看法时，肖洛霍夫提到了苏联革命的经验："不能不记取我国革命的经验。众所周知，苏维埃政权毫不妥协地同劳动人民的敌人进行斗争，我们取得了胜利，是因为无情地打击了和粉碎了工人事业的所有变节者和叛徒。"他通过这一观点展示了对国际革命斗争的理解和关注，侧面反映了认为革命是一种普世的力量，为了正义和自由而战斗的人们值得支持和鼓励。后来再谈起内战时，肖洛霍夫明确了对哥萨克在革命年代所经历的转变和决策的理解，他不再强调分裂是革命的后果，而将分裂归结于部分哥萨克受到了将军们的蒙骗。1937年，在对诺沃契尔卡斯克选区选民的讲话中肖洛霍夫就提道："哥萨克在革命年代受到了将军们的欺骗，卷进了同俄罗斯劳动人民的兄弟阋墙的战争。哥萨克了解了自己的错误，离开了白军的活动。如今正实实在在地在布尔什维克竟的领导下，建设着自己愉快幸福的生活。"②1970年，在《斗争的意义（答〈共青团真理报〉记者问）》中，肖洛霍夫再次提及"在革命年代，受将军蒙骗的部分哥萨克，卷入了同俄罗斯劳动人民的兄弟阋墙的战争。哥萨克认识到自己的错

---

① 肖洛霍夫. 肖洛霍夫文集: 第八卷 // 随笔文论书信［M］. 孙美玲，译. 北京: 人民文学出版社，2000: 59.
② 肖洛霍夫. 肖洛霍夫文集: 第八卷 // 随笔文论书信［M］. 孙美玲，译. 北京: 人民文学出版社，2000: 64.

误，就脱离了白军的活动"①。这一转变表明他对历史事件的理解变得更全面和深刻，强调历史事件和个体的变化过程的复杂性。

别尔嘉耶夫和肖洛霍夫，尽管没有深刻的实际交集，但他们都是具有浓厚民族意识的俄国知识分子，这一点使得他们对国家发展和社会动态充满关注。由于两人有着不同的教育背景、接受着不同的社会思潮精神影响，他们对待革命的视角也呈现出明显差异。别尔嘉耶夫认为革命具有更高层次的文化和精神觉醒的机会，强调了革命的精神意义，即超越政府权力，寻找人类内心的更高价值和自由意志。他视革命为一个激发人类内在创造力和思想自由的机会，认为革命是为了引导人们寻求更高精神层面的价值观。肖洛霍夫则展现了革命的复杂性，从个体的视角出发，看到了革命是一个充满矛盾和冲突的过程。他强调了革命中人们的煎熬、苦难和死亡，但将这些困难归因于反对革命的力量，而非革命本身。肖洛霍夫与别尔嘉耶夫一样，都敏锐地注意到了革命所蕴含的创新性力量，都强调了革命作为一场社会变革的重要性。肖洛霍夫认为，革命是一种创造生命的力量，承诺实现世界的复兴和人类的胜利。他看到了人民在革命中的巨大作用，他们积极参与社会变

---

① 肖洛霍夫.肖洛霍夫文集：第八卷 // 随笔文论书信 [M].孙美玲，译.北京：人民文学出版社，2000：291.

革,推动着历史的前进。别尔嘉耶夫注重革命的思想和精神层面,肖洛霍夫更强调革命的社会和历史影响。这种不同的视角使他们的作品在处理革命主题时呈现出截然不同的呈现形式,但他们都以其独特的文学创作和思想观点留下了深远的影响。

结　语

　　别尔嘉耶夫的美学观与艺术论是在其宗教哲学和生存思想的基础上生长出来的，精神、个性、自由是他思想的关键词。在上帝—基督—世界的基本框架下，别氏衍生出了众多为其深刻思考的问题。笔者称之为三位一体的思想框架：上帝—基督—世界的神性之辩，精神—灵魂—肉体的主体建造，精神—个性—自由的超越原则，天堂—地狱—尘世王国的世界观，以及生存—历史—宇宙的时间观，都充分表达出了别氏思想体系的内部张力和超越设想。别氏的思想框架充满了矛盾，又似乎在这矛与盾之间彼此支撑，善与恶互为表里，天堂的新建需要地狱的存在，宇宙诱惑以各种各样的形式剥夺人的自由，对美的把握又时时刻刻生成一种唯美主义的诱惑，尝试将人的超越之路变成标本。

　　在彼岸之前，深渊时刻横亘着，人们跨越的尝试将招来无尽的痛苦，而对于痛苦的回避导致的庸常式麻木更易使人失去对此世的向往。别尔嘉耶夫将对死亡的忧虑，对地狱的敬畏再次提到台前，重新唤醒人对上帝的仰慕，战胜对地狱的敬畏，使人从懵懂无知的静止走向对深渊的恐惧，在陀思妥耶夫斯基式的地下人挣扎中，人把个性从精神中唤醒，以创造为道路，走到再临的基督的面前。被伊甸园逐出的人，将重新获得神人性，上帝的造物以他自己微小的创造，重新踏入彼岸的世界。人通过创造获得生存时间里的无穷经验和淋漓尽致的才能表现，在点状的瞬间里获得永恒、获得超越。别尔嘉耶夫向我们描绘了这样一幅信仰飞跃图，在他的世界观中，弥赛亚意识如此深切地发挥着作用，用"复活"这一途径打开了历史哲学的后续，只有精神世界能在运动和稳定中寻求平衡。不同于黑格尔历史外化的时空连续体，别氏以主观性的精神运动，找到了历史终结论这一种积极性的解法。在宗教哲学的立场上，别尔嘉耶夫将线性时间和循环时间相结合，通过内化的手段取得了一种永恒的可能，但是这个永恒，在一定程度上也是被动的。尽管在主动的创造活动中，但人的创造会在具体的创造行为中逐渐冷淡，伦理领域的爱会冷淡为慈善，创造热情会被冷淡为艺术结果，人类只能等待启示的到来。对基督徒而言，信仰给予了他们允诺，而对其他所谓独一无二的个体而言，这仍旧是一种无法判断的承诺。

在信仰的立场以外，别尔嘉耶夫提出了客体化的哲学命题，切实性地确立了主体的地位，并提出了"美的诱惑"这一关键性的命题。这样就从美的定义出发批判了"唯美主义"的弊端——它使美变成了空洞无物的对象，再次从形象形而上学转变为抽象的符号，与"真"和"善"产生分离，使美变得僵硬，再次回归原理生存本身。别氏清楚地认识到了创造过程中创造、艺术与美存在的三重矛盾，这种矛盾使得别氏理想中的美的实现在实践层面变得困难重重。

别尔嘉耶夫对于美学伦理，或者说是他的创造伦理学也有一定的贡献。在神秘主义的前提下，他的末世论英雄主义相比尼采的超人哲学，反而显得对现代人的生存状态更有帮助和价值。别氏从神学立场出发，梳理了德国精神的矛盾，为善恶问题的厘清做出了一定的贡献。其对德国精神的梳理显然也是对于苏联庸俗马克思主义的倾塌和集权精神的批判，同时从另一个角度再续了康德理性感性的弥合工作。

总的来说，别尔嘉耶夫的理论有明显的国别特色，其人格、自由、个性这些核心概念与欧洲主流的思想互相映照，其理论内部存在着较大的矛盾张力。他的"基督教存在主义哲学家"名号，确有欧洲思想界对其的误读，他关注的与其说是"存在"，不如说是"生存"哲学。其美学思想在他的思想架构中实际上占据了不可或缺的位置，正如他自己评论的那样"美拯救世界，陀思妥耶夫斯基一语惊人"①，他的理论也是惊人的。

---

① 别尔嘉耶夫.文化的哲学［M］.于培才，译.上海：上海人民出版社，2007：30.

别尔嘉耶夫认为 19 世纪的俄罗斯文学已经超越了古典主义和浪漫主义,从而进入了更深层次上的现实主义。普希金诗歌里充满了对自由的呐喊。别尔嘉耶夫认为人是自由的属性,只有在自由的创造中人才能得以认识自己,并创造更美的世界。这是普希金作为俄罗斯精神现象原因。善是自由的儿子,恶也是自由的儿子。自由与善恶同在,人如果要剔除恶,就会失去自由。当人作为人自由地生存时,就无法避免恶。尽管别尔嘉耶夫赞赏果戈理有发现恶的天赋,但他认为这是果戈理不幸的天赋。跳出别尔嘉耶夫对果戈理局限的认识,我们发现果戈理认为只有洞察了恶才能找到出路,纵使洞悉了人最深处的恶,果戈理仍不失对光明和善的向往。

屠格涅夫敏锐地察觉出了俄罗斯社会潜在的社会危机,是第一位将虚无主义概念引入俄罗斯的作家,对当时的俄罗斯知识分子进行了精确的描写。别尔嘉耶夫也对知识分子的虚无主义思想进行了深刻的剖析,指出俄罗斯的社会矛盾之下潜在的巨大精神危机。这体现出了俄罗斯文学家们和思想家们的民族使命感。托尔斯泰一直期盼人摆脱社会生活的恐惧,他撕开文明的谎言,强调了个体内心深处的冲突和痛苦。别尔嘉耶夫认为这些作品以真实而深刻的方式描绘了人类内心的复杂性和矛盾,这对于哲学和文学都具有重要意义。从本质上讲,托尔斯泰的观点也不能被称为无为主义,尽管托尔斯泰的道德学说受到了来自别尔嘉耶夫的质疑，但托尔斯泰的学说始终以人的个体生活为主题，他并不是在谈论离开世界与上帝联合，而是在谈论改变世界存在的方式。

陀思妥耶夫斯基的小说常常涉及人性的复杂性、罪恶、信仰和良心的冲突，人是一种具有两重性的矛盾生存，既高贵又卑劣，既有神性又有兽性，既自由又受奴役，既可以超越升华又能堕落沉沦。陀思妥耶夫斯基揭开世间最深邃的谜——人。人是非理性的存在，这是人堕落的自发源头。陀思妥耶夫斯基拆穿了伪装精致的恶。打着全人类幸福名义的人，背弃了最高价值，误以为自己具有与神等同的能力，欺骗人类获得虚假的幸福。19世纪俄罗斯文学的伟大便在于它关怀着人作为精神的主体对生命探求的漫漫长路，也探照人堕入客体化、奴役化的无底悲剧。最后用纳博科夫的话来总结别尔嘉耶夫与19世纪俄罗斯文学的关系再合适不过了：自由的人写下真正的书，给自由的人读，这何其珍贵。

作为俄罗斯白银时代的亲历者，尼古拉·别尔嘉耶夫与这一时期的诗人、作家在同样的时代背景下共同成长。这个矛盾重重、局势动荡、前后脱节的时期孕育了一众思想深刻、博学多才、忧国忧民的思想家和文学家。他们清楚地感受到祖国与人民的召唤，并满怀赤诚之心投入民族的事业中去。外部世界的危机四伏总是能激发出文人墨客的泉涌才思，世纪之交的思想界、文学界呈现出百家争鸣、百花齐放的盛况。崇尚自由、开放、多元的思想家别尔嘉耶夫自觉投入世纪之交的各类社团和沙龙活动中，他与当时的主流学派——象征派交往频繁，两者的对话促使思想界和文学界完成了一场激烈的碰撞与交融，创造了不朽的学术财富。

　　不太友好的私交并没有影响这位思想家走进吉皮乌斯的艺术世界与思想世界。别尔嘉耶夫于人才辈出的象征主义流派中发现这位女性诗人的艺术魅力，于这位"彼得堡萨福"的情感变化中敏锐把握其思想局限，足可见他对吉皮乌斯评价的客观性。但是，这并不意味着这样的评价是庸俗的保守主义，这位思想家对这位诗人的总体评价特点是——贬多于褒。吉皮乌斯诗歌中过多的思想并没有因其深刻性而博得别尔嘉耶夫的欣赏，相反，后者对此持批驳态度。这位思想家遗憾地表示没能在吉皮乌斯身上看到白银时代诗人普遍缺乏的诗意。这位女诗人散发的颓废主义气质也让别尔嘉耶夫难以接受。别尔嘉耶夫一度以为吉皮乌斯已经实现了对颓废主义的超越，并为其写文宣扬。然而事实是，这位"颓废派的圣母"并没有从颓废的怪圈中走出来，她依然秉持着颓废的自恋和颓废的蔑视世界的态度，别尔嘉耶夫对此深表失望。最让这位思想家抗拒的是吉皮乌斯的小圈子倾向，这是二人意见不合的症结所在。吉皮乌斯思想的封闭性、宗派的排他性和观念的极端性带给别尔嘉耶夫一种窒息之感，这在一定程度上阻碍了二者的对话。

　　别尔嘉耶夫与新一辈的象征主义者似乎更加契合。勃洛克是这位思想家盛赞的年轻的象征主义诗人之一。亚历山大·勃洛克诗歌中多种意象的堆叠、语句的重复、韵律的合理设置使其语言因饱含情感而散发出浓厚的生命力。别尔嘉耶夫感叹勃洛克诗歌中最纯粹、最完美的抒情元素，认为其可被归入最伟大的诗人之列。这位思想家在这位诗人身上看到了一种别样的智慧，这是对"逻各斯"的叛逆。勃洛克诗歌中自由的叙述视角和不合理的意象搭配反映出诗人身上的非理性，或极端感性。对此，别尔嘉耶夫认为勃洛克并非缺乏理智，而是已经超越了理智。此外，别尔嘉耶夫还在这位年轻诗人身上发现了女性的精神。"女性"始终是勃洛克一生书写与讴歌的对象，"永恒女性"是其整个创作生涯不变的主题。勃洛克所特有的大宇宙观使其对宇宙之美充满向往，他对宇宙之美的追求中蕴藏着真挚的人文主义精神。别尔嘉耶夫认为，勃洛克对教条主义的坚决抵制也是其不具备阳刚之气的原因之一。

　　安德烈·别雷当属别尔嘉耶夫最为青睐的象征派诗人。这位思想家总是能够迅速地在这位作家刚刚发表的作品中找到其独特之处和魅力所在。在别雷的两部大作出版不久，别尔嘉耶夫便发表相关评论文章，在很大程度上促进了作品的理解与传播。对于别雷的《银鸽》，别尔嘉耶夫认为其可贵之处在于以新的方式探讨了俄罗斯知识分子与人民之间关系的古老主题，并且小说中的神秘主义元素使得主题思想得到深化。对于长篇小说《彼得堡》，别尔嘉耶夫认为这是星体小说的一次实验。这位思想家在这部作品中捕捉到了作家对宇宙生命的特殊感受，发现了作家的未来主义风格，并感受到了作家对祖国的批判式的爱。此外，别尔嘉耶夫也对小说中的瑕疵直言不讳。他认为《彼得堡》风格松散，结尾随意，缺乏艺术的宣泄通道。总之，思想家别尔嘉耶夫与世纪之交的诗人、作家之间的精彩对话是对文学遗产价值的再创造。

别尔嘉耶夫和梅列日科夫斯基作为俄罗斯文学和哲学复兴的杰出代表，共同探讨了文学、宗教和灵魂的深刻议题。他们的文学互动反映了对传统宗教观念的批判，并提出了一种新的宗教意识，旨在统一天与地、精神与肉体，以实现生活的神圣化和文化的革新。这种思想强调超越对立，实现更统一和完整的存在。尽管在肉体和精神的比重、性、自由以及人的尊严等问题上存在分歧，但在宗教哲学领域，他们找到了共通之处。从文学的角度来看，两人都思考了象征主义，这与当时的象征主义流派紧密相关。梅列日科夫斯基作为象征主义美学原则的倡导者，提出了象征的定义和三大要素。与此不同，别尔嘉耶夫从本体论角度出发，认为历史本身也是象征，它连接了物质与精神、人类精神经验与更高精神世界。历史的象征性意味着历史事件可以被解释为指向更深层精神现实的象征。两位思想家的象征主义观念都强调了象征在现实生活中的重要性，以及在文化、信仰和历史理解中的作用。他们的思想对俄罗斯文学和哲学领域产生了深远的影响，为理解文化和宗教复兴提供了重要的视角。

别尔嘉耶夫和高尔基均深刻思考了俄罗斯的历史和文化命运，强调了个体自由、尊严和人性。别尔嘉耶夫对高尔基的文学评价具有复杂性。他既欣赏高尔基早期作品中的坚韧和才华，又担忧其中可能存在的流氓主义和庸俗主义元素。这反映了他对高尔基文学创作的深入思考，以及对俄罗斯社会和文化发展的担忧。两人对俄罗斯的"灵魂"和个性的探讨存在显著差异。别尔嘉耶夫并不赞同高尔基对俄罗斯民族负面特征的过于批判，而提出俄罗斯需要摆脱过去的狭隘和表面民族主义，以适应当代全球化和不断变化的环境。高尔基强调了东西方文化之间的差异，认为个性解放是西方文化的最大优点，将个性从古老东方压抑的传统中解放出来。他认为社会主义革命思想的实践是实现真正自由和个性解放的关键。相反，别尔嘉耶夫将宗教元素融入他的哲学框架中，认为人的危机和人道主义问题只有在新的基督教人道主义范式下才能解决，而人的尊严需要以上帝的存在为前提。他强调，只有当人成为反映哲学意义上最高存在的自由精神时，个性才会真正显现。这些差异为俄罗斯文学和哲学领域的讨论提供了重要的多样性和深度，同时也凸显了这两位思想家对俄罗斯文化和个体发展的不同愿景。

　　肖洛霍夫和别尔嘉耶夫，尽管并没有过多的交集，但他们都生活在20世纪这个被认为是人类历史上最具悲剧性的时代。在对待战争和革命的观点上，两位思想家存在一些异同之处。关于战争对人性和道德的破坏，别尔嘉耶夫与肖洛霍夫达成了某种一致。他们都表达了对战争的反感，从不同的角度审视了战争对人性道德的质疑以及对日常生活的摧毁。肖洛霍夫通过文学作品艺术性地展现了战争的可怕性，从个体和家庭层面探讨了战争对人性和道德的冲击。别尔嘉耶夫则从深层宗教和精神维度的角度去看待战争，其战争观历经了将战争视为世界不同精神统治地位的斗争到战争本身是无意义的否定存在的转变。在革命观上，肖洛霍夫与别尔嘉耶夫一样，都敏锐地注意到了革命所蕴含的创新性力量，都强调了革命作为社会变革的重要性。别尔嘉耶夫更加强调从民族生活、历史、精神和文化价值等精神原则以及宗教角度来思考革命，而不是从实用性和阶级利益的角度出发。他认为革命具有更高层次的文化和精神觉醒的机会，强调了革命的精神意义，即寻找人类内心更高价值和自由意志的过程。肖洛霍夫则展现了革命的复杂性，从个体视角出发，看到了革命是一个充满矛盾和冲突的过程。他强调了革命中人们的煎熬、苦难和死亡，但将这些困难归因于反对革命的力量，而非革命本身。

　　别尔嘉耶夫的文学批评是自我美学经验的实践。别氏以俄罗斯经典文学为审美客体，其对客体的言说是主体话语的实践性演绎，是自我美学观念的他者呈现。别尔嘉耶夫的文学批评是思想界至文学界的理论旅行。别氏在俄罗斯经典文学中找到了适宜自己的哲学观点生长的土壤，其理论实现了思想界至文学界的跨越，并在文学的土地上结出新的果实。别尔嘉耶夫的文学批评是智慧与美的和谐创造。没有文学性的思想会走向乏味的说教，没有思想性的文学会走向空洞的庸俗。别尔嘉耶夫对俄罗斯经典文学的批评是一场思想智慧与文学之美的激情对话，二者的碰撞与交融创造出不朽的文化财富，这为个人成长、社会发展、民族振兴提供了重要滋养。

参考文献

［1］Бердеяв Н. А. Кризис искусство. (Репринтное издание) ［М］. М.:СП Интерпринт，1990.

［2］Бердеяв Н. А. О "двух тайнах" Мережковского［М］//Мутные лики. М.:Канон+，2004:187—195.

［3］Бердеяв Н. А. О новом религиозном сознании［ЕВ/OL］. (2021—12—20)［2023—09—26］. http://az.lib.ru/b/berdjaew_n_a/text_1905_o_novom_soznanii.shtml

［4］Бердяев Н. А. О значении человека［М］. М.:Республика, 1993.

［5］Бердяев Н. А. Опыт эхатологической метафизики［М］. М.: Республика, 1995.

［6］Бердяев Н. А. Самопознание. Опыт философской автобиографии［М］. М.: Книга，1991.

［7］Бердяев Н. А. Смысл творчества［М］. М.: Правда，1989.

［8］Бердяев Н. А. Астральный роман. Размышления по поводу романа А. Белого «Петербург». Биржевые ведомости, 1916, 1 июля.

［9］Бердяев Н. А. Война и эсхатология［J］. Путь, 1939—1940(61):3—14.

［10］Бердяев Н. А. Духи русской революции［M］// Из глубины. Сборник статей о русской революции. М.: Издательство Московского университета, 1990:55—89.

［11］Бердяев Н. А. Духовный кризис интеллигенции［M］. СПб.: тип. т-ва "Обществ. польза", 1910.

［12］Бердяев Н. А. Истоки и смысл русского коммунизма［M］. М.:Наука, 1990.

［13］Бердяев Н. А. Мутные лики: типы религиозной мысли в России［M］. М.: Канон+: ОИ "Реабилитация", 2004.

［14］Бердяев Н. А. Новое средневековье［M］// Смысл истории. Новое средневековье. М.:Канон+, 2002:221—313.

［15］Бердяев Н. А. Русский соблазн: По поводу «Серебряного голубя» А. Белого［J］. Русская мысль, 1910(11):104—115.

［16］Бердяев Н. А. Свободный народ［M］//Падение священного русского царства. Публицистика 1914–1922.

М.:Астрель, 2004:555—560.

[17] Бердяев Н. А. Философия свободного духа [M].
М.:Республика, 1994.

[18] Бердяев Н. А. Философия свободы [M]. М.:
Правда, 1989.

[19] Бердяев Н. А. Футуризм на войне (Публицистика
времен Первой мировой войны) [M]. М.:Канон+, 2004.

[20] Булгаков С. Н. Сочинения: В 2 т [M]. Т. 2. М.
Наука: 1993.

[21] Волкогонова О. Д. Бердяев [M]. М.:Молодая
гвардия, 2010.

[22] Гаман Л. Н. А. А. Бердяев о войне [J].
Вестник Томского государственного университета.История,
2014(03):41—47.

[23] Гура В. Художник революции [J]. Вопросы
литературы, 1980(05):56—101.

[24] Дьяченко Г. В. Символ в философском дискурсе
Н. Бердяева: лингво-когнитивный аспект: диссертация канд.
филол. наук.Луганск, 2008 [2023—09—26]. https://search.
rsl.ru/ru/record/01003445711□ysclid=lnob710lzr938603812]

[25] Могильницкий Б. Г. Н. А. Бердяев о русской
революции [J]. Новаяиновейшаяистория, 1995(06):54—
67.

［26］Хамидулин А. М. Роль символизма в философии истории Н. А. Бердяева［J］. Вестн.Том.гос.ун-та. Философия.Социология.Политология，2020(57):171—179.

［27］俄罗斯科学院高尔基世界文学研究所.俄罗斯白银时代文学史:第二卷［M］.谷羽，王亚民，等译.兰州:敦煌文艺出版社，2006.

［28］冯玉芝，杨淑华.从全景史诗到生命图腾:论俄罗斯战争文学流变［J］.外语研究，2018，35(05):98—103.

［29］刘小军.晚外发国家的现代化:困境与出路［J］.社会学研究，1991(06):80—87.

［30］刘小枫.象征与叙事:论梅烈日柯夫斯基的象征主义［J］.浙江学刊，2002(01):68—81.

［31］别尔嘉耶夫.人的奴役与自由:人格主义哲学的体认［M］.徐黎明，译.贵阳:贵州人民出版社，2007.

［32］别尔嘉耶夫.人道主义之路［M］//俄罗斯灵魂:别尔嘉耶夫文选.陆肇明，东方钰，译.上海:学林出版社，1999:160–168.

［33］别尔嘉耶夫.俄罗斯思想［M］.雷永生，邱守娟，译.北京:生活·读书·新知三联书店，1995.

［34］别尔嘉耶夫.俄罗斯意识中的个性与村社性［M］//俄罗斯灵魂:别尔嘉耶夫文选.陆肇明，东方钰，译.上海:学林出版社，1999:186—204.

［35］别尔嘉耶夫.俄罗斯的命运［M］.汪剑钊，译.昆

明：云南人民出版社，1999.

　　［36］别尔嘉耶夫．别尔嘉耶夫文集：第二卷 // 论人的使命：神与人的生存辩证法［M］．张百春，译．上海：上海人民出版社，2007.

　　［37］别尔嘉耶夫．堕落、善与恶的产生［J］．石衡潭，译．哲学译丛，2000(03):23—27+55.

　　［38］别尔嘉耶夫．文化的哲学［M］．于培才，译．上海：上海人民出版社，2007.

　　［39］别尔嘉耶夫．末世论形而上学［M］．张百春，译．北京：中国城市出版社，2003.

　　［40］别尔嘉耶夫．美是自由的呼吸［M］．方珊，何强，王利刚，选编．济南：山东友谊出版社，2005.

　　［41］别尔嘉耶夫．自我认识：思想自传［M］．雷永生，译．上海：上海三联书店，1997.

　　［42］别尔嘉耶夫．自我认识：思想自传［M］．雷永生，译．桂林：广西师范大学出版社，2001.

　　［43］别尔嘉耶夫．自我认识［M］．汪剑钊，译．上海：上海人民出版社，2007.

　　［44］别尔嘉耶夫．论人的奴役与自由［M］．张百春，译．北京：中国城市出版社，2002.

　　［45］勃洛克．勃洛克抒情诗选［M］．汪剑钊，译．石家庄：河北教育出版社，2002.

　　［46］勃洛克．勃洛克诗歌精选［M］．丁人，译．太原：

北岳文艺出版社, 2010.

［47］周扬. 十五年来的苏联文学［M］//周扬文集: 第一卷. 北京: 人民文学出版社, 1984:23-24.

［48］契诃夫. 契诃夫小说全集: 第八卷［M］. 汝龙, 译. 北京: 人民文学出版社, 2016.

［49］姚海. 俄国虚无主义运动及其根源［J］. 史学月刊, 1993(06):73—78.

［50］屠格涅夫. 父与子［M］. 张铁夫, 王英佳, 译. 上海: 上海三联书店, 2014.

［51］托尔斯泰. 列夫·托尔斯泰文集: 第十七卷［M］. 陈馥, 郑揆, 译. 北京: 人民文学出版社, 1991.

［52］托尔斯泰. 复活［M］. 草婴, 译. 北京: 现代出版社, 2011.

［53］托尔斯泰. 战争与和平［M］. 张捷, 译. 南京: 译林出版社, 2011.

［54］捷·伊·奥伊则尔曼. 十四—十八世纪编制法［M］. 钟宇人, 朱成光, 等译. 北京: 人民出版社, 1984.

［55］普希金. 普希金精选集［M］. 顾蕴璞, 编选. 济南: 山东文艺出版社, 1997.

［56］李一帅. 神秘与现实: 俄苏美学艺术之思［M］. 北京: 中国文联出版社, 2021.

［57］李金彦. 精神即自由: 别尔嘉耶夫自由美学思想研究［D/OL］. 济南: 山东大学, 2020［2023-11-1］.

https://kns.cnki.net/kcms2/article/abstract ？ v=xzY5Ip_Thcn
mwcL36M3nt06aLZ49IIwadBekEHkcxGAOUx4NxEydTqiB3
Davmu4tjyeRzctun8ziY3e8fRVdcD54155pN0nCJIMPCMUE
KwKG2ZNLCZ2qVjkzyND40lXpgf4AXWVhXHY=&uniplatfo
rm=NZKPT&language=CHS.

　　［58］果戈理.果戈理全集：第七卷//与友人书简［M］.
吴国璋，译.石家庄：河北教育出版社，2002.

　　［59］梁赞诺夫斯基，斯坦伯格.俄罗斯史：第七版
［M］.杨烨，等译.上海：上海人民出版社，2007.

　　［60］汪介之.东西方问题的考量在20世纪俄罗斯
文学中的延伸与影响［J］.外国文学评论，2009(02):215—
227.

　　［61］米尔斯基.俄国文学史［M］.刘文飞，译.北京：
人民出版社，2013.

　　［62］纳博科夫.纳博科夫文学讲稿三种：俄罗斯文
学讲稿［M］.丁骏，王建开，译.上海：上海译文出版社，
2018.

　　［63］耿海英.一个反诗意的存在：别尔嘉耶夫论
季·尼·吉皮乌斯［J］.中州大学学报，2012(6):48—54.

　　［64］耿海英.两种"当代文学衰落"论的论争：别尔
嘉耶夫论当代文学［J］.俄罗斯文艺，2020(01):55—64.

　　［65］肖洛霍夫.肖洛霍夫文集：第八卷//随笔文论书
信［M］.孙美玲，译.北京：人民文学出版社，2000.

　　［66］肖洛霍夫.静静的顿河［M］.金人，译.北京：人民文学出版社，2003.

　　［67］谢·伊·科尔米洛夫.二十世纪俄罗斯史：20—90年代主要作家［M］.赵丹，段丽君，胡学星，译.南京：南京大学出版社，2017.

　　［68］郑体武.中译本序［M］∥俄罗斯灵魂：别尔嘉耶夫文选.陆肇明，东方钰，译.上海：学林出版社，1999.

　　［69］郑体武.西风东渐：论法国象征主义和德国浪漫主义对俄国象征主义的影响［J］.中国比较文学，2008(04):76-84.

　　［70］马克西姆·高尔基.两个灵魂［M］∥高尔基集.余一中，编选.上海：上海远东出版社，1997:289—302.